Hiltrud Leenders / Michael Bay / Artur Leenders

Belsazars Ende

Kriminalroman

grafit

Die Autoren:

Hiltrud Leenders, geboren 1955 in Nierswalde (Niederrhein), hat Germanistik und Anglistik studiert. Von 1979 bis 1982 war sie als Übersetzerin tätig. Sie ist Mutter von zwei Söhnen.

Michael Bay erblickte 1955 in Rheine (Westfalen) das Licht der Welt und verdient als Diplompsychologe in Bedburg-Hau sein Geld. Er ist verheiratet und hat drei Kinder.

Dr. Artur Leenders, Vater oben genannter Jungen, ist 1954 in Meerbusch (Rheinland) geboren. Als Chirurg im Emmericher Krankenhaus sorgt er für das Überleben seiner Familie.

Alle drei Mitglieder des Trio Criminale wohnen in Kleve. Seit 1988 konspirieren sie in gemeinsamer Wertschätzung von Doppelkopf, Clouseau, Pin Sec und Monty Python's Flying Circus.

Ihr Erstling *Königsschießen* (1992 im GRAFIT Verlag erschienen) sorgte nicht nur am Niederrhein für Furore: Er wurde für den ‚Glauser 1992', den Autorenpreis deutschsprachiger Kriminalschriftsteller, nominiert.

GrafiTäter & GrafiTote

Ard u.a.: **Der Mörder kommt auf Krankenschein**
Ard u.a.: **Good bye, Brunhilde**
Alberts/Ard/Junge/Schmitz u.a.: **Die Meute von Hörde**
Jürgen und Marita Alberts: **Gestrandet auf Patros**
Leo P. Ard/Michael Illner: **Flotter Dreier**
Leo P. Ard/Michael Illner: **Gemischtes Doppel**
Leo P. Ard/Reinhard Junge: **Der Witwenschüttler**
Leo P. Ard/Reinhard Junge: **Meine Niere, deine Niere**
Leo P. Ard/Reinhard Junge: **Die Waffen des Ekels**
Leo P. Ard/Reinhard Junge: **Das Ekel schlägt zurück**
Leo P. Ard/Reinhard Junge: **Das Ekel von Datteln**
Leo P. Ard/Reinhard Junge: **Bonner Roulette**
Dorothee Becker: **Der rankende Tod**
Jacques Berndorf: **Eifel-Filz**
Jacques Berndorf: **Eifel-Gold**
Jacques Berndorf: **Eifel-Blues**
Anatol Feid: **Tote schweigen besser**
Harald Irnberger: **Stimmbruch**
Harald Irnberger: **Richtfest**
Reinhard Junge: **Klassenfahrt**
Jürgen Kehrer: **Wilsberg und die Wiedertäufer**
Jürgen Kehrer: **Kein Fall für Wilsberg**
Jürgen Kehrer: **Killer nach Leipzig**
Jürgen Kehrer: **Gottesgemüse**
Jürgen Kehrer: **In alter Freundschaft**
Jürgen Kehrer: **Und die Toten läßt man ruhen**
Leenders/Bay/Leenders: **Jenseits von Uedem**
Leenders/Bay/Leenders: **Belsazars Ende**
Leenders/Bay/Leenders: **Königsschießen**
Hartwig Liedtke: **Tod auf Rezept**
Hartwig Liedtke: **Klinisch tot**
Reiner Nikula: **Laurins Garten**
Reiner Nikula: **Tödliches Schach**
Reiner Nikula: **Ein Stückchen Hirn**
Theo Pointner: **Scheinheilige Samariter**
Theo Pointner: **Tore, Punkte, Doppelmord**
Hans Scherfig: **Der tote Mann**
Hans Scherfig: **Der verschwundene Kanzleirat**
Hans Scherfig: **Der versäumte Frühling**
Niklaus Schmid: **Die Wettreise**
Werner Schmitz: **Mord in Echt**
Werner Schmitz: **Nahtlos braun**
Werner Schmitz: **Dienst nach Vorschuß**
Werner Schmitz: **Auf Teufel komm raus**
Gabriella Wollenhaupt: **Grappa dreht durch**
Gabriella Wollenhaupt: **Grappa macht Theater**
Gabriella Wollenhaupt: **Grappas Treibjagd**
Gabriella Wollenhaupt: **Grappas Versuchung**

grafit

0694

Postfach 300240, D-44232 Dortmund

Umschlagfoto: ART STUDIO Hendricks, Kleve
Satz: Knipp Satz und Bild digital
Druck und Bindearbeiten: Fuldaer Verlagsanstalt
ISBN 3-89425-037-2
3. 4. 5./95 94

Die Mitternacht zog näher schon;
in stummer Ruh' lag Babylon.

Nur oben in des Königs Schloß,
da flackert's, da lärmt des Königs Troß.

Dort oben in dem Königssaal
Belsazar hielt sein Königsmahl.

Die Knechte saßen in schimmernden Reihn
und leerten die Becher mit funkelndem Wein.

Es klirrten die Becher, es jauchzten die Knecht';
so klang es dem störrigen Könige recht.

Des Königs Wangen leuchten Glut;
im Wein erwuchs ihm kecker Mut.

Und blindlings reißt der Mut ihn fort;
und er lästert die Gottheit mit sündigem Wort.

Und er brüstet sich frech und lästert wild;
die Knechtenschar ihm Beifall brüllt.

Der König rief mit stolzem Blick;
der Diener eilt und kehrt zurück.

Er trug viel gülden Gerät auf dem Haupt;
das war aus dem Tempel Jehovas geraubt.

Heinrich Heine, Belsazar

„Wat muß ich da hören? Der große Superstar hat den Löffel abgegeben?“

Jupp Ackermann, Kranenburg

1

Salmon Rosenberg fröstelte.

Der Wind trieb den Novemberregen in Schleiern über den tristen Rasenplatz am Fuß der Burg.

Hier hatte ihre Synagoge gestanden?

Er versuchte sich zu erinnern, aber die blassen Fragmente wollten sich nicht zu einem Bild fügen: die Kerzen, der scharfe Geruch der feuchten Kleider, gleich nebenan seine Schule mit der schweren Tür, die er allein nicht öffnen konnte.

Vom Haus her mußten sie jene Straße heraufgekommen sein, seine Eltern, seine Schwester und er. Er war ein Kind gewesen, ein kleiner Junge.

Die Straße war schmal, das rote Steinpflaster brandneu, die Fassaden der Häuser modern und nichtssagend. Welche Häuser hatten damals hier gestanden, wie hatten die Läden ausgesehen? Er wußte es nicht mehr.

An die Burg konnte er sich erinnern, natürlich.

So deutlich wie an die lichtlosen Gewölbe – Katakomben hatte sein Vater sie genannt. Er verzog den Mund; die Ironie war ihm erst nach Jahren aufgegangen.

Aber das war ja später gewesen, fast zwei Jahre später; da war er schon acht.

Diese Erinnerung war klar.

Das Warten: eine Nacht, einen Tag und wieder eine Nacht in dumpfer Finsternis, in der selbst die Kinder schwiegen und sich nicht bewegten.

Und die Angst, die zum ersten Mal greifbar wurde. Sie war immer da gewesen, sein ganzes Kinderleben lang, obwohl keiner darüber sprach; seine Eltern nicht und auch nicht die anderen. Nun bekam sie endlich ein Gesicht.

Ihr Retter: wie er da vor seiner Mutter stand, in der Katakombennacht, breitbeinig, stumm, ganz nah. Wie sie schließlich ihre Bluse aufknöpfte und den kleinen Beutel, mit Pflaster festgeklebt, von ihrer Brust riß und ihm gab. Ebenso stumm wie er. Der Beutel mit all ihrem Schmuck.

An ihre Augen konnte er sich erinnern, an ihren Blick.

Und mit der Erinnerung an ihren Blick war plötzlich ein anderes Bild wieder da. Derselbe Blick in jener Nacht, als sie kamen mit ihren Vorschlaghämmern, ihren Stiefeln, ihren Schnapsfahnen, ihren Fäusten. Die Nacht, in der sie Papa mitnahmen.

Diese Nacht – deswegen stand er hier, deswegen hatte man ihn geladen; dieser Nacht gedachten sie.

Hier hatte ihre Synagoge gestanden.

Sie mußten es wissen, die Menschen hier, mußten wissen, wo ihre Gedenkstätten waren.

„... ein Kapitel in der Geschichte unserer Stadt, das uns heute noch mit tiefer Scham und Betroffenheit erfüllt ..."

Der Bürgermeister da vorn am Rednerpult war sicher fast zehn Jahre älter als er; der mußte es wissen.

„... nicht wiedergutzumachender Schaden ..."

Und der katholische Priester mit dem sanften Gesicht, der jedesmal nickte, wenn er in seine Richtung schaute, war an die Siebzig; der mußte es wissen.

„Honourable men", dachte Rosenberg, „so are they all, all honourable men."

Er schlug den Mantelkragen hoch und bewegte die Zehen in seinen Schuhen auf und ab, damit das Leben in sie zurückkehrte.

Hatte er sie gekannt, damals als Junge?

Die Gesichter sagten ihm nichts.

Und der große Mann dort neben dem Rednerpult mit dem teuren Mantel – Burberry's, das sah er von hier aus – der mußte in seinem Alter sein.

Hatten sie damals miteinander gespielt?

Salmon Rosenberg fror.

Heinz Mülders zog die gefütterten Handschuhe an und wickelte sich den Schal zweimal um. Dies' Jahr war'n se echt gegen ihn; so'n frühen Winter hatten se lang' nich' gehabt. Wen'stens 'n paar Stullen hatte der Pfaffe rausgerückt, obwohl mit Alk war ja au' diesma' nix gewesen; von wegen Glühwein oder sowat.

Gesprächskreis: Soziale Randgruppen – Unterstadtpfarre – für Verpflegung ist gesorgt.

Na ja, wat zu Fressen war ja au' nich' schlecht. Un' wenn de 'n bisken auf Sozialfall markiers', rückt der Pope scho' ma' 'n Mantel raus oder 'n Paa' Handschuhe un' so'n Schal wie den hier.

Im Eingang vom Möbelhaus Rexing fummelte er sich Zigaretten und Streichhölzer aus der Hosentasche. Drei Päckskes Marlboro hatt' er einsacken können, wie keiner kuckte. Lagen immer genucht von auf 'm Tisch.

Aber die Streichhölzer waren zu feucht und zündeten nicht. Er blickte sich suchend um – mußt' doch wer mit Feuerzeuch sein – aber kein Mensch war zu sehen.

Scheiße, er mußt' sich wat einfallen lassen. Hinter die Muschel im Forstgarten konnt' er nich' mehr lang' bleiben. Viel zu kalt, un' die Klamotten immer naß un' alles.

Die Alte, bei der er im Frühjahr gepennt hatte, ließ ihn nich' mehr rein, die dumme Sau.

Er sammelte den Rotz in seinem Rachen und spuckte ihn an die Schaufensterscheibe.

Wenn sich nix Neues auftat, mußt' er wohl ma' wieder auf Alki machen un' in Entzuch gehen. Scheiß-Klapse.

'n halben Liter Roten hatt' er noch; würd' grad ma' genucht sein bis morgen. Aber dann mußt' ihm wat einfallen, sons' war Asche. 'n Bruch war au' Kacke, diesma' würden se 'n echt verknakken. Oder 'ne Handtasche?

An der Tankstelle kam ihm einer entgegen, aber der hatte es so eilig, daß er ihn nicht nach Feuer fragen konnte.

Mülders taperte weiter die Tiergartenstraße entlang.

Hee! Wat war dat denn? Er pfiff leise durch seine Zahnstummel. Da stand doch echt die Türe los – sperrangelweit.

Verstohlen sah er sich um, während er ganz langsam weiterging. Kein Mensch zu sehen.

'ne große Villa, stockdunkel, überhaupt kein Licht an – doch, da hinten im Garten; mußte 'ne Werkstatt sein oder so wat. Ja, kla', ej, da wohnte doch so'n Maler, oder wat dat war.

Er kehrte um und ging langsam zurück. Wen'stens ma' kucken. Ers' ma' hinten, ob da einer is'.

Scheiß-Kies! Knirscht wie Harry. Aber wenn er langsam, immer im Schatten am Haus ...

Unter dem Fenster, aus dem das Licht auf die breite Einfahrt fiel, duckte er sich und verschnaufte. Dann kam er vorsichtig hoch und lugte durch die Scheibe. Nix – kein Arsch zu sehen. Er richtete sich auf und sah jetzt ungeniert hinein. Wie ausgestorben.

Flink, aber immer noch darauf bedacht, möglichst wenig Lärm zu machen, huschte er zur offenen Haustür zurück, schlüpfte in den dunklen Flur und schloß die Tür hinter sich.

Totale Finsternis! Un' er hatte nich' ma' 'n Streichholz.

Sich vorsichtig vortastend, immer eine Hand an der Wand, schlich er auf die Tür am Ende des Flurs zu, unter der er einen feinen Lichtstreifen erkennen konnte. Mußte die Werkstatt sein.

Seine rechte Hand griff ins Leere – eine offene Tür.

Er trat ein.

2

Kommissar Norbert van Appeldorn wanderte ungeduldig vor dem Denkmal des Großen Kurfürsten auf und ab. Als der Anruf kam, war er gleich hinausgegangen, damit Helmut erst gar nicht klingelte. Die Kleine zahnte, und wenn sie geweckt wurde, war's mit der Nachtruhe meistens endgültig vorbei.

Die Straßen hier an der Burg waren völlig ausgestorben. An Wochentagen wurden in dieser Stadt immer noch spätestens um zehn die Bürgersteige hochgeklappt.

Endlich hörte er das ungesunde Tuckern von Toppes altem Passat.

„Du hast dir aber ganz schön Zeit gelassen", muckerte van Appeldorn seinen Chef an, als er in den Wagen stieg.

„Ach, diese blöde Kiste", knurrte Toppe, „erst will sie nicht anspringen, und dann geht sie mir unterwegs noch dreimal aus. 'n Abend erst mal."

Van Appeldorn suchte eine bequeme Stellung für seine langen, dünnen Beine. „Abend? Guten Morgen, würd' ich sagen. Was gibt's denn eigentlich?"

Toppe hatte inzwischen gewendet und fuhr den Kirchberg hinauf. „Weiß ich auch nicht so genau. Der diensthabende Notarzt rief über Funk an. Er hat in der Tiergartenstraße einen Herrn van Velden abgeholt, mit schweren Schädelverletzungen. Äußere Gewalteinwirkung, sagt er."

„Van Velden? Der Bildhauer?"

„Keine Ahnung."

Vor der alten Villa warteten die Kollegen von der Schutzpolizei. Eine Handvoll Schaulustiger stand herum; die meisten hatten sich nur rasch eine Jacke oder einen Mantel über den Schlafanzug geworfen.

Toppe parkte in der Kieseinfahrt.

„Schönes Anwesen."

„Das soll wohl. Van Velden ist schließlich ein großer Sohn unserer Stadt", antwortete van Appeldorn.

„Ist er?"

„Na, frag mal den Bürgermeister."

Kollege Flintrop schlenderte lässig auf sie zu.

Er war einer der wenigen, mit dem es hin und wieder Ärger gab, weil er seine Abneigung gegen die Kripo wie ein Banner vor sich her trug und immer mal wieder gern seine Kompetenzen überschritt.

„'n Abend Flintrop. Wissen Sie, warum man uns rausgerufen hat?"

„Tjaa", Flintrop ließ sich Zeit, „da hat wohl einer einem eins über die Rübe gegeben."

„Äußerst gelungene Formulierung, Flintrop", bemerkte van Appeldorn. „Muß wohl an mir liegen, daß ich's nicht ganz verstehe. Vielleicht könntest du's ein bißchen genauer machen für mich."

„Das war der Herr van Velden", ließ sich ein älterer Mann in einem gestreiften Bademantel vernehmen. „Ich mein', genau gesehen hab' ich's ja nicht, aber es wohnt ja keiner hier sonst."

Toppe und van Appeldorn wechselten einen verwirrten Blick.

„Wohnen Sie nebenan?" begann Toppe.

„Ja." Der Mann kam heran. „Berghaus, mein Name."

„Können Sie uns Näheres erzählen?"

„Ja, Gott, wir hören den Krankenwagen, meine Frau und ich. Und ich sag', laß uns doch mal gucken, was da los ist. Aber da ist erst mal gar nichts zu gucken. Die Haustür ist zu, und kein Mensch ist zu sehen, bloß der Krankenwagen. Aber dann kommen die Sanitäter und der Doktor von hinten mit der Trage gelaufen. Die waren so schnell im Wagen, ich konnt' gar nicht so genau sehen, wer da drauf lag. Muß aber Herr van Velden gewesen sein, so von der Statur her, und außerdem wohnt ja auch kein anderer hier im Haus." Er holte kurz Luft. „Der Doktor sagt mir dann, er müßte die Polizei anrufen, der Mann wär' niedergeschlagen worden, und ob ich hier warten könnte, bis die Polizei da ist. Mehr weiß ich auch nicht."

„Is' doch genau, wat ich sach", mischte sich Flintrop ein. „Ihr könnt hier vorne übrigens nicht ins Haus. Die Tür ist zu, und et scheint wirklich keiner da zu sein sonst. Aber hinten die Werkstatt steht los. Da isset wohl auch passiert. Wir haben bloß ebkes durch die Tür gespinxt. Dat sieht vielleicht aus da drin! Wenn ihr mich fragt, ihr kriegt gut wat zu tun", freute er sich.

Der linke Flügel der eisernen Doppeltür stand weit offen. Es war die Werkstatt des Bildhauers, ein quadratischer, hoher Atelierraum. In der Mitte ein monumentaler Tisch, an der gegenüberliegenden Wand links ein Schreibtisch, daneben ein hoher Rollschrank, rechts davon eine Tür. An der rechten Wand ein Durchgang, mit einem Vorhang abgetrennt. Große Steinblöcke standen herum, teils roh, teils bearbeitet, an den Wänden offene Regale, eine Staffelei. Über allem lag eine feine, helle Staubschicht.

Es herrschte ein unbeschreibliches Durcheinander. Ein schwerer Rollwagen war mitten im Raum umgekippt und hatte seinen Inhalt, Fräsen, Hämmer, Meißel, auf dem Fußboden verteilt. Papiere, Plakate und Rollen, Stifte, Lineale, ein Storchenschnabel, alles war vom Ateliertisch heruntergewischt worden. Nur eine einsame Sektflasche stand wie ein Ausrufezeichen auf der leergefegten Tischplatte.

Der Schreibtischstuhl war umgefallen.

In der Staubschicht am Boden erkannte man eine Unzahl von Schuhspuren.

Vorsichtig traten die beiden Kripoleute ein.

„Das sieht ja schwer nach einem Kampf aus", meinte van Appeldorn.

„Mmh." Toppe ging hinüber zum umgekippten Stuhl. Auf der Rückenlehne sah er frische Blutspuren, auch auf dem Schreibtisch und dem Wust der darauf verteilten Papiere und Bücher. Zwei Gläser standen an der rechten Kante, in einem war ein kleiner Rest einer klaren Flüssigkeit. Auf dem Boden, gleich am Schreibtisch, lag neben verstreuten Stiften und Papierkram eine zerbrochene Wodkaflasche. Die Schnapspfütze hatte sich mit einer größeren Menge Blut vermischt.

Van Appeldorn sah sich die Scherben genauer an. „Ob das wohl die Tatwaffe war?"

Toppe schnupperte an dem Glas. „Noch ganz frisch, der Wodka. Steht sicher noch nicht lange hier."

„Na, dann wollen wir mal." Van Appeldorn ging zum Telefon hinüber, holte ein Taschentuch aus der Hosentasche und nahm damit vorsichtig den Hörer ab. „Wer hat denn heute Bereitschaft beim ED?"

„Berns."

Van Appeldorn grinste. „Wird mir ein ganz besonderes Vergnügen sein". Und dann, nach ein paar Sekunden, mit süßem Flöten in der Stimme: „Bernsilein, schmeiß doch bitte den Transit an. Wir haben ein wenig Arbeit für dich."

Toppe konnte Berns' vertrautes Gepolter hören, aber er achtete nicht weiter darauf.

Jemand hatte versucht, den Rollschrank neben dem Schreibtisch aufzubrechen. Das Schloß war nur teilweise herausgehebelt, ein dünner Meißel steckte.

„Sieht nach einem Einbruch aus, was meinst du?"

„Und mit dem Einbrecher zusammen hat van Velden dann Wodka getrunken", feixte van Appeldorn.

Mit der Rückseite seines Zeigefingers befühlte er vorsichtig den heilgebliebenen Flaschenhals.

„Kalt", sagte er. „Die ist noch nicht lange aus dem Eisfach."

Toppe ging zur Hintertür.

„An dieser Tür ist das Schloß in Ordnung", rief er van Appeldorn hinterher, der die gegenüberliegende Tür geöffnet hatte. Als der dort den Lichtschalter fand, konnte Toppe einen Blick in einen langen Flur werfen.

Er ging zum Vorhang an der rechten Wand, schob ihn zur Seite und stand in einem kleinen, gemütlichen Raum, der vom schummrigen Licht einer Stehlampe erhellt wurde. An der linken Seite war eine Art Fotostudio aufgebaut: eine weiße Hohlkehle, Lampen, Stative mit Kameras. Rechts stand ein breites französisches Bett mit einer Decke aus Wolfsfell, daneben ein Barschrank, dessen Tür geöffnet war; er hatte ein Eisfach.

An den Wänden hingen vier großformatige, schwarzweiße Aktfotos.

Toppe betrachtete sie genauer: zwei junge Mädchen in eindeutigen Posen; sehr jung, fünfzehn vielleicht, schätzte er.

„Helmut? Wo steckst du?" hörte er van Appeldorn im Atelier.

„Ich bin hier!"

„Am Haustürschloß ist auch keiner dran gewesen. Die Fenster im Erdgeschoß sind alle fest verschlossen, nur oben steht eins auf Kipp. Kann also sein, van Velden hat ihn selbst reingela..." Er verstummte, als er hereinkam, und stieß dann einen Pfiff aus. „Heiß!"

Toppe nahm den Faden auf. „Es kann aber auch sein, daß die Türen, oder eine davon, gar nicht geschlossen waren."

Van Appeldorn nickte

„Und so wie der Rollschrank aussieht", fuhr Toppe fort, „ist der Täter ja nicht ganz fertig geworden. Vielleicht hat van Velden ihn ja dabei überrascht, und dann ist es zum Kampf gekommen."

„Genau", stimmte van Appeldorn zu, „und dann haben die beiden den Wodka getrunken."

„Jetzt hör doch endlich mit diesem Wodka auf!"

Sie gingen zurück ins Atelier.

„Das mit der Sektflasche hier ist ja auch irgendwie merkwürdig", überlegte Toppe. „Alles andere ist vom Tisch gefegt worden."

Er betrachtete sie genauer. „Die ist noch ganz beschlagen. Muß also auch eben noch im Kühlschrank gestanden haben."

„Na ja, man brauchte schließlich Nachschub, als die Wodkaflasche kaputt war."

„Das ist doch völlig schwachsinnig, Norbert."

„Stimmt. Komm doch mal rüber."

An der Wand, gute vier Meter vom Schreibtisch entfernt, gab es ebenfalls Blutspuren.

„Wenn das von ein- und demselben stammt ..." begann van Appeldorn.

„Ja", übernahm Toppe. „Es gibt Streit. Van Velden wird hier gegen die Wand geschleudert ..."

„... geht dann zum Schreibtisch, setzt sich auf den Stuhl ..."

„... fällt zu Boden und reißt dabei die Wodkaflasche mit runter ..."

„... mit der er soeben erschlagen wurde."

Kopfschüttelnd rieb sich Toppe die Stirn. „Ohne den Notarzt kommen wir überhaupt nicht weiter. Wir wissen ja nicht einmal, wo und wie er den Mann gefunden hat, ob der bewußtlos war oder vielleicht noch was gesagt hat."

„Ich versuch' mal, ihn zu erreichen." Van Appeldorn ging erneut zum Telefon.

Toppes Blick fiel wieder auf den Rollschrank. Konnte es sein, daß der mutmaßliche Einbrecher es genau auf diesen Schrank abgesehen hatte?

„Frag mal, wer eigentlich den Notarzt verständigt hat", fiel ihm plötzlich ein, aber van Appeldorn hatte schon aufgelegt.

„Der Arzt ist mit dem Schwerverletzten unterwegs nach Nimwegen. Wenn er zurück ist, wird er sich bei uns melden."

Es klingelte. Van Appeldorn ging durch den Hausflur und öffnete. Es war Berns, schlechtgelaunt wie immer, wenn es Arbeit gab.

„Wenn ihr beide zusammen Dienst habt, muß man immer mit dem Schlimmsten rechnen", motzte er.

„Was glaubst du wohl! Wir zahlen hohe Bestechungsgelder, damit sie uns extra immer mit dir zusammen einteilen", griente van Appeldorn.

„Was für ein Saustall!“

„Ganz deiner Meinung, Berns, obwohl deine Wortwahl vielleicht etwas gewagt ist.“

Angewidert betrachtete Berns die zahllosen verwischten Schuhspuren. „Seid ihr hier so rumgetrampelt?“

„Selbstverständlich, wir als blutige Anfänger ...“

„'n Abend“, unterbrach Toppe die Kabbelei.

Berns grunzte eine unverständliche Erwiderung.

„Ich möchte, daß Sie mir zuerst hier den Schrank untersuchen, Herr Berns. Ich will da so schnell wie möglich ran.“

Berns holte zu einer Entgegnung aus, aber van Appeldorn fuhr dazwischen: „Wie hab' ich dich doch in meinem Mutterschutz vermißt, Berns. Keiner versprüht pro Zeiteinheit so viel Gift wie du.“

Berns schnaubte nur: „Mutterschutz“, tippte sich an die Stirn und wandte sich zum Gehen. Er dachte nicht daran, die ganze Arbeit allein zu machen. Konnte van Gemmern ruhig mal seinen jungen Hintern aus dem Bett hieven.

„Ach ja, nach was sucht ihr eigentlich?“ wollte er noch wissen.

„Das genau ist das Problem: wir wissen's noch nicht.“ Van Appeldorn knuffte ihm freundschaftlich in die Seite. „Am besten, du machst einfach die große Palette.“

Dann schob er sich an ihm vorbei und ging nach draußen, um die Nachbarn zu befragen. Toppe fischte eine zerknautschte Zigarettenschachtel aus der Manteltasche, zündete sich eine Eckstein an und besah sich die am Boden verstreuten Papiere: Aktskizzen, Entwürfe von Skulpturen, versehen mit Notizen und Kritzeleien. Auch auf dem Schreibtisch lagen kleinere Skizzen und Zettel. Er stutzte.

„Gehen Sie mir mal aus dem Weg“, raunzte Berns ihn von hinten an, „ich muß Fotos machen.“

Toppe antwortete nicht. Er ging zur Flurtür, um sich das übrige Haus anzusehen. „Ach, Berns“, meinte er noch, „suchen Sie nach einem goldfarbenen Lackstift.“

„Bin ich ein Hund?“

Toppe ging langsam durch die untere Etage. Als er in der Küche war, kam van Appeldorn mit neuen Informationen. „Also, von den Nachbarn hat keiner den Notarzt angerufen. Ich muß mal bei der Leitstelle nachfragen. Van Velden ist zwar verheiratet, lebt aber schon seit Jahren allein hier. Seine Frau wohnt in Spanien. Er hat eine Haushälterin, die wohl täglich kommt, eine Frau Finke aus der Sackstraße. Dann ist da noch was: dieser Berghaus von nebenan sagt, es wäre heute abend bei ihm einer durch den hinteren Garten gelaufen."

„Wann soll das gewesen sein?"

„Als *Derrick* anfing, sagte er. Müssen wir in einer Programmzeitschrift nachsehen."

„Um 23.20 Uhr", sagte Toppe, „ich hab' selbst davor gesessen; hat mit zehn Minuten Verspätung angefangen."

3

„Bitte warten ... Bitte warten ... Bitte warten ..."

Die Stimme und das synthetische Gedudel erinnerten ihn fatal an das neue *Nintendo Superset*, das ihm allabendlich aus dem Zimmer seiner Söhne entgegentönte.

Endlich hatte Toppe den Notarzt am Apparat. Nein, eigentlich könne er nicht kommen. Vielleicht, wenn der Hintergrunddienst einspringen würde. Er wolle es zumindest versuchen. Ob Toppe wohl mal eben in der Leitung bleiben könne.

„Bitte warten ... Bitte warten ..."

Entnervt hielt Toppe den Hörer weit von sich.

„Sie stehen mir schon wieder im Weg", baute sich Berns vor ihm auf, „ich dachte, ich sollte Ihnen den Schrank machen?"

Toppe sah ihn nur ausdruckslos an.

„In Ordnung", sagte der Notarzt, „ich bin in zehn Minuten bei Ihnen."

Im Hausflur standen van Appeldorn und van Gemmern, der zweite ED-Mann, und unterhielten sich leise.

„Ich komme immer noch ganz gut ohne das rollende Labor zurecht", sagte van Gemmern. „Das ist ganz allein auf Berns' Mist gewachsen. Er hat den Wagen privat gekauft und die ganze Ausrüstung auch."

„Hat er denn inzwischen die Mittel dafür bewilligt gekriegt?" wollte Toppe wissen.

„Ach was. Das kann er sich meiner Ansicht nach auch abschminken. Die alte Mühle ist völlig überflüssig; eine nette kleine Spielerei, nicht mehr. Aber Berns besteht darauf, daß ihm die Kosten erstattet werden."

„Altersstarrsinn", flachste van Appeldorn.

Van Gemmern zuckte nur die Achseln. „Dann werde ich mal anfangen. Ich weiß ja jetzt im Groben, um was es geht."

Van Appeldorn hielt Toppe seinen aufgeschlagenen Notizblock unter die Nase. „Hier. Ich hab' gerade über Funk mit der Leitstelle gesprochen. Die sind um acht Minuten nach elf angerufen worden, anonym. Es war ein männlicher Anrufer. Ungefährer Wortlaut: *Bitte einen Notarzt in die Tiergartenstraße 217. Beeilen Sie sich, es ist sehr dringend.*"

„Hat er den Namen van Velden erwähnt?"

„Nein."

„Sonst noch was?"

„Kaum. Die Stimme ließe keine Rückschlüsse auf das Alter des Anrufers zu, sagte der Mann bei der Leitstelle. Ein besonderer Akzent oder ähnliches sei ihm nicht aufgefallen. Der Mann sei wohl sehr kurzatmig und offenbar äußerst aufgeregt gewesen. Kommt der Notarzt?"

„Ja, müßte eigentlich schon hier sein. Sind die Kollegen weg?"

„Ach was. Flintrop spielt mal wieder Sheriff. Faselt was von Absperren und Protokollen und Schaulustige fernhalten. Dabei steht nur noch dieser Berghaus da draußen."

Der Notarzt war ein farbloser Mann von Mitte Dreißig, dem man ansah, daß er schon länger im Einsatz war.

„Van Velden saß hier auf dem Schreibtischstuhl, als wir ankamen."

„Er *saß* am Schreibtisch?" fragte van Appeldorn erstaunt.

„Ja."

„Woher wissen Sie, daß es van Velden war?" meinte Toppe.

„Ich kenne ihn."

„Näher?"

„Nein, nein, aber ich komme aus Kleve und ... der Mann ist doch bekannt hier." Er gähnte verstohlen. „Darf ich rauchen?"

„Auf gar keinen Fall!" fauchte Berns vom Rollschrank her, aber van Appeldorn hatte schon seine Zigaretten aus der Tasche gezogen und hielt sie dem Arzt hin.

„Danke, ich nehme lieber meine eigenen."

„Wenn Sie mir Asche auf den Boden streuen, dann ist aber was los!"

Jetzt riß Toppe die Hutschnur. „Es reicht, Berns", zischte er leise, und zum Arzt: „Ich denke, am besten erzählen Sie von Anfang an."

Der Arzt rieb sich geräuschvoll die blonden Bartstoppeln. „So gegen zehn nach elf war der Anruf. Wir kamen ganz gut durch und waren um 23.19 Uhr hier. Die Haustür war verschlossen. Ich habe geklingelt, und als keiner öffnete, sind wir hintenrum zur Werkstatt gegangen. Man konnte sehen, daß dort Licht brannte. Und hier war gottlob die Tür offen."

„Was heißt offen?"

„Nun, der eine Türflügel stand auf. Van Velden saß mit dem Rücken zu uns zusammengesunken hier am Schreibtisch."

„Wie genau zusammengesunken?"

Der Arzt runzelte ungeduldig die Stirn. „Ich denke, er hat auf dem Stuhl gesessen und einen Schlag auf den Hinterkopf gekriegt. Dadurch ist er wohl nach vorne gekippt. Jedenfalls lag er mit dem Oberkörper auf der Schreibplatte, das Gesicht nach unten."

„Und die Blutlache hier auf dem Boden?"

„Wir mußten reanimieren", antwortete der Arzt knapp.

„Mitten in der Schnapspfütze?" fragte van Appeldorn.

„Nein, nein, das ist hinterher passiert. Die Flasche stand auf dem Schreibtisch. Als wir van Velden auf die Trage hoben, habe ich sie im Umdrehen vom Tisch gewischt."

„Das ist doch wohl das Unglaublichste, was ich je gehört habe!" kam Berns angeschossen. „Wie dumm darf man eigentlich sein? Und diese Trampelpfade hier auf dem Boden und das Geschleife, das stammt wohl auch alles von Ihnen!"

„Berns! Wenn du nicht sofort deine Klappe hältst", pfiff ihn van Appeldorn scharf an, aber auch dem Arzt reichte es jetzt.

„Ich bin Arzt", meinte er mühsam beherrscht. „Und ich hab's verdammt nicht nötig ...", aber dann besann er sich. „Der Mann war praktisch tot", sagte er zu Toppe. „Ich habe meine Arbeit zu tun, und alles andere interessiert mich in dem Moment überhaupt nicht."

„Wie sah die Schädelwunde aus?" fragte van Appeldorn. „Könnte sie von der Wodkaflasche stammen?"

„Möglich."

„Darf ich mal ebkes stören?" Flintrop stand im Türrahmen. „Ich muß den Herrn Doktor noch was fragen für mein Protokoll." Er wedelte mit einem Blatt Papier.

Van Appeldorn gähnte laut.

„Ja also, Herr Doktor, welche Verletzungen hatte der Mann genau?"

„Schädelimpressionsfraktur."

„Aha." Flintrop legte das Formular an den Türrahmen und schrieb, langsam vor sich hin buchstabierend.

„So. Gut. Besteht Lebensgefahr? Und muß der Patient stationär bleiben?"

Der Arzt rieb sich mit beiden Händen die Augen und schüttelte fassungslos den Kopf. „Das kann man so sagen", murmelte er schließlich.

„Na prima, das war's schon", rief Flintrop aufgeräumt. „Schönen Dank auch und nix für ungut, Herr Doktor."

„Hören Sie", der Arzt sah Toppe ernst an. „Wir haben van Velden mit Mühe und Not lebend nach Nimwegen bringen können. Ich glaube aber nicht, daß er durchkommt."

Toppe nickte. „Der Schreibtischstuhl ist umgefallen, als Sie van Velden reanimiert haben?"

„Muß wohl."

„Die Papiere hier unterm Ateliertisch, der Rollwagen, die ganzen Werkzeuge ..."

„Das waren wir nicht, wenn Sie das meinen. Mir ist nur die Flasche runtergefallen, und vielleicht sind noch ein paar Zettel hier vom Schreibtisch gerutscht, als wir ihn auf den Boden gelegt haben, aber sonst? Nein. Warten Sie, doch, ich erinnere mich. Wir mußten mit der Trage um den umgekippten Rollwagen rum, als wir reinkamen; und über diese Papierrollen bin ich auch gestiegen."

„Ist Ihnen jemand entgegengekommen, als Sie ankamen?" fragte van Appeldorn. „Oder haben Sie vielleicht jemanden weglaufen sehen?"

„Nein, keins von beidem. Als wir zum Wagen zurückkamen, standen ein paar Nachbarn herum. Das war alles. Van Velden war auch allein hier drin. Aber, meine Güte, glauben Sie, ich hatte Zeit, auf so was zu achten? Wir haben versucht, van Velden einigermaßen stabil zu kriegen, ihn auf die Trage gelegt und sind auf dem schnellsten Weg wieder raus." Er ließ die Arme hängen. „Ich kann Ihnen wirklich nicht mehr sagen. Hören Sie, ich bin jetzt seit dreißig Stunden im Dienst. Ich weiß kaum noch, wie ich heiße."

„Natürlich", sagte Toppe. „Wir haben auch im Augenblick keine weiteren Fragen mehr. Und wenn sich noch was ergibt, wissen wir ja, wo wir Sie erreichen können."

Er hielt dem Mann seine Hand hin, aber der Arzt nahm das gar nicht mehr wahr. Er beeilte sich, raus und vielleicht endlich ins Bett zu kommen.

Van Appeldorn reckte sich. „Arme Socke. Sein Job ist auch nicht viel besser als unserer. Komm, Helmut, machen wir Schluß für heute."

„Ja, gleich. Ich will mir nur noch den Rollschrank ansehen."

Der große Schrank enthielt nur wenige Dinge: mehrere Fotokopien alter Ansichten und alter Stadtpläne von Kleve, ein paar Bücher zur Stadtgeschichte, ein dünnes Heftchen mit dem Titel *Sie standen auf* über klevische Widerstandskämpfer im Dritten Reich. Eine großformatige Zeichnung in verschiedenen Farben, mit der Toppe überhaupt nichts anzufangen wußte. Sie sah aus wie ein Grundriß; die Beschriftung bestand aus unverständlichen Kürzeln. An den Rand der Zeichnung war eine Adresse in den USA gekritzelt: *Salmon Rosenberg, 1017, Bedford Drive, Chicago* und eine Telefonnummer.

Dann ein ganzer Stapel Schwarzweißfotos, offensichtlich im Nebenraum aufgenommen: Herren mittleren bis gesetzteren Alters mit jungen Mädchen – die beiden von den Fotos dort im Zimmer waren auch dabei – in verschiedenen Kombinationen und Positionen.

„Würdest du das im weitesten Sinne als Kunst bezeichnen?" fragte Toppe.

„Nee", entgegnete van Appeldorn, „selbst mit dem besten Willen bleibt das hier schlichte Pornographie."

4

„... an jenem 9. November 1938, vor heute genau fünfzig Jahren." Der Bürgermeister hob die Stimme: „Geschichte kann und darf nicht verleugnet, nicht verdrängt werden ..."

Die Worte mischten sich zu einem dicken Brei und drangen nur noch bruchstückhaft in Salmon Rosenbergs Bewußtsein. Gelangweilt bohrte er die Schuhspitze ins Gras.

„... besonderer Dank gilt Herrn Rosenberg, der unserer Einladung gefolgt ist ..."

Der Rasen kräuselte sich, ließ sich abheben.

„... Familie Rosenberg, seit hundertfünfzig Jahren Bürger unserer Stadt ... dem größten Kaufhaus am Ort ... und ihre wirtschaftliche Bedeutung ..."

Salmon Rosenberg kicherte. Rollrasen – es sah ganz so aus, als habe man diese Gedenkstätte in aller Eile hergerichtet.

„... tiefes Bedauern, daß diese Familie gezwungen wurde, ihre Heimat zu verlassen ..."

Er schob den Schuh weiter unter die Rasenkante – Asphalt wurde sichtbar – klappte sie um und erkannte ein Stück des Piktogramms für einen Behindertenparkplatz.

Sein Kichern wurde heftiger; er versuchte es wegzuatmen, aber es wollte nicht gelingen.

Die kleine Gesellschaft geriet in Unruhe. Man wechselte betretene Blicke, aber keiner sah ihn an; nicht die evangelische Jugend mit dem Transparent WIR SAGEN NEIN, nicht der Bürgermeister, nicht einmal der Pastor mit dem sanften Gesicht.

Jemand zischelte: „Wer ist das denn?“

Am Rednerpult gab es einen hastigen Rollenwechsel.

Der Mann im Burberry räusperte sich jetzt. Er heftete seinen ungeduldigen Blick auf Rosenberg.

„Hans Roderik van Velden“, hatte ihn der Bürgermeister angekündigt.

Rosenberg erwiderte den Blick mit fragendem Stirnrunzeln. Van Velden?

„... möchte ich selbst bescheiden zurücktreten hinter das Andenken an meinen Vater, der uns leider allzu früh verlassen mußte ...“

Van Velden!

„... jedes Gedenken der Opfer schließt auch das Gedenken derer mit ein, die Widerstand leisteten. Auch in dieser Stadt gab es Menschen, die sagten: Nein!“

Das Lachen kam in kurzen lautlosen Explosionen.

Van Velden ließ ihn nicht aus den Augen. Er redete schnell und laut.

„... Menschen, die – ungeachtet des persönlichen Risikos für Leib und Leben – sich verweigerten.“

Salmon Rosenberg lachte.

5

Von den Türmen der nahen Stiftskirche schlug es vier, als Toppe vor van Appeldorns Wohnung hielt, um ihn abzusetzen. Aus dem ersten Stock tönte durchdringendes Babygeschrei.

„Na, das war's denn wohl, von wegen Nachtruhe“, seufzte van Appeldorn ergeben. „Sie läßt sich nämlich nur von mir beruhigen, wenn sie Schmerzen hat. Wir sehen uns dann mittags.“

Dabei war er schon aus dem Wagen gesprungen und eilte zur Haustür.

Toppe konnte sich ein leises Schmunzeln über den Stolz, der deutlich in van Appeldorns Stimme mitklang, nicht verkneifen.

Noch bis vor zwei Jahren war van Appeldorn für alle der typische Junggeselle gewesen: Fußballer bei den Alten Herren in Materborn, ein Biertrinker, der gern in Kneipen und auf Kegeltouren ging. Ohne große Worte zu machen, hatte er sich stur und lange erfolgreich gegen Ehe und Familie gewehrt, aber als dann seine Freundin Marion, die Ex-Frau eines Kegelbruders, schwanger wurde, hatte er schließlich doch geheiratet und sich sogar den Erziehungsurlaub mit ihr geteilt. Nora, seine Tochter, war inzwischen schon anderthalb, aber van Appeldorn in der Vaterrolle war Toppe immer noch fremd.

Sie hatten gerade den Tatort verlassen wollen, als sie die Nachricht erreichte, daß van Velden bei der Operation im Nijmegse Radbout gestorben war.

Bei dem bloßen Gedanken an den ganzen Papierkram, der bei der Überführung eines Toten auf sie zukam, hatte Toppe die Augen verdreht, aber van Appeldorn meinte: „Ich mach' das schon, laß mal. Und dann versuch' ich, van Veldens Frau aufzutreiben und etwaige andere Verwandte. Mir ist da eben noch was anderes eingefallen: deine Freundin Sofia, die müßte den van Velden eigentlich kennen."

„Wieso? Nicht, daß ich wüßte."

„So groß ist die niederrheinische Künstlerszene ja nicht. Ich meine, die hätten mal zusammen eine Ausstellung im Haus Koekoek gehabt."

„Ich kann sie ja morgen früh mal anrufen. Wenn sie was über ihn weiß, fahre ich gleich raus zu ihr und komme dann erst später ins Büro."

Ein ganzes Stück vor seinem Haus schaltete Toppe schon die Zündung ab und ließ den Wagen ausrollen. Er hatte keine Lust, sich morgen wieder die Sticheleien seiner Schwiegermutter anzuhören, die gleich nebenan wohnte und offenbar einen außergewöhnlich leichten Schlaf hatte.

Leise schloß er die Haustür auf. Gabi hatte die kleine Lampe an der Garderobe brennen lassen, wie immer, wenn sie schlafen ging und er noch nicht zurück war.

Er streifte die Schuhe ab und hängte seinen Mantel auf den Bügel. Eigentlich war er hellwach, aber heute war ihm nicht nach einem einsamen Bier und einer Beatles- oder Suzanne Vega-Platte über Kopfhörer. Er mußte dankbar sein für ein paar Stunden Schlaf. Wenn er da jetzt an Norbert dachte. Er spürte eine gesunde Freude darüber, daß seine beiden Kinder inzwischen so groß waren, daß es keine durchwachten Nächte mehr gab. Oliver ging jetzt schon seit sechs Wochen aufs Gymnasium. Aber Toppes Erinnerung an die Zeit, als die Jungen noch klein waren, war noch ziemlich lebendig. Sie hatten in der engen Mietwohnung in Kellen gewohnt mit dünnen Wänden und giftigen Nachbarn. Wenn sie damals schon ihr eigenes Haus gehabt hätten, wäre sicher vieles einfacher gewesen.

Gabi lag quer im Bett auf dem Bauch, ihren Arm auf seinem Kopfkissen. Sie schlief fest und atmete laut durch den Mund. Er lächelte. Sie war auch jetzt noch anziehend, vielleicht attraktiver als vor zehn, zwölf Jahren, als die Kinder noch klein waren und sie kaum Zeit für sich hatte.

Behutsam schob er ihren Arm zur Seite und legte sich hin. Sie murmelte etwas im Schlaf und drehte sich zur Wand. Sie war nackt – sie schliefen immer nackt –, und das ganze Bett war voll von ihrer Wärme. Er rückte näher an sie heran, bis er ihren Rükken dicht an seinem spürte, und genoß es, wie er langsam auftaute.

Gut, sie hatten ein paar Schwierigkeiten miteinander in den letzten ein, zwei Jahren, aber es waren eigentlich nur Kleinigkeiten, nichts wirklich Erschütterndes. Sie warf ihm vor, daß er zuviel arbeitete und zuwenig zu Hause war. Aber was wollte man machen? So war's halt.

Wenn man an ihr Alter dachte, die fünfzehn gemeinsamen Jahre in die Waagschale warf, die Gewohnheit, den Alltag, all das, sollte man solche Krisen wahrhaftig nicht überbewerten. Er liebte sie immer noch. Sicher anders als zu Anfang, nicht mehr so kopflos und blind, aber gerade drum. Er schlief gern mit ihr, nach wie vor. Bei ihr konnte es nicht anders sein. Von Zeit zu Zeit, wenn die Kinder bei Oma waren oder sicher fest schliefen, konnte er sie noch zu wilden Nächten hinreißen, in der Badewanne, auf dem Fußboden, im Bett, zwei-, dreimal hintereinander.

Er drehte sich um und umfaßte von hinten ihren Leib.

„Wie spät ist es denn?“ murmelte sie ins Kissen.
„Halb fünf“, flüsterte er und küßte ihren Nacken.
„Mein Gott!“ stöhnte sie.
„Schlaf weiter, Schatz.“
Dann drehte er sich auf den Rücken und wartete auf den Schlaf.
Als der Wecker um zehn nach sechs klingelte, stellte er fest, daß er offenbar irgendwann tatsächlich weggedämmert sein mußte. Mißmutig zog er sich die Decke übers Ohr, aber Gabi rüttelte ihn.
„Was ist? Mußt du nicht raus?“
„Stell mir den Wecker auf halb neun.“
„Okay. Schlaf noch gut.“ Sie küßte ihn auf die Schläfe.
„Bis heut' abend.“
Sie war in Eile, wie immer, seit sie wieder ihren alten Job als MTA bei der Kinderärztin hatte.
Wie durch dicke Daunen hörte er noch, daß Christian und Oliver sich im Bad um die Zahnpasta kloppten und Gabi fauchend dazwischenfuhr, dann schlief er tatsächlich wieder ein.

Nachdem Toppe ausgiebig geduscht hatte, stand er pfeifend vorm Spiegel und begutachtete seinen nackten Körper: gar nicht so schlecht für fünfundvierzig. Er war sein Leben lang zu dick gewesen, aber seit er im letzten Jahr fast zwanzig Kilo abgespeckt hatte, konnte er seinen Anblick ausgesprochen gut ertragen.
Mit Sofia hatte er schon vom Bett aus telefoniert.
„Doch, natürlich kenne ich van Velden“, hatte sie gesagt, aber sein Tod schien sie nicht sonderlich zu berühren.
Sie hatte ihn zum Frühstück eingeladen, und er freute sich darauf. Zwar hatte er noch nie mit ihr gefrühstückt, aber sie war eine begnadete Köchin, das wußte er aus Erfahrung, und bei dem Gedanken an gebratenen Speck mit frischen Eiern lief ihm das Wasser im Mund zusammen. Würde er eben das Mittagessen ausfallen lassen. Vermutlich kam er auch gar nicht mehr dazu, wenn er erst mal im Büro war.
Sein Freund Arend Bonhoeffer hatte wirklich Glück gehabt mit dieser Frau. Er kannte Arend schon lange, noch aus der Zeit, als sie beide noch in Düsseldorf wohnten. Für eine Weile hatten

sie sich fast aus den Augen verloren, aber seitdem auch Arend vor neun Jahren an den Niederrhein gekommen war und als Pathologe in Emmerich arbeitete, trafen sie sich wieder regelmäßig.

Irgendwann hatte er ganz selbstverständlich Sofia mitgebracht, eine dunkle, reizvolle Frau, Malerin aus Emmerich, klein, nicht mehr jung, siebenundvierzig, genau wie Arend.

Der Wagen klapperte beleidigt, als Toppe über den holperigen Feldweg fuhr, der zu Bonhoeffers Anwesen führte.

Es war ein alter Bauernhof, der für viel Geld sehr behutsam renoviert worden war und reichlich Platz bot für Sofias Atelier und ihre Wohnküche, für Arends Weinkeller und seine Bibliothek.

Das Haus lag einsam und völlig frei in den Feldern zwischen Warbeyen und Erfgen, und als Toppe ausstieg, pfiff ihm vom alten Deich her ein unfreundlicher Herbstwind ins Gesicht.

Sofia hatte sicher ein Feuer im Kamin gemacht. Er rieb sich die Hände.

Am Gartentörchen zwischen der hohen Ligusterhecke kam ihm mit steilaufgerichtetem Schwanz Jupp Beuys entgegen und strich ihm schnurrend um die Beine. Toppe hockte sich hin und kraulte ihn hinter dem rechten Ohr.

„Na, alter Kater. Wirst auch immer fetter. Machst deinem großen Namen wahrhaftig keine Ehre."

Aber Beuys ließ sich nicht beleidigen. Vor lauter Begeisterung rollte er sich mit einem heiseren Maunzer auf den Rücken.

„Nu, nu, ist ja gut, Jupp."

Toppe schellte, aber es tat sich nichts. Erst nachdem er noch zweimal geklingelt und mit der Faust gegen die Tür gebollert hatte, hörte er das vertraute Klappern von Sofias Holzklotschen auf den Steinfliesen. Sie öffnete und sah ihn mit entrücktem Blick an.

„Ach Gott!" blies sie sich eine schwarze Haarsträhne aus dem Gesicht.

Sie steckte in einem mit Farbklecksen übersäten Kittel und hatte einen Terpentinlappen in der Hand.

„Ich Schaf", lachte sie, „ich hab' völlig die Zeit vergessen. Komm rein."

Aufgeregt lief sie vor ihm her zur Küche.

„Meine Güte, ich hatte dir doch ein Frühstück versprochen! Und geheizt ist auch noch nicht. Aber komm, setz dich, es dauert nicht lange. Ich kann jetzt auch was Gutes vertragen, ich bin schon seit halb fünf im Atelier."

Eine halbe Stunde später saßen sie wirklich bei dem Frühstück, von dem Toppe geträumt hatte. Es gab gebratenen Schinken, Spiegeleier, kleine Bratwürstchen und Grilltomaten.

Toppe fühlte sich rundum wohl und nahm sich zum dritten Mal nach.

„Van Veldens Tod berührt dich nicht besonders."

Sofia kaute ruhig zu Ende. „Nun ja, es ist schon ein merkwürdiges Gefühl, wenn jemand stirbt, den man kennt, erst recht, wenn er auf diese Weise stirbt. Aber ich muß gestehen, daß ich ihn nicht leiden konnte. Noch Kaffee?"

Toppe nickte. „Und warum konntest du ihn nicht leiden?"

Sie überlegte. „Wenn ich es ganz knapp zusammenfasse: er war ein arroganter, selbstherrlicher Chauvi."

Er lachte. „Ein bißchen sehr knapp gefaßt. Solche Worte aus deinem Mund?" Er wunderte sich. Sie war der besonnenste und großzügigste Mensch, den er kannte. „Hat er dir was getan?"

„Ich hatte vor vier Jahren mal gemeinsam mit ihm eine Ausstellung im Haus Koekoek. Da hat er mich sehr deutlich spüren lassen, daß er es eine Zumutung fand, mein Gekleckse neben seinen Werken dulden zu müssen."

„Ach, so einer war das."

„Ja, so einer war das. Galt hier immer schon als Wunderkind. Eine einseitige Begabung, früh von der Schule abgegangen. Ich glaub', der war schon mit sechzehn auf der Akademie."

„Und wie alt ist er jetzt gewesen?"

„So Mitte Fünfzig, schätze ich mal. Er hat beinahe von Anfang an ganz gut von der Kunst leben können. Eine Menge Auszeichnungen schon in jungen Jahren, Förderpreise, alles mögliche, und Ende der Achtziger dann der Große Staatspreis."

„Dann war er wohl auch ganz gut betucht."

„Arm war der bestimmt nicht, aber ich glaube nicht, daß er's so dicke hatte, wie er gerne vorgab, sonst hätte er die Gastprofessur in Düsseldorf nicht angenommen. Das Leben, das er führte, hat sicher eine Menge Geld gekostet."

Toppe hob fragend die Augenbrauen.

„Die große Villa, der Jaguar, Reisen, die rauschenden Atelierfeste, die er regelmäßig gab."

„Warst du auch mal eingeladen?"

„Ich? Um Himmels Willen! Dazu war ich ihm eine Nummer zu klein. Nein, nein, der verkehrte in Düsseldorfer Mäzenkreisen, gehobenes Management. Ich wäre auch zu alt gewesen für diese Feste. Diese Herren bevorzugen ganz junge Mädchen."

„Das habe ich wohl gesehen." Toppe erzählte von der Fotoausrüstung und den Postern.

„Ja, das ist allgemein bekannt. Van Velden hat auch mal einen Fotoband rausgegeben, erotische Kunst, lauter Nymphchen. Das müssen wüste Gelage gewesen sein, die da einmal im Monat abliefen. Gingen über zwei, drei Tage mit Riesensauferei und einer Auswahl hübscher Modelle."

„Und das hat nie Ärger gegeben?"

„Nicht, daß ich wüßte. Der hatte Narrenfreiheit."

„Es wundert mich, daß die Klever Bürger sich darüber nicht entrüstet haben."

„Ach, was. Otto Normalbürger hat davon doch gar nichts mitgekriegt, und die anderen küssen ihm die Füße. Er ist ja auch wirklich einer der wenigen großen Bildhauer unseres Landes, und das meine ich ganz ernst. Wenn man so jemanden in seiner Stadt hat, dann sieht man dem schon einiges nach. Der war ein Aushängeschild; so was wird poliert. Bei jedem größeren offiziellen Akt wurde er gebeten, sich zu zeigen. Und das genoß er sehr. Außerdem war sein Vater ja auch noch einer der wenigen Widerstandskämpfer der Stadt. Auch in dem Zusammenhang ließ man van Velden schon mal ganz gern auftreten. Hast du das denn nicht in der Zeitung gelesen, damals vor drei Jahren *Fünfzig Jahre Reichskristallnacht*? Diese peinliche Geschichte mit dem einen Vorführjuden."

„Doch, ich erinnere mich dunkel. Kennst du van Veldens Frau?"

„Nein. Sind die nicht längst geschieden? Sie lebt auf Mallorca, soviel ich weiß. Mir fällt da grad' was ein. Wenn du mehr über van Velden wissen willst, dann wende dich mal an den Siegfried Rambach von der Niederrhein Post. Der schreibt an einer van Velden-Biographie."

Toppe notierte sich den Namen. Dann betrachtete er unentschlossen das letzte Paar Würstchen auf der Platte.

„Na, nu' los", lächelte Sofia, „oder glaubst du, die will ich wieder in den Kühlschrank packen?"

6

Van Appeldorn hatte seinen Bericht geschrieben, sich um die Rückführung des Toten gekümmert, zweimal mit Frau van Velden in Spanien telefoniert und mit Günther Breitenegger, ihrem Aktenführer, den Fall durchgesprochen.

Das alte Team vom 1. Kommissariat war in letzter Zeit merklich geschrumpft. Walter Heinrichs, der seit Jahren dazugehörte, hatte vor drei Monaten einen Herzinfarkt gehabt und war jetzt in einer Rehabilitationsklinik. Niemand konnte sagen, ob er jemals wieder voll einsatzfähig sein würde.

Astrid Steendijk, mit ihren knapp dreißig Jahren das Küken im 1. K., stand seit einiger Zeit unter der direkten Aufsicht des Chefs, Stanislaus Siegelkötter, allgemein nur ‚Stasi' genannt. Ihr jugendliches Ungestüm und wohl auch ihr Selbstbewußtsein waren ihm ein Dorn im Auge gewesen, und er hielt sie jetzt mit langwierigen und öden Routineaufgaben an der kurzen Leine, segnete alles höchstpersönlich ab. Man sah sie nur selten im gemeinsamen Büro.

Blieben also noch Toppe als Leiter, van Appeldorn und Breitenegger. Ob die Besetzung für diesen Fall ausreichte, mußte sich erst noch herausstellen.

Breitenegger stopfte sich seine Pfeife. Er war der Stoiker im Team; ein siebenundfünfzig Jahre alter Bayer, groß und schwer, mit einem mächtigen Schädel; verheiratet, ohne Kinder, aber mit

Dackel; freundlich, besonnen und bei der Arbeit belastbar und gründlich.

„Der Fall wird für einigen Wirbel sorgen, da kannst du sicher sein", meinte er. „Wir werden uns warm anziehen müssen."

Aufs Stichwort betrat Stanislaus Siegelkötter das Büro, wie immer überkorrekt in seiner äußeren Erscheinung. Nur am feinen Metallklang seiner Stimme konnte man merken, daß er aufs Höchste erregt war.

„Ich bekomme gerade einen Anruf vom Staatsanwalt. Der ist bereits en detail informiert, während ich, Herr van Appeldorn, als Ihr Vorgesetzter und Verantwortlicher, bisher nicht einmal unterrichtet wurde, daß ein Mordfall vorliegt."

Er holte scharf Luft.

„Es dürfte doch auch Ihnen klar sein, was bei einem derart prominenten Mitbürger an Öffentlichkeit auf uns zukommt. Dieser Fall wird durch die internationale Presse gehen."

Van Appeldorn zauberte ein joviales Lächeln auf sein Gesicht. „Ach, Herr Siegelkötter. Gut, daß Sie kommen. Ich wollte Ihnen soeben meinen Bericht bringen, aber wenn Sie jetzt selbst hier sind, brauche ich meine Arbeit ja nicht zu unterbrechen."

Siegelkötters Augen wurden klein. „Wo ist Herr Toppe?" fragte er mit steifen Lippen.

Van Appeldorn hob bedauernd die Schultern.

„Meine Herren, es scheint mir in der Tat notwendig zu sein, Sie auf die Einhaltung Ihrer Dienstzeiten hinzuweisen."

„Das könnte durchaus interessant sein", räkelte sich van Appeldorn. „Was meinen Sie, gehört fünf Uhr morgens zur Dienstzeit?"

Siegelkötter winkte ab. „Uns fehlt die Zeit für Spitzfindigkeiten! Herr Breitenegger ..."

Günther Breitenegger bekam einen anhaltenden Hustenanfall. „Ich sollte wohl weniger rauchen", bemerkte er dann und betrachtete sinnierend seine Pfeife. „Entschuldigen Sie die Unterbrechung, Herr Siegelkötter."

„Um 11.30 Uhr erwarten die Damen und Herren von der Presse – der überregionalen Presse wohlgemerkt – eine Stellungnahme von uns. Und nun ist Herr Toppe nicht anwesend."

Van Appeldorn verbeugte sich leicht auf seinem Stuhl. „Ich bin selbstverständlich bereit ... wenn Sie mit mir vorlieb ... allerdings", er sah auf seine Armbanduhr, „muß ich gegen vierzehn Uhr in Schipol sein und die Gattin des Toten vom Flugzeug abholen."

In diesem Augenblick kam Toppe herein.

Siegelkötter holte aus: „Herr Toppe!"

Aber Toppe streckte ihm freundlich seine Hand entgegen. „Guten Morgen, Herr Siegelkötter."

Reflexartig wollte Siegelkötter ihm die Hand reichen, konnte aber im allerletzten Moment noch abbremsen. Toppes Hände waren ölverschmiert.

„Mein Auto", entschuldigte er sich, „hat wohl endgültig sein Leben ausgehaucht. Ich mußte von kurz hinter Warbeyen zu Fuß gehen. Ich werde erst mal ..."

Damit war er schon wieder, die Hände weit von sich gestreckt, zur Tür hinaus auf dem Weg zum Waschraum.

Als er zurückkam, war Siegelkötter gegangen. Sie tauschten ein paar kleine gemeinsame Bosheiten aus.

Anfangs hatten sie alle, besonders Toppe, Probleme gehabt mit dem neuen Chef, der kalt, humorlos und machtbewußt alles persönlich kontrollierte und ihnen genauestens vorschrieb, auf welche Art sie ihre Arbeit zu tun hatten. Das Klima im Team war deswegen lange ganz schön frostig gewesen, aber inzwischen hatten sie ihre Mechanismen entwickelt und kamen besser mit der Situation klar.

„Ist der Bericht vom Notarzt schon da?" wollte Toppe wissen.

„Liegt auf deinem Schreibtisch. Ergibt aber nichts Neues. Aber Berns, warte mal ..." van Appeldorn fischte ein Papier aus seiner Mappe. „Hier, ein erster Kurzbericht vom ED. Einen ausführlichen Bericht, so Kaiser Paul I., können wir um siebzehn Uhr erwarten. Er faselte was von Posterschau im Labor. Hoffentlich bin ich bis dahin zurück."

„Wieso?"

„Frau van Velden kommt um 14.10 Uhr in Schipol an. Ich habe versprochen, sie abzuholen. Nette Frau übrigens, wenigstens am Telefon."

Toppe überflog Berns' handschriftlichen Zettel: *Schuhspuren im Garten; am Zaun zum Nachbargrundstück; jemand rübergeklettert; lassen sich durch die anderen Gärten bis zur Tankstelle verfolgen. Goldener Lackstift in der Schreibtischschublade.*

Die letzte Anmerkung war mit zwei Ausrufezeichen versehen.

„Was soll das eigentlich mit dem Lackstift?", fragte Breitenegger.

„Ach", Toppe rieb sich die Stirn, „war nur so eine Idee. Hat sich aber wohl schon erledigt."

„Soso", brummte Breitenegger. „Bonhoeffer hat übrigens gerade eben angerufen. Er bekommt den Toten heute abend und will sehen, daß er ihn morgen früh als erstes vornimmt, um sieben. Er wünscht übrigens, daß du diesmal persönlich anwesend bist."

„Hör auf, das glaub' ich nicht. Das hat er sicher nicht gesagt."

Breitenegger griente nur. Er wußte, daß Toppe sich gern drückte und wenn irgend möglich jemand anderen schickte, wenn eine Leichenöffnung anstand. Nur wenn es gar nicht anders ging, fuhr er selbst in die Pathologie, ließ sich aber dann von Bonhoeffer einen Schnaps geben und verzog sich in die hinterste Ecke der Prosektur.

Van Appeldorn stand auf und griff nach seiner Lederjacke. „Ich muß dann los. Die Presse wartet."

Toppe warf ihm einen dankbaren Blick zu. Er haßte Pressekonferenzen. Sobald er die Kameras und die gezückten Stifte sah, wurde er hölzern und linkisch.

„Wenn ein Siegfried Rambach von der Niederrhein Post dabei ist, dann frag ihn doch, ob er hinterher einen Moment Zeit für mich hat. Sofia sagt, der schreibt an einer Biographie über van Velden."

Auf dem Gang hörte man schnelle Schritte heraneilen, und von weitem tönte es schon: „Wat habbich gehört?!"

„Oh Herr, laß diesen Elch an mir vorübergehen", stöhnte van Appeldorn und machte, daß er zur Tür kam. Ganz knapp konnte er Ackermann ausweichen, der mit wehendem Bart und vor Sensationsgier blitzenden Augen, die dicke Brille ganz vorn auf der Nase, hereingestürmt kam.

Jupp Ackermann vom Einbruchsdezernat, ein Kollege, der schon mal bei ihnen eingesprungen war, wenn sie zuwenig Leute hatten, der „dat immer wieder gern tat", weil „Mord ja sozusagen sein Hobby" war. Er hatte ein großes, naives Herz und ein ebenso großes, naives Mundwerk, und beides ging van Appeldorn auf die Nerven.

Ackermann kam aus Kranenburg und war der geborene Lokalpatriot; immer bereit, eine Lanze für den Niederrhein zu brechen. Er war mit einer Holländerin verheiratet, die sich nahtlos in sein Leben eingefügt hatte. Sie überragte ihn um gut Haupteslänge, war mindestens ebenso laut wie er, schwer und kompakt, mit einer bedauerlichen Vorliebe für rosa Rüschen. In regelmäßigem Abstand hatte sie ihm drei Töchter geschenkt und war dann in den Gebärstreik getreten. „Nur" drei Töchter, wie Ackermann sagte, und vielleicht war das das einzige, was ihn in seinem Leben wirklich wurmte. Er war in zwei Kegelclubs, im Scheffenthumer Schützenverein, in der Schachmannschaft von „Springer Kranenburg", vor allem aber war er Mitglied bei den „Rubber Duckies", einer Kranenburger Männertruppe, die sich schon zu Schülerzeiten formiert und seitdem gehalten hatte. Ihre Aktivitäten beschränkten sich mittlerweile aufs Saufen, Grölen und Witzeerzählen. Ackermann, stets zu laut, traf fast jeden nur irgendwie erreichbaren Fettnapf.

„Wat muß ich da hören?" ließ er sich auf van Appeldorns Stuhl fallen. „Der große Superstar hat den Löffel abgegeben? Ham se den doch tatsächlich bei die Hammelbeine gekricht. Na, dat is' aber 'n Schlach in't Kontor!"

„Ja? Warum?" Toppe verbiß sich nur mit Mühe das Lachen. Ackermann war ganz in seinem niederrheinischen Element.

„Ja, wer macht denn jetz' die ganze Renovierung, Amphitheater un' alles da unten am Tiergarten? Da sind se aber schön in den Popo gepiekst, de Herren vonne Stadt. Von wegen Siebenhundertfuffzichjahrfeier, nächs' Jahr."

Ackermann wußte wie immer genauestens Bescheid.

Van Velden war von der Stadt beauftragt worden, anläßlich der anstehenden 750-Jahr-Feier, die Gebäude am Amphitheater in der Tiergartenstraße zu restaurieren. Es hatte einen ziemlichen

Wirbel in der Presse gegeben, da sich auch einige ortsansässige Architekten um den Auftrag bemüht hatten. Van Velden hatte sie alle unterboten und den Zuschlag bekommen. Man hatte sich darüber empört, daß er zum einen die Preise kaputt machte, zum anderen nicht einmal Architekt war und die meisten Arbeiten an Subunternehmer von außerhalb vergeben hatte.

„Da kann der Mann nix dran verdienen, wenn Se mich fragen."

Die Verantwortlichen bei der Stadt hatten sich durch van Veldens Namen beeindrucken lassen, auf eine gewisse Werbewirksamkeit gebaut und die Geschichte groß rausgebracht.

„Ich sach' mir noch so: Ackermann, sach' ich, hat der Mann dat nötich? Also, wenn Se mich fragen: da is' wat faul, oberfaul! Von wegen Korruption un' so."

„Wieso Korruption?" fragte Breitenegger verblüfft.

„Ja, weiß ich au' nich'. Ich mein' ja bloß."

7

Norbert van Appeldorn hatte Frau van Velden von Amsterdam nach Nimwegen gebracht, damit sie ihren Mann identifizierte. Obwohl sie sich schon vor etlichen Jahren von ihm getrennt und ihn nur noch selten gesehen hatte, war sie nach der Identifizierung auf der Fahrt nach Kleve in sich gekehrt. Van Appeldorn ließ sie in Ruhe. Die van Veldensche Villa war immer noch versiegelt, und so brachte er sie zu einem Hotel, half ihr, das Gepäck hineinzutragen, bat sie, am nächsten Tag ins Präsidium zu kommen und wartete noch, bis sie in ihrem Zimmer war.

Zur „großen Posterschau" im Labor kam er ein paar Minuten zu spät. Berns hatte gerade wichtigtuerisch zu einer ausführlichen Erläuterung angesetzt und legte, als van Appeldorn ohne anzuklopfen die Tür aufstieß, eine strafende Pause ein. Grinsend verbeugte sich van Appeldorn: „Massa!"

Dann schlackste er hinüber zu Klaus van Gemmern, der ausdrucksleer an einem der hinteren Labortische lehnte und eine seiner selbstgedrehten Zigaretten rauchte.

Toppe und Breitenegger standen Berns gegenüber an einem Tisch in der Mitte, auf dem sich eine eindrucksvolle Menge von Exponaten türmte.

„Punkt eins", setzte Berns noch einmal an, „Punkt eins: Fingerspuren. Wir benötigen dringendst die Abdrücke des Toten, bevor wir konkret werden können."

„Morgen früh", antwortete Breitenegger, die Pfeife zwischen die Zähne geklemmt.

„Wir haben jede Menge guter Abdrücke auf Möbeln, Werkzeugen und dergleichen gefunden, die von ein und derselben Person stammen."

„Was ist mit den Wodkagläsern?" unterbrach Toppe.

Berns bedachte ihn mit einem vernichtenden Blick, aber es schien ihm so schnell keine passende Bemerkung einzufallen.

„Wir haben einen sehr schönen Daumenabdruck", ließ sich van Gemmern kühl aus dem Hintergrund vernehmen, „auf einem der beiden Gläser, der mit den übrigen Fingerspuren nicht übereinstimmt."

„Wer macht hier eigentlich den Bericht? Du oder ich?" blaffte Berns ihn an.

Toppe schüttelte den Kopf, aber in van Gemmerns Gesicht war keinerlei Regung zu erkennen.

Klaus van Gemmern war zweiundvierzig Jahre alt, ein gutes Stück jünger als Berns, fast zwei Meter lang und dürr, hatte ein kantiges Gesicht mit tiefen Magenfalten und stechendblaue Augen. Sein herausragendstes Merkmal war seine überlegene Schweigsamkeit, und man sah ihn eigentlich niemals lachen. Über sein Privatleben wußte man so gut wie nichts. Er war ein ausgezeichneter ED-Mann, gewissenhaft und phantasievoll, sicherlich begabter und wesentlich klüger als Berns. In den letzten Jahren hatte er reichlich Erfahrung sammeln können, und Berns schien sich offenbar langsam Sorgen um seine eigene Position zu machen.

„Nun mach dir mal nicht ins Hemd, Bernsi", feixte van Appeldorn. „Wir lauschen gespannt deinen Ausführungen. Was ist mit der Wodkaflasche?"

„Nichts ist mit der Wodkaflasche! Das hat dieser schlaue Doktor versaut. Auf dem Flaschenhals und dem -boden ist nichts, die Scherben sind zu klein, als daß es verwertbare Abdrücke geben könnte. Allerdings haben wir ein paar Haare und Gewebespuren an ihnen finden können. Ob die vom Opfer stammen, muß natürlich noch überprüft werden. Dann ist da noch die Sektflasche. Dort gibt es Fingerspuren, die mit allen anderen nicht übereinstimmen."

Er machte eine Pause, aber keiner sagte etwas.

„Punkt zwei: Blutspuren. Die Blutspritzer an der Wand", er reichte Toppe ein paar Fotos über den Tisch, „die Tropfen auf dem Schreibtisch und die Blutlache auf dem Boden, dementsprechend auch die Spuren auf den Scherben, stammen von derselben Person. Dem Opfer also offensichtlich."

„Sicher?" fragte Breitenegger.

„Wir haben sie natürlich eingeschickt", antwortete van Gemmern.

„Todsicher", fuhr Berns dazwischen. „So eine simple Blutgruppenbestimmung und eine kleine Kreuzprobe, die mache ich euch in drei Minuten in meinem rollenden Labor."

„Das Vampiromobil", stieß van Appeldorn van Gemmern in die Seite, „jetzt hat das Kind endlich einen Namen."

Toppe sah irritiert hoch und bemerkte aus den Augenwinkeln, wie doch tatsächlich der Anflug eines Grinsens über van Gemmerns Gesicht huschte.

Berns entschied sich diesmal für Überhören. „Punkt drei: Schuhspuren. Es ist eindeutig jemand in jüngster Zeit von der Werkstatt aus zur linken Grundstücksgrenze gelaufen und dann dort über den Zaun geklettert. Wir haben uns die Sauarbeit gemacht, diese Spur weiter zu verfolgen. Sie führt durch die nächsten fünf angrenzenden Gärten und endet auf dem Asphalt an der Tankstelle. Es sind einige prachtvolle Abdrücke dabei. Aber auf diesem Gebiet ist Klaus ja Spezialist. Bitte!"

Van Gemmern stieß sich vom Labortisch ab und kam rasch zu ihnen herüber.

„Es handelt sich um einen Puma-Sportschuh, Größe 42. Hier." Er tippte mit dem Mittelfinger auf ein Foto. „Dieses Modell ist es. Es wird schon seit fünf Jahren nicht mehr hergestellt. Bei unseren Abdrücken konnten wir feststellen, daß die Sohle extrem abgenutzt ist; das Profil ist kaum noch zu erkennen. Der Träger des Schuhs weist keine Ganganomalie auf. Man kann davon ausgehen, daß er sehr schnell gelaufen ist."

„Punkt vier: Diverses", übernahm Berns schnell.

„Kommt jetzt endlich die Posterschau", rief van Appeldorn und schlenderte auch herüber.

„Diverses: Das ganze Papierzeugs, das da auf dem Boden herumflog. In der Hauptsache handelt es sich um Skizzen. Die meisten gehören wohl zu den Dingern, die da rumstehen; Kunstwerke nennt man so was wohl. Hier, guckt selbst. Wir haben alles durchnumeriert und entsprechenden Fotos zugeordnet."

„Gute Arbeit", nickte Breitenegger.

Berns lächelte plump. „Ein Blatt fügt sich da allerdings nicht ein", sagte er und nahm eine Zeichnung hoch. „Keine Fingerspuren übrigens. Es ist die Rückseite einer Skizze, die zu Skulptur Nr. 6 gehört. Papierformat 30x40, gezeichnet mit schwarzer Zeichenkohle."

Auf dem Blatt war ein großer Davidstern zu sehen, unter den jemand in Blockbuchstaben MENETEKEL geschrieben hatte.

„Menetekel", stutzte van Appeldorn.

„Ja", nickte van Gemmern, „ich habe schon die ganze Zeit überlegt. Ich meine, das kommt in irgendeiner Ballade vor."

„Fürs Überlegen werden wir beide nicht bezahlt", knurrte Berns.

Toppe betrachtete grübelnd die Zeichnung.

„Bibel", murmelte er. „Das steht irgendwo in der Bibel, da bin ich sicher. Ich weiß nur den Zusammenhang nicht mehr."

„Eure Sache", rief Berns. „Wir halten uns nur an die reinen Fakten. Können wir jetzt also bitte damit weitermachen? Ich habe nämlich längst Feierabend. Hier ist Ihr Lackstift, Herr Toppe. Fein säuberlich mit – vermutlich – van Veldens Fingerspuren versehen. Waren Sie deswegen dahinter her?" Er hielt Toppe einen DIN A 5-Zettel unter die Nase.

Toppe nickte.

„Hier wäre das passende Foto dazu. Der Wisch lag zuoberst auf dem ganzen Wust auf dem Schreibtisch."

Alle sahen auf den Zettel: Ein weißes Blatt mit ein paar kleinen Blutspuren, auf das jemand etwas mit einem goldenen Lackstift auf das untere Drittel geschrieben hatte. Der Schriftzug wirkte unsicher, riß plötzlich ab und verlor sich über den unteren Rand hinaus.

„Fangt jetzt bloß nicht schon wieder an zu spekulieren", schimpfte Berns. „Ich will heute noch fertig werden. Also, Schreibtisch: Wie gesagt, der Zettel lag obendrauf. Ansonsten waren da noch Kostenberechnungen von verschiedenen Unternehmern des Baugewerbes, irgendwelche undurchsichtigen Zahlenkolonnen. Es geht wohl um die Restaurierung der Amphitheateranlage. Hier habt ihr den ganzen Krempel." Er drückte Breitenegger den Papierstapel in die Hand.

„Ein paar Zeichnungen von dieser Anlage sind auch dabei", sagte van Gemmern. „Sie stammen allerdings, bis auf zwei, nicht von van Velden selbst."

„Des weiteren fanden wir vierzehn Bleistifte der Firma Staedtler", fuhr Berns fort, „diverse Filzstifte folgender Hersteller ..."

Toppe winkte schnell ab.

„Wie Sie wollen. Dann also der Inhalt der Schreibtischschublade: ein Füllfederhalter der Firma Montblanc; ein Tintenfaß, Marke Pelikan; sieben Kugelschreiber unterschiedlicher Herkunft; Büroklammern, lose; der Schlüssel zum Rollschrank; eine Packung Tempotücher; ein Taschenrechner, Toshiba; eine Nagelfeile, Pfeilring; Feuerzeuggas der Firma Komet; ein Quittungsblock, Zweckform; ein Ehering, Gelbgold, mit der Gravur 1.5.57 MARLENE; und ein Lackstift, Farbe: gold, Artline 900 XF."

„War die Schublade geschlossen?" fragte Toppe.

Van Gemmern griff zu seinem Fotostapel und blätterte ihn durch. „Bis auf einen kleinen Spalt, ja. Hier."

Toppe betrachtete das Foto und zuckte die Schultern.

Van Appeldorn gähnte. „Was ist mit dem Rollschrank?"

„Dazu wollte ich gerade kommen. Das Schloß war nicht vollständig aufgebrochen. Ihr habt es ja selbst gesehen. Der Meißel könnte aus der Werkstatt stammen. Wir haben noch zig andere vom gleichen Fabrikat sicherstellen können. Keine Fingerspuren, weder am Schloß noch am Meißel. Sieht so aus, als habe der Mensch Handschuhe getragen."

„Handschuhe ..."

„Ja, doch! Hier ist das ganze Zeugs, das in dem Schrank war. Aber Sie haben's ja alles schon gesehen, Herr Toppe. Fingerspuren, sofern vorhanden, sind die üblichen, also van Veldens."

Toppe nahm die große Kunststofftüte an sich und zog die Zeichnung heraus. „Habt ihr eine Ahnung, was das hier sein könnte?"

Berns stöhnte laut, hielt sich aber zurück.

Van Gemmern antwortete: „Ich habe auch schon darüber nachgedacht. Mit den Skulpturen hat das nichts zu tun. Für mich sieht das nach einem Lageplan aus."

Alle, bis auf Berns, beugten sich über das große Blatt.

„Haben wir auch so gesehen", stimmte van Appeldorn zu.

„Und dann diese Adresse hier", sagte van Gemmern.

Toppe sah ihn aufmerksam an und hielt den Lackstiftzettel hoch.

„Genau", nickte van Gemmern.

Van Appeldorn pfiff leise durch die Zähne.

Jetzt reichte es Berns endgültig. Er sprang auf und hob gebieterisch die Hände: „Schluß jetzt! Stellt eure Spekulationen gefälligst in eurem eigenen Büro an!"

Aufreizend langsam sammelte van Appeldorn die Papiere und Fotos ein, die Berns ihnen überlassen hatte. „Van Veldens Haus ist immer noch versiegelt. Wie lange braucht ihr denn noch?" fragte er freundlich.

„Das hängt doch von euch ab! Bis jetzt konnten wir nur die Werkstatt untersuchen. Nicht mal bis zu diesem Liebeslager sind wir gekommen. Vom restlichen Haus ganz zu schweigen."

„Macht einstweilen weiter", sagte Toppe nur und ging zur Tür. Draußen auf dem Gang konnte auch er ein Gähnen nicht mehr unterdrücken.

„Ich hab' einen Mordshunger, wenn ihr mich fragt", meinte Breitenegger aufgeräumt.

Toppe sah auf seine Uhr. Es war schon nach sechs, und er hatte seit dem – zugegeben opulenten – Frühstück nicht mehr als eine Tasse Kaffee zu sich genommen.

„Steakhaus?" schlug er vor.

„Okay!" Van Appeldorn grinste. „Du mußt dir natürlich vorher noch die persönliche Erlaubnis vom Stasi einholen, wo du doch den halben Tag blaugemacht hast."

Breitenegger nahm seine Pfeife aus dem Mund. „Das wird kaum möglich sein. Der ist auf so einer Großkopfeten-Sitzung in Düsseldorf."

Sie waren die ersten Gäste. Schon öfter hatten sie hier im Steakhaus, das nur einen guten Steinwurf vom Präsidium entfernt war, zusammen gegessen und dabei laut nachgedacht, und sie wußten, daß sie am Tisch in der hinteren Ecke auch in einer Stunde noch ungestört sein würden. Der Kellner brachte unaufgefordert drei große Pils, riß seinen üblichen schlappen Polizistenwitz und nahm die Bestellung auf. Obwohl es fast zwanzig Minuten dauerte, bis das Essen kam, sagte keiner von ihnen ein Wort. Dann aber räusperte sich Breitenegger, hieb seine Gabel in das Riesenstück Fleisch auf seinem Teller und meinte: „Nun gut, denn. Tathergang."

„Schwierig", antwortete Toppe und mischte seinen Salat. „Wir können annehmen, daß ein Kampf stattgefunden hat. Wir wissen ziemlich sicher, daß van Velden mit dem Kopf gegen die Wand geschlagen ist, daß er blutend am Schreibtisch gesessen hat, wo ihm vermutlich jemand von hinten die Wodkaflasche auf den Kopf schlug, so daß er vornübersackte. So fand ihn jedenfalls der Notarzt. Ferner wissen wir, daß jemand versucht hat, den Rollschrank aufzubrechen."

„Vergiß nicht, daß van Velden mit jemandem Wodka getrunken hat", warf van Appeldorn ein.

Toppe verdrehte die Augen.

„Vorher oder nachher", fragte Breitenegger.

Van Appeldorn hörte auf zu kauen und starrte ihn verstört an.

„Das Aufbrechen des Rollschrankes, meine ich."

„Spielen wir doch mal beides durch“, sagte Toppe und sah in sein Bierglas. „Van Velden trinkt Wodka mit einem Freund oder Bekannten, bringt den Besucher vielleicht an die Haustür, hält sich dann irgendwo im Haus auf. Die hintere Tür zur Werkstatt ist nicht abgeschlossen. Jemand kommt herein und versucht, den Rollschrank aufzubrechen. Van Velden überrascht ihn dabei. Es kommt zu einem Kampf. Van Velden wird gegen die Wand geschleudert ...“

„... setzt sich dann an den Schreibtisch, damit dieser Jemand ihm in aller Ruhe die Flasche über den Schädel ziehen und ihm den Rest geben kann“, vollendete van Appeldorn.

Toppe tunkte zwei Pommes in die Knoblauchsauce. „Na gut, dann eben andersrum: van Velden trinkt mit einer ihm bekannten Person Wodka. Sie geraten in Streit, ringen miteinander. Van Velden wird gegen die Wand geschleudert ...“

„... schleppt sich zum Schreibtisch, setzt sich und ...“ unterbrach ihn van Appeldorn wieder, aber Toppe ließ sich nicht beirren: „Er kann den anderen noch niederschlagen, setzt sich benommen an den Schreibtisch. Der andere kommt wieder hoch, nimmt die Flasche und schlägt zu.“

„Ihr solltet gemeinsam Drehbücher für amerikanische Thriller schreiben“, meinte Breitenegger, aber er sah sehr nachdenklich aus.

Toppe wischte den Saucenrest mit dem letzten Fleischstück zusammen. „Was können wir bis jetzt zur zeitlichen Abfolge sagen?“

Van Appeldorn legte sein Besteck auf den Tellerrand und nahm seinen Block aus der Brusttasche. „Also: 23.08 Uhr: Anruf bei der Feuerwehr; 23.19 Uhr: der Notarzt trifft ein; 23.45 Uhr: der Notarzt benachrichtigt die Polizei; 0.15 Uhr: wir treffen am Tatort ein. Stop! Um 23.20 Uhr hört der Nachbar ein verdächtiges Geräusch in seinem Garten.“

Toppe schwieg.

Nach einer Weile fragte Breitenegger: „Es ist nicht klar, wer den Notarzt angerufen hat?“

Van Appeldorn schüttelte den Kopf. „Aber das muß rauszukriegen sein. Notfalls muß uns die Presse dabei helfen.“ Er rieb sich die Nasenwurzel und unterdrückte ein Gähnen. „Ich könnte stehend schlafen und hab' nur noch Nebel im Kopf. Laßt uns gehen. Vielleicht hilft die frische Luft."

Aber als sie schließlich wieder in ihrem Büro saßen, schien Breitenegger der einzige zu sein, der noch mehrere klare Gedanken aneinanderreihen konnte. „Warum ist ausgerechnet der Rollschrank aufgebrochen worden? Was hat der Täter gesucht?"

Toppe lehnte mit grauem Gesicht an der Fensterbank und versuchte, sich zu konzentrieren. „Darüber denke ich auch die ganze Zeit nach. Aber eigentlich wissen wir ja nicht, ob der Täter nicht was anderes hat mitgehen lassen, vielleicht nicht mal aus dem Atelier, sondern irgendwo aus dem Haus. Vielleicht erschien der Rollschrank ja deswegen interessant, weil er das einzige verschlossene Möbel im Atelier war."

„Dann stellt sich die Frage: warum war er abgeschlossen?"

„Die Pornofotos", murmelte van Appeldorn.

„Oder der Lageplan", fügte Toppe hinzu.

„Und was ist mit dieser Adresse: Salmon Rosenberg? Ist wohl ein jüdischer Name."

„Eben", sagte Toppe, ging zum Schreibtisch und wühlte in den Papieren während er weiterredete. „Der Name, das Buch über die Widerstandskämpfer, der Davidstern und das hier." Er hatte gefunden, was er suchte: den Lackstiftzettel.

„S. Ro", bestätigte van Appeldorn. „Ich wußte vorhin schon, was in deinem Hirn vorging. Salmon Rosenberg."

„Kann ich euch folgen?" stutzte Breitenegger. „Das meinst du doch nicht ernst, Helmut. Das Opfer gibt mit zitternder Hand einen Hinweis auf den Täter!" Er lachte laut auf. „Zuviel Enid Blyton als Kind!"

Toppe lachte auch. „Kann schon sein. Das war nur mein erster Gedanke, als ich den Zettel da so liegen sah, mit den Blutspuren. Aber im Grunde hat es sich erledigt. Der Stift lag ja in der Schublade, und die war zu. Weiß der Himmel, wer das wann und warum geschrieben hat."

Das Telefon klingelte. Es war van Gemmern.

„Heinrich Heine", sagte er. „Ich habe die Ballade gefunden: ‚Belsazar'. Da kommt das Wort ‚Menetekel' nicht ausdrücklich vor, aber es steht hier in meinen Anmerkungen. Kennen Sie das Gedicht?"

„Ich erinnere mich ganz dunkel", sagte Toppe und setzte sich.

„Die Mitternacht zog näher schon ..." begann van Gemmern.

„... in stummer Ruh lag Babylon", fuhr Toppe. „Ja, jetzt fällt es mir wieder ein."

Um zehn nach zwölf hatte Toppe endlich, trotz widriger Umstände – Oliver hatte Angst vor der morgigen Englischarbeit und konnte nicht einschlafen, Gabi bestand vehement auf einem Wochenendausflug zum Centerpark – die Bibelstelle gefunden, die ihm im Kopf herumgespukt war. Sie stand in Daniel 5:

So aber lautet die Schrift, die dort geschrieben steht: Mene mene tekel u-parsin. Und sie bedeutet dies: Mene, das ist, Gott hat dein Königtum gezählt und beendet. Tekel, das ist, man hat dich gewogen und zu leicht befunden.

8

Toppe ging morgens meistens als letzter aus dem Haus. Er genoß es, noch eben die Zeitung zu lesen und die letzte Tasse Kaffee in Frieden zu trinken, wenn Gabi und die Jungen ihr oft lautstarkes Frühstück beendet und die Haustür hinter sich zugeknallt hatten.

Heute aber fand er nicht die rechte Ruhe. Er hatte schlecht geschlafen. Ständig war ihm der merkwürdige Tathergang im Kopf herumgegeistert, jetzt schrien ihn die dicken Schlagzeilen vom ‚Tod des Staatspreisträgers' von der ersten Seite der Zeitung an, und ihm wurde unbehaglich, wenn er sich vorstellte, was auf sie zukam. Man würde ihnen gehörig Dampf machen, diesen Fall zügig und diskret aufzuklären.

Erst als er schon seine Jacke angezogen hatte, fiel ihm ein, daß sein Wagen noch in der Werkstatt stand und er sich nicht einmal erkundigt hatte, ob er noch zu reparieren war.

Fluchend bestellte er ein Taxi und erwog halbherzig, den Frühstückstisch abzuräumen, entschied sich trotz schlechten Gewissens dagegen, um stattdessen vor dem Haus auf und ab zu wandern und seine Gedanken zu ordnen.

Wieso war die Wodkaflasche bei dem Schlag nicht kaputtgegangen? Immerhin hatte der Täter so fest zugeschlagen, daß die Verletzung zum Tod führte. Und was war mit dieser Skizze, diesem Lageplan? Wer konnte ihm erklären, um was es sich dabei handelte? Sie war in dem einzigen verschlossenen Schrank gewesen. Daß man Pornofotos einschloß, das leuchtete ja noch ein. Aber warum diesen Plan und die Bücher zur Klever Stadtgeschichte? Er könnte vielleicht im Stadtarchiv nachfragen; möglicherweise fiel denen was zu der Skizze ein. Irgendwo mußte er schließlich anfangen.

Als er endlich im Büro ankam, war es schon kurz vor neun.

Breitenegger und van Appeldorn saßen bei einem Becher Kaffee nebeneinander am Schreibtisch und machten sich Notizen.

„Morgen", grüßte Toppe und hängte seine Jacke an den Garderobenständer.

„Morgen", antwortete van Appeldorn. „Kaffee ist fertig."

Aber Toppe winkte ab. „Nein, laß mal, ich hatte gerade eben erst einen."

Er beugte sich über Breiteneggers Schulter. Die beiden hatten bereits damit begonnen, die nächsten Schritte zu notieren:

- Befragung der Nachbarn (Geräusche im Garten, Notarztanruf, wann van Velden zuletzt gesehen?)
- Befragung Frau van Velden / 9.30 Uhr, v. Appeldorn
- Befragung Rambach, Journalist / Toppe

„Der kommt heute morgen um zehn", nickte Toppe und tippte auf Rambachs Namen.

Das Telefon auf seinem Schreibtisch klingelte. Es war Siegelkötter.

„Haben Sie heute morgen die Presse studiert, Herr Toppe?"

„Nein. Guten Morgen, Herr Siegelkötter."

„Nein?" Siegelkötter näselte mehr denn je.

„Nun, wie dem auch sei, ich habe Anweisung von höchster Stelle, den Fall so zügig wie möglich abzuwickeln. Ich nehme an, Sie wissen, was das bedeutet."

„Wenn ich ehrlich sein soll, nein."

Was schlicht gelogen war, denn Toppe konnte sich sehr gut an einen Fall erinnern, dessen Aufklärung lange gedauert hatte, und bei dem ihm sein früherer Chef beständig mit der Drohung im Nacken hing, den Fall Krefeld und damit den ‚wirklich kompetenten' Kripoleuten zu übergeben.

Siegelkötter atmete scharf durch die Nase. „Die Pressekonferenz gestern war äußerst dürftig; dementsprechend fallen die Artikel in den Zeitungen vom heutigen Tage aus. So etwas darf unter keinen Umständen noch einmal vorkommen." Er räusperte sich trocken. „Wir werden von jetzt an in zweitägigem Rhythmus Pressekonferenzen abhalten, und das bedeutet, daß wir am Donnerstag mit deutlich konkreteren Ergebnissen aufwarten müssen."

Toppe sagte nichts.

„Herr Toppe? Sind Sie noch da?"

„Ja."

„Ich denke, wir haben uns verstanden."

„Ich denke, Sie haben sich klar ausgedrückt, aber jetzt müssen Sie mich bitte entschuldigen, Herr Siegelkötter. Ich bin in einem wichtigen Gespräch."

„Nun gut, wir werden uns später noch einmal unterhalten."

Van Appeldorn und Breitenegger hatten, nachdem das erste ‚Siegelkötter' gefallen war, nicht mehr zugehört, sondern sich wieder ihrem Papier zugewandt.

- Befragung der Haushälterin (v. Velden, wann zuletzt gesehen? Besonderheiten, fehlt was?)

„Dann natürlich seine Freunde in Düsseldorf", warf Toppe ein, nachdem er tief durchgeatmet hatte.

„Da können wir ja wohl mal unsere Kollegen aus der Landeshauptstadt um Amtshilfe bitten", meinte van Appeldorn, und Breitenegger nickte: „Ich kümmere mich gleich darum."

„Über diese Typen dürften wir dann ja wohl auch an die Namen der Mädchen von den Fotos kommen. Fax die Bilder mal rüber."

„Da werden die Kollegen bestimmt begeistert sein."

Van Appeldorn stand auf und goß frischen Kaffee ein. „Die sind doch alle blutjung", meinte er nachdenklich. „Ich kann mir nicht vorstellen, daß deren Eltern von diesen bacchantischen Sexorgien so begeistert waren."

Breitenegger lachte. „Ich hätte ja eher das Wort ‚dionysisch' gewählt."

Toppe hatte das Kinn in die linke Handfläche gestützt und starrte ins Leere. „Und wir müssen herausfinden, wer dieser Salmon Rosenberg ist ..." Dann gab er sich einen Ruck und legte beide Hände auf die Tischplatte. „Aber zunächst müssen wir rekonstruieren, was van Velden in der letzten Zeit getrieben hat, mit wem er zu tun hatte, besonders natürlich vorgestern."

„Zunächst einmal muß ich feststellen", fiel ihm van Appeldorn ins Wort, „daß wir verdammt knapp besetzt sind. Wenn der Alte so einen Druck macht, dann hat er gefälligst dafür zu sorgen, daß wir genügend Leute haben."

„Wie wär's mit Ackermann?" feixte Breitenegger, aber van Appeldorn überhörte das geflissentlich und griff zum Telefon.

Siegelkötter nahm schon im ersten Klingeln ab und war offensichtlich enttäuscht, daß es sich nur um van Appeldorn handelte, der zudem auch noch gleich mit der Tür ins Haus fiel: „Herr Siegelkötter, nach sorgfältiger Prüfung der Sachlage müssen wir leider feststellen, daß wir für einen Fall dieser Größenordnung eindeutig unterbesetzt sind."

„Mein lieber Herr van Appeldorn, Sie wissen genauso gut wie ich, wie die Personalsituation ..."

„Sie haben doch da diese nette, kompetente und absolut überqualifizierte Sekretärin. Die würde uns für den Anfang erst einmal reichen."

„Wie bitte?"

„Frau Steendijk."

Siegelkötter schnappte nach Luft, hatte sich aber im Griff. „Frau von Steendijk ist momentan in einer dringenden Angelegenheit außer Haus und eigentlich ... aber nun gut ... in einem derartigen Fall ..."

Van Appeldorn grinste breit, als er aufgelegt hatte. „Na bitte, ist doch ganz einfach."

„Wißt ihr übrigens, was Menetekel heißt?" fragte Toppe.

Es klopfte.

„Nee", antwortete van Appeldorn.

„Gewogen und zu leicht befunden."

„Ach was? Herein!"

Eine Frau öffnete die Tür. Sie war zierlich und von schwer zu schätzendem Alter – Ende Vierzig vielleicht. Ihr Haar war fast weiß, nur von ein paar schwarzen Strähnen durchzogen und im Nacken zu einem dicken Knoten geschlungen. Sie hatte ein flächiges Gesicht mit dunklen, weitstehenden Augen und einem warmen Lächeln. Ihre Kleidung war lässig, aber edel: ein schilfgrüner langer Seidenrock, dunkelgrüne Wildlederstiefel und eine lange handbemalte Jacke aus matter grüner Rohseide.

„Guten Morgen", sagte sie leise und blickte sie alle einmal an.

Van Appeldorn sprang auf und gab ihr die Hand. „Guten Morgen, Frau van Velden. Es ist sehr nett, daß Sie gekommen sind." Er sah sich entschuldigend um. „Es ist ein bißchen ungemütlich hier. Vielleicht können wir uns im Nebenzimmer unterhalten. Dort sind wir relativ ungestört."

Damit hatte er sie auch schon, ohne sich noch einmal umzudrehen, durch die Tür geschoben.

Breitenegger nahm verblüfft seine Pfeife aus dem Mund. „Was ist denn in *den* gefahren! Kleves Antwort auf Johannes Heesters?"

Auch Toppe schüttelte den Kopf. Normalerweise war van Appeldorn Frauen gegenüber ausgesucht kühl und gerne ironisch.

„Helmut? Ich habe gedacht ..." begann Breitenegger, kratzte aber dann erst einmal akribisch seine Pfeife aus.

„Ja?"

„Wir sind doch so knapp besetzt. Du hast jetzt gleich den Rambach hier. Und da dachte ich, vielleicht fahre ich einstweilen raus und spreche mit der Haushälterin, dieser Frau Finke. Wir müssen ja schließlich weiterkommen."

„Du?"

„Ja."

Breitenegger hatte als Aktenführer seine klar umrissenen Aufgaben, und er fühlte sich wohl damit. Seit Jahren hatte ihn keiner mehr vor Ort ermitteln sehen. Allenfalls war er, wenn Toppe darauf bestanden hatte, bei einer Tatortbegehung dabei gewesen.

„Prima. Für den Moment", sagte Toppe. „Aber bleib mir nicht zu lange weg. Ich fühle mich gar nicht wohl, wenn nicht einer da ist, der den großen Überblick behält und die losen Fäden einsammelt. So, und jetzt werde ich mal in Emmerich anrufen und sehen, ob Bonhoeffer schon was zu dem Toten sagen kann."

„Ja, mach das." Breitenegger verstaute sorgfältig Pfeife, Tabak, Pfeifenstopfer und -reiniger in seinen Jackentaschen.

Toppe wählte die Durchwahl zur Prosektur und hatte Bonhoeffer gleich am Apparat.

„Morgen, Helmut. Du bist aber früh dran! Ich bin doch noch längst nicht fertig."

„Na ja, es drängt eben."

„Hab' schon gehört: prominente Leiche. Aber im Augenblick kann ich dir noch nicht einmal mit Sicherheit sagen, daß der Mann nicht vergiftet worden ist."

„Ach, komm, Arend."

„Oder willst du wissen, wann und was er zuletzt gegessen hat? Ziemlich uninteressant übrigens."

„Woran ist er gestorben?"

„Tja, genau das ist das Problem. Ich kann dir folgendes sagen: er hat eine Schädelkalottenfraktur, eine Schädelimpressionsfraktur, ein subdurales Hämatom und eine Hirnstammkontusion, an der er dann letztendlich gestorben ist. Aber mir ist dabei so einiges höchst unklar, und ich kann dir erst was Konkretes sagen, wenn ich die CT-Bilder und die Fotos aus Nimwegen habe. Und hinterher werde ich wohl auch noch einige Fragen an dich haben."

„Fotos?"

„Ja, die fotografieren im allgemeinen die Verletzungen, bevor sie operieren."

„Sehr gut."

„Ja, das finde ich auch. Aber wie gesagt, bis dahin ..."

„Und wann bekommst du die Unterlagen?"

„Gott, das ist verschieden. Zwischen drei Stunden und vierzehn Tagen ist alles möglich."

„Das kann doch nicht wahr sein! Soll ich Druck machen?"

„Nein, das laß mal lieber mich tun. Bei der deutschen Polizei reagieren die manchmal etwas seltsam. Sobald ich die Sachen habe, rufe ich dich an, und dann setzen wir uns zusammen und du erzählst mir was über den Tathergang."

Toppe stöhnte.

„Ja, eben das wird das Problem sein. Aber sag mal, könntest du uns nicht wenigstens schon mal ein paar Haare rüberschicken?"

„Haare? Du meinst das Haupthaar des Toten?"

„Ja, wir haben an einer Wodkaflasche ..."

„Helmut, der Mann hatte eine Schädeloperation! Der Junge ist kahl, vollkommen kahlgeschoren."

Rambach kam beinahe pünktlich. Er war um die Dreißig, mittelgroß und dicklich. Die dunkelrote Hornbrille war viel zu modisch für sein schwammiges Gesicht. Sein Haar war aschblond, kurz und sorgfältig gescheitelt. Er trug einen schlechtsitzenden bräunlichen Anzug und ein weißes Polohemd.

Toppe bot ihm Kaffee an, aber Rambach lehnte höflich ab. Stattdessen zog er eine Schachtel Astor aus der Tasche. Er rauchte Kette. Seine Karriere habe er als Volontär bei der Niederrhein Post begonnen und sei ihr treu geblieben. Van Velden habe ihn – als Typ – schon immer interessiert, und er habe auch etliche Artikel über ihn veröffentlicht.

„Sind Sie damit einverstanden, daß ich das Band mitlaufen lasse?"

„Aber selbstverständlich."

„Seit wann schreiben Sie denn nun an der Biographie?"

„Seit wann genau? Ich glaube, die Idee dazu kam mir vor ungefähr drei Jahren." Er drückte die Zigarette aus und schlug die Beine übereinander. „Ich schlug es Herrn van Velden vor, und er war von dem Gedanken gleich angetan. Dann habe ich eben so langsam mit dem Recherchieren angefangen." Er schnippte eine neue Zigarette aus der Schachtel.

„Wie sahen Ihre Recherchen aus?"

„Die konnte ich fast nur in meiner Freizeit erledigen. Ich meine, bis auf bestimmte öffentliche Anlässe, zu denen ich ihn von der ‚Post' aus begleiten mußte."

Toppe nahm sich jetzt auch eine Eckstein. Das ununterbrochene Rauchen steckte an.

„Haben Sie regelmäßig Gespräche mit van Velden geführt?"

„Nein, nein. Das war ganz unregelmäßig und nicht sehr oft. Insgesamt vielleicht fünf-, sechsmal über die Jahre verteilt. Jedenfalls, was mein Buch betraf."

„Was wissen Sie über van Veldens Vergangenheit?"

Rambach stutzte. „Seine Vita, meinen Sie? Da habe ich auch nur die Eckdaten, wann geboren, wo studiert und so. Die ganzen Gespräche mit seinen Verwandten und Freunden, seinen Professoren und Kommilitonen hatte ich mir aufgespart. Ich wollte mir zunächst ein eigenes Bild machen, verstehen Sie?"

„Und wie ist dieses Bild?"

Rambach lächelte und blies den Rauch gegen die Decke.

„Das ist sehr, sehr schwer zu sagen. Ich bin ganz froh, daß ich die Sache so angefangen habe. Wenn ich die Gespräche mit seinen Bekannten jetzt reinnehme, kann ich mein Buch vielleicht doch noch beenden."

„Ihre Gespräche mit van Velden waren demnach ergiebig?"

„Ergiebig? Was den künstlerischen Inhalt angeht, sicherlich. Und in der Hauptsache habe ich mich darauf beschränkt. Schließlich plane ich ein seriöses Werk über den Künstler van Velden."

„Wo fanden diese Gespräche statt?"

Rambach drückte seine Zigarette aus und nahm gleich eine neue. „Sie müssen entschuldigen", sagte er mit leichtem Augenaufschlag, „ich bin schon seit Jahren Kettenraucher. Das bringt der Beruf so mit sich. Was fragten Sie? Ja, wie gesagt, manchmal am Rande der öffentlichen Anlässe, manchmal in seinem Atelier."

„Sind Ihnen dort die pornographischen Fotografien aufgefallen?"

„Pornographisch?" Rambach lachte verhalten. „Pornographisch würde ich das nicht gerade nennen."

„Wie würden Sie das nennen?"

„Erotische Kunst."

Er sah seinen Rauchkringeln nach. „Van Velden betonte gern, daß er ein sehr sinnlicher Mann sei."

Toppe verbiß sich ein van Appeldornsches ‚Ach was?'. Er bekam keinen Draht zu diesem Mann.

„Was können Sie mir über die Atelierfeste erzählen?"

„Wenig. Eigentlich so gut wie gar nichts. Ich habe auch nur über Dritte gehört, daß es so was gab."

„Welche Dritte?"

„Stadtklatsch, denke ich. Ich wäre jedenfalls gern mal eingeladen worden, aber leider ..."

„Kennen Sie van Veldens Frau?"

„Nein."

„Kennen Sie Freunde, Bekannte von ihm?"

„Bisher noch nicht persönlich."

„Auch keines von den jungen Mädchen auf den Fotos?"

Rambach zögerte.

„Doch, ein Mädchen kenne ich."

Er schwieg. Toppe hob fragend die Augenbrauen. Rambach wiegte den Kopf.

„Ich weiß nicht, ob ich das sagen sollte. Sie ist die Tochter unseres Chefredakteurs: Simona Lünterhoff."

„Wie alt ist sie?"

„Siebzehn, glaube ich."

„Haben Sie mit ihr über die Atelierfeste gesprochen?"

„Ja."

Toppe wartete.

„Nicht allzu ausführlich. Sie ist, wie soll ich sagen? Früh gereift? Fand die ganze Kiste unheimlich geil."

„Wie kam van Velden an dieses Mädchen?"

„Soweit ich weiß, ist er ein Freund der Familie gewesen. Sie sollte ihm Modell stehen für seine ‚Holocaust-Gruppe'."

„Und dann?"

„Keine Ahnung."

„Gab es denn keine Schwierigkeiten mit ihren Eltern?"

Rambach breitete die Arme in einer bedauernden Geste aus.

„Glaub' ich nicht. Aber da müssen Sie schon den Chef selbst fragen. Vorstellen kann ich mir's, ehrlich gestanden, nicht. Das ist eine ziemlich offene Familie."

Toppe verzichtete darauf zu fragen, was das sei, eine offene Familie.

„Wann haben Sie van Velden zum letzten Mal gesehen?"

„Ach, das kann ich gar nicht so genau sagen. Vielleicht vor drei Wochen; kann aber auch schon länger her sein."

„Sagt Ihnen der Name Salmon Rosenberg etwas?"

„Ja, natürlich." Rambach drückte die Zigarette aus und schob den Aschenbecher zu Toppe hinüber. „Ich habe ihn 1988 kennengelernt, anläßlich des 50. Jahrestages der Reichskristallnacht. Er war als Ehrengast der Stadt hier. Die hatten wohl eine ganze Reihe Juden eingeladen, die damals hier gewohnt haben, aber Rosenberg war der einzige, der gekommen ist. Er lebt inzwischen in Amerika, ein betuchter Geschäftsmann. Er hat mir erzählt, daß er sowieso gerade auf Europareise war. Kleve hätte da gewissermaßen auf dem Weg gelegen. Sonst hätte er sich die Mühe wohl kaum gemacht. Ich habe ihn sogar während seines Aufenthaltes hier in der Stadt mehrere Tage lang persönlich begleitet und einige Artikel darüber geschrieben."

„In welcher Beziehung standen Rosenberg und van Velden?"

„Beziehung? Das weiß ich nicht. Sie haben sich bei der Gedenkfeier kennengelernt. Da gab's eine unschöne Szene, die ja auch durch die Presse gegangen ist."

Er lächelte merkwürdig, aber Toppe verzog keine Miene.

„Van Velden hielt eine Rede. Dabei sind dem Rosenberg wohl die Nerven durchgegangen. Ich kann mich gut erinnern: Er lachte lauthals. Jedenfalls hat van Velden ihn hinterher angesprochen. Und soviel ich weiß, hat er ihn zu sich eingeladen. Ich nehme an, sie haben sich getroffen. Aber bitte", er hob die rechte Hand, „ich war nicht dabei."

Toppe stand auf, ging hinüber zum Fenster und sah eine Weile hinaus. Dann drehte er sich um. „Ist Rosenberg zu einem späteren Zeitpunkt noch einmal in Kleve gewesen? Haben Sie ihn noch einmal wiedergesehen?"

„Nein. Ich habe aber gehört, daß er noch einmal hier war. Das muß dann aber wohl privater Natur gewesen sein. Ich habe ihn jedenfalls nicht mehr getroffen. Wie kommen Sie überhaupt auf Rosenberg?"

„Wann war Rosenberg noch einmal hier?"

„Das weiß ich nicht genau. Irgendwann voriges Jahr, meine ich."

„Wie würden Sie Herrn van Velden beschreiben?"

Rambach hob die Schultern und überlegte.

„Das ist sehr schwierig. Er war ein großer Künstler. So ein Mensch läßt sich nicht mit sogenannten ‚normalen' Maßstäben messen."

„Wer hatte ein Interesse daran, van Velden zu töten?"

„Töten? Glauben Sie denn, daß es Mord war? Ich meine, nach den Informationen aus der gestrigen Pressekonferenz sieht es doch ganz nach einer Affekttat aus."

Toppe machte eine unbestimmte Geste.

„Wissen Sie, van Velden konnte zuweilen aufbrausend sein, cholerisch, könnte man beinahe sagen."

Toppe stieß sich vom Fensterbrett ab und kam zum Schreibtisch zurück.

„Das ist interessant. Haben Sie ein konkretes Beispiel?"

„Nein, nein", winkte Rambach ab, „das ist mehr so ein allgemeiner Eindruck." Er griff wieder zu seinen Zigaretten. „Kann ich Ihnen sonst noch behilflich sein?"

„Ja. Was wissen Sie über die Restaurierung des Amphitheaters?"

„Genauso viel wie Sie, nehme ich an."

Genauso viel wie Ackermann, dachte Toppe.

„Van Velden hat sich darum beworben und den Zuschlag bekommen. Eine Menge Leute waren ganz schön sauer darüber."

„Haben Sie mit van Velden über dieses Projekt gesprochen?"

„Nein, nie. Ich habe mich natürlich darüber gewundert, daß er diese Geschichte unbedingt machen wollte, bin aber nicht mehr dazu gekommen, ihn darauf anzusprechen. Aber ich muß auch sagen, er versuchte sich oft an völlig neuen Gebieten, arbeitete gern innovativ."

„Können Sie mir die Namen einiger seiner Freunde oder Bekannten nennen?"

Rambach lehnte sich zurück und starrte an die Decke.

„Also, der einzige, der mir so ad hoc einfällt, ist Christopher Hunold, der große Mäzen in Düsseldorf. Die beiden kennen sich wohl schon seit Jahren. Aber ich könnte ja noch einmal im Archiv nachsehen. So genau habe ich das nicht im Kopf."

„Danke, aber ich glaube, ich werde mich selbst im Archiv umsehen, um ein Gesamtbild zu bekommen."

„Ja, natürlich, das verstehe ich. Wenn ich Ihnen sonst noch weiterhelfen kann …"

„Im Augenblick wäre das alles. Es kann aber durchaus sein, daß ich Sie noch einmal behelligen muß", sagte Toppe und ärgerte sich selbst über seine gestelzte Ausdrucksweise.

Er starrte noch eine Weile auf die Tür, nachdem sie sich hinter Rambach geschlossen hatte, und war unzufrieden mit sich, aber mit Journalisten hatte er schon immer Schwierigkeiten gehabt.

Mißmutig spannte er ein Blatt in die Schreibmaschine und fing an, seinen Bericht zu schreiben, aber schon beim zweiten Satz klopfte es an der Tür.

Diesmal war es Astrid Steendijk, die sich verwundert im Büro umsah. „Ich dachte, hier wäre der Teufel los!"

„Sind alle unterwegs. Hat Stasi dich geschickt?"

„Ja", lachte sie und warf ihr dunkles Haar nach hinten. „Verbindlichen Dank auch für die Befreiungsaktion."

Sie zog ihre lange Strickjacke aus. Darunter trug sie einen Catsuit, der die Vorzüge ihrer Figur aufs Wirkungsvollste unterstrich. Toppe drehte sich wieder zur Schreibmaschine um.

„Auf Breiteneggers Schreibtisch liegen alle Unterlagen. Vielleicht liest du dich schon mal ein, ich muß hier eben noch den Bericht …" Dabei begann er schon wieder zu tippen, mußte aber die letzten Wörter sofort wieder ausixen.

Astrid arbeitete seit einem guten Jahr im 1. Kommissariat. Sie hatte sich gleich zu Anfang in Toppe verknallt und ihm sehr deutlich gemacht, daß sie mit ihm schlafen wollte.

Über seine eigenen Gefühle war er sich bis heute nicht im Klaren. Jedenfalls war er damals einmal beinahe schwach geworden und hatte sich erst im allerletzten Moment bremsen können.

Sie hatten danach nicht darüber gesprochen, aber er hatte gefühlt, wie sie sich von ihm zurückzog, und war ganz froh gewesen, daß Siegelkötter sie so in Beschlag genommen hatte und sie sich kaum noch sahen.

Er spürte ihren Blick im Rücken, widerstand aber dem Impuls, sich umzudrehen.

„Kommst du nicht weiter?“ fragte sie.

„Doch, doch.“ Toppe riß sich zusammen und schrieb den nächsten Satz.

9

Salmon Rosenberg hatte sich wieder im Griff.

Mit einer weitausholenden Armbewegung beendete van Velden seine Rede, und im selben Augenblick trat ein Mann auf Rosenberg zu.

„Ich würde gern ein Interview mit Ihnen machen.“

Rosenberg sah ihn wortlos an.

Der Mann war noch keine Dreißig und hatte ein leeres Gesicht.

„Über Ihre Erinnerungen und Ihre Empfindungen.“

Rosenberg sah an ihm vorbei. „Kein Interesse.“

Van Velden kam über den Platz direkt auf ihn zu.

„Herr Rosenberg.“ Von der Seite legte ihm der Bürgermeister die Hand auf die Schulter. „Darf ich Ihnen Herrn Rambach vorstellen? Er ist Journalist bei der Niederrhein Post.“

Der junge Mann lächelte ihn an.

„Er hat sich erboten, Sie in den nächsten Tagen zu begleiten und ganz zu Ihrer persönlichen Verfügung zu stehen, solange Sie als Ehrengast in unserer Stadt weilen.“

Rosenberg sah auf seine Schuhe.

Van Velden stand jetzt direkt vor ihm.

„Warum haben Sie gelacht?“ Seine Stimme klang gepreßt.

Langsam hob Rosenberg seinen Blick. „Wie alt waren Sie 1938?“

Van Veldens Augen verengten sich fragend.

„Acht Jahre“, antwortete er, die Lippen ganz schmal.

Rosenberg nickte. „Genau wie ich. Und der Mann, der uns damals zur Flucht verholfen hat, war Ihr Vater?“

„Ja.“

„Ach ja? Einer von diesen Widerstandskämpfern, die sich verweigert haben?"

„Ja."

„Mein Herr, seien Sie stolz auf Ihren Vater!" Dann wandte er sich dem Bürgermeister zu. „Was steht jetzt auf dem Programm?"

„Nun, zunächst ein kleiner Empfang im Rathaus, dann …"

„Einen Augenblick", fiel ihm van Velden ins Wort. „Herr Rosenberg, ich möchte Sie gern zu mir einladen. Wenn wir im selben Alter sind, haben wir vielleicht gemeinsame Erinnerungen. Es wäre bestimmt interessant, sich darüber zu unterhalten."

Rosenberg zögerte.

„Sie würden mir eine große Freude machen."

„Ja? Gut, ich nehme die Einladung an. Vielen Dank."

10

„Widerwärtig!"

Angeekelt warf Astrid den Stapel Pornofotos auf Breiteneggers Schreibtisch zurück und holte tief Luft.

„Geschenkt", fiel ihr van Appeldorn ins Wort, „wir müssen das nicht weiter vertiefen."

„So? Müssen wir nicht?" funkelte sie ihn an.

„Nein! Wissen Sie, wieviele Kinderpornos auf dem Markt sind? Allein in Deutschland schätzt man die Zahl auf fünf bis zehn Millionen. Da können Sie sich leicht ausrechnen, wieviele Deutsche zwischen fünfzehn und fünfzig sich Kinderpornos angukken."

Er gähnte und sortierte sorgfältig seine Notizen vom Gespräch mit Marlene van Velden.

„Ja, aber", stammelte Astrid empört, „dadurch wird so was hier doch auch nicht besser!"

„Stimmt, aber regen Sie sich ab. Wir sind in diesem Punkt ausnahmsweise mal derselben Meinung."

Toppe stöhnte gereizt. „Geht das schon wieder los mit euch?"

Er stand auf und ging zur Kaffeemaschine hinüber. „Es gibt im Moment wahrhaftig Wichtigeres für uns!"

Astrid bedachte van Appeldorn mit einem giftigen Blick, hielt aber den Mund.

Van Appeldorn sah von seinen Zetteln auf, lächelte sie herausfordernd an und begann: „Marlene van Velden: Kennengelernt hat sie ihren späteren Mann an der Düsseldorfer Kunstakademie, an der sie beide studierten. Geheiratet haben sie 1957; da war sie siebzehn und schwanger. Hatte dann aber eine Fehlgeburt. Gewohnt haben sie in Oberkassel. Sie sagt, er habe beinahe von Anfang an ganz gut an seiner Kunst verdient, und sie selbst hatte ein Stipendium. Jedenfalls wären sie finanziell gut klargekommen. Sie hat sich auf Schmuckdesign spezialisiert und 1963 ihren Abschluß gemacht.

1974 ist van Veldens Mutter gestorben und hat ihm das Haus in Kleve hinterlassen. Sie sind dann hierher gezogen. Damals sei sie beruflich schon viel unterwegs gewesen, habe sich 1978 das Haus auf Mallorca gekauft und dort ein Studio eingerichtet. Die häufige räumliche Trennung sei allerdings nicht der Grund für die Entfremdung zwischen ihrem Mann und ihr gewesen, habe sie aber wohl begünstigt."

Toppe stellte ihm einen Becher Kaffee auf den Schreibtisch. „Und weiter?"

„Sie meinte, mit diesen Atelierfesten habe er erst so richtig angefangen, als sie schon fast ganz nach Spanien übergesiedelt war. Sie wußte von den Mädchen und hat auch ein paar von den Fotos gesehen. Er habe immer schon eine Vorliebe für ganz junge Mädchen gehabt und auch schon in den ersten Jahren ihrer Ehe regelmäßig mit anderen Frauen geschlafen. Anfangs habe sie sich gedemütigt gefühlt und sehr darunter gelitten, es aber mit Arbeit zudecken können, und später hat sie dann selbst auch Liebhaber gehabt. Van Velden begrüßte das und zeigte ein sehr detailliertes Interesse."

„Was soll das denn heißen?" stieß Astrid hervor.

„Nun ja", griente van Appeldorn. „Er fand es scharf, wenn sie ihm ihre Erlebnisse haarklein schilderte … Seit vier Jahren lebt sie auf Mallorca mit einem Spanier zusammen, und sie sei sehr glücklich in dieser Beziehung, sagt sie. Van Velden wußte davon. In den letzten Jahren sei sie nur noch zu Weihnachten und ein paar Wochen im Mai in Deutschland gewesen, weil sie dann auf Messen und Ausstellungen vertreten war. Dann habe sie auch meistens für ein, zwei Tage ihren Mann besucht."

„Warum, um Himmels Willen, hat sie sich von diesem Typen nicht scheiden lassen?" fragte Astrid.

„Das habe ich auch gefragt. Sie sagte, sie wisse es eigentlich nicht so genau, habe aber in letzter Zeit häufiger darüber nachgedacht. Sie hätte wohl Mitleid mit ihm gehabt."

„Mitleid!" schnaubte Astrid. „Mitleid mit diesem Kotzbrokken?"

„Tja." Van Appeldorns Gesichtsausdruck war schwer zu deuten. „Wohl so eine Art Zweckgemeinschaft. Keiner von beiden hätte von einer Scheidung was gehabt. Wozu also? Sie erzählte mir dann, er habe schon immer wahnsinnig gesoffen, wenn er an besonderen Objekten oder größeren Aufträgen gearbeitet hätte, und wär' dann immer vollkommen impotent gewesen. Diese Fotosessions und das ganze Drumherum bei den Atelierfesten seien wohl nötig gewesen, damit er überhaupt noch einen hochkriegte."

Toppe räusperte sich unbehaglich. „Was sagte sie zu seinen Freunden?"

„Widerliche Snobs, allesamt. Sie habe sich von denen auch schon früher immer ferngehalten. Sie wären alle stinkreich, und van Velden hätte sich ganz schön abstrampeln müssen, um mit denen mitzuhalten. Sie hat mir hier eine ganze Reihe von Namen aufgeschrieben."

Er blätterte.

„Über diese Amphitheatergeschichte wußte sie übrigens gar nichts. Sie schien mir ziemlich erstaunt und konnte sich sein Engagement nicht erklären. Von einem Salmon Rosenberg hat sie noch nie gehört, und mit dieser Lageskizze, oder was das auch immer ist, konnte sie nichts anfangen." Van Appeldorn schob seine Zettel zusammen. „Das wär's im Prinzip."

Astrid schauderte, holte sich ihre Strickjacke und hängte sie sich über die Schultern. „Hatte er keine feste Freundin?"

„Frau van Velden sagt nein." Dann grinste er breit. „Ist ja vielleicht auf die Dauer auch ein bißchen anstrengend, wenn man vorher immer erst 'ne Fotosession abziehen muß."

„Das heißt gar nichts." Astrid wickelte sich eine ihrer langen Haarsträhnen um den Zeigefinger. „Erfolg macht erotisch. Ich kann mir ganz gut vorstellen, daß so 'n junges Mädchen erst mal tierisch darauf abfährt ..."

Van Appeldorn lachte laut. „Bin ich froh, daß das jetzt Sie gesagt haben!"

Toppe sah ihn grimmig an. „Und zur Tat selbst?"

Van Appeldorn zuckte die Achseln. „Sie sagt, van Velden sei zwar überheblich und recht kalt mit den meisten seiner Mitmenschen umgegangen, aber sie könne sich nicht vorstellen, daß er jemandem wirklich Böses gewollt hätte und umgekehrt auch nicht. Andere Menschen wären ihm einfach egal gewesen. Eine Affekttat könne sie sich vielleicht vorstellen. Van Velden sei, besonders wenn er getrunken hatte, leicht erregbar gewesen."

„Das meinte Rambach auch", bestätigte Toppe und berichtete von seiner Unterhaltung mit dem Journalisten.

„Wer erbt eigentlich?"

„Sie", antwortete van Appeldorn. „Deshalb wird sie wohl auch noch eine ganze Weile in Kleve bleiben müssen. Im Moment sucht sie einen kompetenten Anwalt. Ein großes Barvermögen sei zwar mit Sicherheit nicht vorhanden, aber da wären das schuldenfreie Haus und natürlich der künstlerische Nachlaß, dessen Wert schwer zu schätzen sei."

Ein paar Minuten lang sagte keiner etwas. Van Appeldorn hatte die Hände im Nacken verschränkt und nahm von Zeit zu Zeit einen Zug aus seiner Zigarette. Toppe war wieder zu seinem Lieblingsplatz am Fenster gegangen und sah auf den Parkplatz hinaus. Astrid tat nichts.

„Haben wir schon was von der Pathologie gehört?" fragte sie schließlich.

Toppe schüttelte den Kopf und erzählte von Bonhoeffers Schwierigkeiten.

„Keine Haare mehr?" Van Appeldorn schnaubte nur und griff sich das Telefonregister. „Ich ruf' in Nimwegen an. Und hinterher fahr' ich zur Villa raus und guck' nach, wie weit der ED ist. – Jaa, halloo? Van Appeldorn."

„Aah, wie is het dann in Apeldoorn?"

„Nee! Van Kleef!"

„Bent je nu van Apeldoorn of van Kleef?"

„Nee! Met van Appeldorn uit Kleef!"

„Aah, van Kleef! Maar je werkt in Apeldoorn?"

„Nee! Ik heet van Appeldorn. Recherche uit Kleef."

„Ou! Und was kann ich für die Commissaris tun?"

„Verbinden Sie mich bitte mit der Neurochirurgie."

„Okeedo, ich mache die Leitung klar."

Es knisterte kurz.

„Neurochirurgie."

„Recherche Kleef. Mijn naam is van Appeldorn."

„Du kannst ruhig deine Muttersprache gebrauchen. Das ist bestimmt ein wenig einfacher für dich."

Van Appeldorn schwante, daß dieses Telefonat mal wieder eines jener völkerverständigenden Gespräche werden würde. Betont ruhig schilderte er kurz den Sachverhalt und fragte nach van Veldens Haaren.

„Weißt du, wir sind eine neurochirurgische Station. Wenn du ein Toupet brauchst, mußt du dich an eine Haarstylist wenden."

„Ich wollte nur wissen, ob Sie noch eventuell an die Haare herankommen. Sie könnten uns damit helfen."

„Okay, Commissaris, ich werde meine Kollegen sagen, daß sie sofort mit die medizinische Arbeit aufhören. Wir können dann alle gemeinsam die große Müllcontainer auf unsere Hof durchsuchen. Sie können dann ca. 40 Kilogramm Haare von die verschiedene Patienten von uns bekommen. Aus die Haare, die nicht von die Herr van Velden sind, kannst du dir dann ja deine Toupet machen lassen. Ist dich damit geholfen?"

„Ich bedanke mich für Ihre Hilfsbereitschaft, Herr Doktor, und für Ihre freundliche Anteilnahme. Und – bis zum nächsten Europameisterschaftsspiel!"

Er knallte den Hörer auf die Gabel.

„Ich wußte gar nicht, daß Sie so gut Holländisch sprechen", sagte Astrid.

Van Appeldorn würdigte sie keines Blickes, schnappte sich seine Jacke und war schon draußen.

Toppe kicherte. „Jetzt fährt er Berns ärgern. Hoffentlich kommt ihm unterwegs kein Holländer in die Quere."

„Wieso?"

Toppe kicherte immer noch. „Weißt du übrigens, daß man in England, in Herefordshire, an Sonn- und Feiertagen immer noch einen Waliser erschießen darf, ohne dafür strafrechtlich belangt werden zu können? Allerdings nur mit Pfeil und Bogen."

Astrids Blick sprach Bände: Es war klar, Helmut tickte durch.

„Ja, ja", sagte sie nur und dann: „Und ich?"

„Wie wär's mit dem Zeitungsarchiv?"

Sie zog eine Schnute: „Ich hab' ja geahnt, daß das jetzt kommt." Aber dann lachte sie. „Okay. Wieviele Jahrgänge soll ich denn durchkämmen?"

Toppe spürte eine langsam aufsteigende Übelkeit, die sicher von dem vielen Kaffee kam. Er wußte, er mußte dringend was essen, aber er blieb noch eine Weile an seinem Schreibtisch sitzen.

Angenommen also, van Velden hatte mit einem Bekannten Wodka getrunken. Was war mit dem Sekt? Die Flasche hatten weder van Velden noch der andere Wodkatrinker angefaßt. Waren also vielleicht zwei Besucher bei van Velden gewesen, von denen einer keinen Wodka trank?

Auf jeden Fall war es wohl zu einem Streit gekommen. Van Velden war ‚leicht erregbar'. Er mußte Bonhoeffer fragen, ob van Velden betrunken gewesen war.

Aber was war dann passiert?

Wenn man so fest mit dem Kopf gegen eine Wand schlug, daß Blut spritzte, war man dann nicht bewußtlos?

Wenn van Velden aber bewußtlos gewesen war, wäre der andere (oder die anderen?) dann nicht abgehauen?

Wie war van Velden zum Schreibtisch gekommen?

Vielleicht war der andere nicht abgehauen. Hatte sich um van Velden gekümmert, ihn an den Schreibtisch gesetzt.

Und dann erschlagen? Absurd!

Und wer hatte den Notarzt angerufen? Van Velden selbst?

Der Apparat hing neben der Doppeltür. Von der Blutspur an der Wand bis zum Telefon waren es mindestens zwölf Meter. Und dann wieder zurück an den Schreibtisch? Um sich erschlagen zu lassen! Hätte van Velden gesagt: ‚Bitte einen Notarzt in die Tiergartenstraße 217. Es ist sehr dringend'? Quatsch!

Vielleicht war der andere im ersten Schreck wirklich abgehauen, dann aber doch noch einmal zurückgekommen.

Aber die Spuren im Garten führten nur in eine Richtung. Na ja, er konnte beim ersten Mal ja auch durch die Haustür raus sein ...

Toppe kramte seinen Zeitplan heraus. Das hätte alles zeitmäßig nicht hingehauen, zumindest wäre es unheimlich knapp gewesen.

Plötzlich kam ihm ein Gedanke.

Er griff zum Telefon. Bis er den richtigen Mann am Apparat hatte, vergingen zehn Minuten.

„Doch, ich erinnere mich sehr gut an den Anruf. Das habe ich Ihrem Kollegen doch auch schon gesagt. Der Anrufer war sehr aufgeregt und völlig außer Atem."

„Was würden Sie sagen: Kam der Anruf von einem privaten Anschluß oder aus einer öffentlichen Telefonzelle?"

„Aus einer Zelle. Sagte ich das nicht?"

„Sind Sie sicher?"

„Absolut sicher. So was hört man doch. Ich hab's mir sogar noch extra notiert."

11

Der Dienstwagen, den man ihm gegeben hatte, war ein brandneuer weißer Passat. Neidvoll schielte Toppe auf den Kilometerstand und schwor sich, übers Wochenende mit Gabi endlich eine Entscheidung wegen des Autos zu treffen. Selbst wenn seine alte Karre noch irgendwie hinzukriegen war, konnte das höchstens ein Aufschub für die nächsten paar Monate sein. Wo er das Geld für ein neues Auto hernehmen sollte, war ihm allerdings schleierhaft.

Er parkte am Tiergarten und überquerte die Allee.

Überall an der Amphitheateranlage wurde gearbeitet. Der Ceres-Tempel war von einem hohen Gerüst umschlossen, links davon stapelten sich Bretter und Gestänge. Neben dem unteren Becken stand quer zur Straße ein grüner Bauwagen. Auf seinen Stufen hockte ein Mann in Maurerkleidung, die Ellbogen auf die Knie gestützt, zwischen den Füßen eine Thermoskanne. Breit kauend blinzelte er Toppe entgegen.

„Tag", steuerte Toppe auf ihn zu.

Der Mann streifte ihn mit einem mißtrauischen Blick. „Tach", wartete er ab.

„Toppe. Kripo Kleve."

„Ach so!" Der Arbeiter knüllte sein Butterbrotpapier zusammen und hievte sich hoch. „Un'?"

Sie kamen nicht schlecht ins Gespräch.

„Dieser Künstler? Mann, dat war 'n scharfer Hund, sach ich Ihnen! Hat uns immer kontrolliert, aber genauestens! Morgens, wenn wer kamen, war er immer schon da. Fehlte bloß noch 'ne Stoppuhr."

„Um welche Zeit fangen Sie denn normalerweise an?"

„Um sieben."

„Und da war van Velden schon hier?"

„Aber sicher. Jeden Tach, den Gott kommen und werden ließ. Un' hatte auch immer schon selber rumgemurkst."

„Wieso? Hat er denn hier selbst mit zugepackt?"

„Ja, dat weiß ich auch nich'. Wenn wer da war'n, jedenfalls nich'. Aber wenn wer kamen, hatte der immer seine ollen Klamotten an un' dreckige Finger. Tachsüber war er ja nie da, aber kurz vor Feierabend is' er immer gekommen, dat wer bloß nich' früher in 'n Sack hauen. Nachher hat er sicher immer noch rumgeschnüffelt, ob wer dat auch alles richtich gemacht haben. Un' eins kann ich Ihnen sagen: die Luft hier war die ganze Zeit furztrocken!"

„Wie lange arbeiten Sie denn schon hier?"

„Knapp zwei Monat'. Is' eigentlich 'ne ruhige Arbeit. Wenn der Kerl nich' so 'n Stiesel wär' … gewesen wär', mein' ich. Is' ja wohl vorbei, wa?" Er grinste schräg.

Toppe nickte nur.

„Wer ist denn jetzt Ihr Auftraggeber?"

Der Mann zuckte gleichgültig die Achseln, bückte sich und schraubte den Deckel auf seine Thermoskanne.

„Weiß ich auch nich'. Unser Chef hat uns gesacht, macht weiter, un' mehr weiß ich auch nich'. Ich nehm' ma' an, dat dat jetzt die Stadt macht."

Toppe wiegte zweifelnd den Kopf.

„Tja." Der Mann stellte die Thermoskanne auf die Bauwagentreppe und wandte sich zum Gehen.

„Ich muß ma' wieder ran ... nix für ungut ..."

Toppe zog ein freundliches Gesicht.

„Schönen Tach noch, Herr Kommissar!"

Langsam ging Toppe zum Auto zurück und nahm dabei zum ersten Mal bewußt die historischen Forstgartenanlagen wahr. Durch die vielbefahrene Tiergartenstraße zerfiel alles in zwei beziehungslose Teile.

Sein Blick verweilte auf der kürzlich restaurierten Insel im pielgeraden Wassergraben. Sie war zu starrem Barockprunk zurückgestutzt worden, ganz dem historischen Vorbild entsprechend.

Toppe konnte sich noch gut an den üppigen Wildwuchs, die Schwäne und die Enten auf dieser Insel erinnern – oft genug war er mit den Kindern hier unten gewesen, als sie noch klein waren.

Um die zweite Insel, die symmetrische Schwester, war inzwischen ein öffentlicher Streit entbrannt: Eine grünrotgraulila Lobby machte sich stark, die ‚Enteninsel', so wie sie jetzt war, zu belassen und auf alle Historie zu pfeifen. Aber die ‚Stadt', wer auch immer das sein mochte, hatte sich darauf eingeschossen, anläßlich der 750-Jahr-Feier einige Anlagen nach ihrer ursprünglichen historischen Konzeption zu restaurieren.

Toppe rümpfte die Nase: Barock war sowieso die Epoche, die er am allerwenigsten mochte, und die Vorstellung, daß hier demnächst alles in schnurgeraden, rechtwinkligen oder wenn runden, dann jedenfalls von Menschenhand sorgfältigst zurechtgestutzten Bahnen verlaufen sollte, behagte ihm überhaupt nicht. Dann schon lieber ‚Enteninsel', als noch mal 350.000 Mark reinzustekken. Überhaupt: Konsequenterweise müßte man ja wohl erst mal die Tiergartenstraße stillegen und in die Lustallee zurückverwandeln, die sie einmal gewesen war. Völlig schwachsinnig, diese

Halbheiten! Und mit welcher Vehemenz man sich in der örtlichen Presse und in allerlei Gremien darum kloppte …

Es half alles nichts, er mußte nach Emmerich; wenigstens einen Blick auf den Toten werfen. Vielleicht war Arend ja inzwischen auch weitergekommen.

Es fing an, in nadeldünnen Tropfen zu regnen, und auf der Rheinbrücke trainierte der Wind für den ersten Herbststurm.

Der Parkplatz am Krankenhaus war voll. Toppe wendete und fuhr zum Schwesternwohnheim hoch, wo er bis jetzt noch immer einen freien Platz gefunden hatte. Vor ein paar Wochen hatte man den Platz neu gepflastert – in einer Ecke lagen noch Sand und rote Steine – und mit zwei Reihen halbhoher Metallpfosten bestückt, die die engen Parkbuchten begrenzten.

Toppe mußte zweimal rangieren, bis er endlich geradeaus in die einzige freie Lücke zurückstoßen konnte.

Ein grelles Kreischen ließ ihn zusammenzucken.

Er sprang aus dem Wagen.

Neben dem linken Hinterrad lag eine kleine schwarze Katze, der helles Blut aus der Schnauze strömte. Er mußte über ihren Bauch hinweggerollt sein. Sie war tot.

Fluchend schaltete Toppe die Zündung aus, schloß den Wagen ab und sah sich hilfesuchend um. Kein Mensch zu sehen – verdammter Mist!

Er beugte sich noch einmal hinunter und stieß die Katze vorsichtig an. Kein Zweifel, sie war tot.

Na ja, Arend würde wohl wissen, wie man hier so was handhabte.

Arend Bonhoeffer saß, seine 196 schlanken Zentimeter hinter dem winzigen Schreibtisch zusammengefaltet, in seinem fensterlosen Kellerbüro und sprach in ein Diktaphon. Sein kurzes Haar war grau, aber seine dunkle Haut und seine braunen Augen ließen ahnen, daß es einmal schwarz gewesen sein mußte.

Als Toppe nach flüchtigem Klopfen eintrat, blickte er schnell auf und lächelte dann.

„Ich hab' gerade eine Katze überfahren", ließ Toppe ihm nicht einmal Zeit für eine Begrüßung. „Hast du eine Ahnung, wie das hier bei euch geregelt wird. Ich meine, irgendwie muß man die doch wegräumen."

„Nun setz dich doch erst mal."

Bonhoeffer ließ sich erzählen.

„Die muß von irgendeinem Anwohner sein. Hier in der Klinik gibt es keine Katzen."

„Egal", sagte Toppe. „Jetzt ist es sowieso zu spät. Was mach' ich denn jetzt mit dem Viech?"

„Keine Ahnung", antwortete Bonhoeffer gelassen und zog das Telefon heran, „aber ich frage mal beim Pförtner nach."

„Tote Katze?" meinte der Pförtner. „Weiß ich auch nicht, wer das macht. Ich geh' mal davon aus, die Hygieneschwester. Warten Sie, ich funk' sie mal eben an."

„Jaa, Schwester Klothilde."

„Bonhoeffer. Hören Sie, auf dem Parkplatz ist eine Katze überfahren worden. Der Kadaver müßte ..."

„Wie bitte? Eine Katze? Nein, damit habe ich nichts zu tun. Das machen die Leute vom Hol- und Bringedienst. Ich geb' Ihnen mal eben die Nummer."

„Ja, bitte", sagte Bonhoeffer freundlich und wartete.

„Moment noch", nickte er zu Toppe hinüber und wählte.

„Holundbringedienstschäfergutentag. Jaa? Nein! Früher haben wir das gemacht, ja. Aber inzwischen darf so was nur noch der Schlachthof machen."

„Der was?"

„Der Schlachthof in Wesel."

Bonhoeffer tippte sich an die Stirn und griff zum Telefonbuch. S... Sch... Schlachthof ...

Die Stimme am anderen Ende war ausgesprochen ungehalten. „Tote Katze? Ja, spinn' ich denn? Was haben wir denn damit zu tun? So was ist doch Sache der Stadtverwaltung!"

Bonhoeffer lachte. Er schien an diesem Spielchen Spaß zu finden. Toppe saß auf heißen Kohlen.

„Selbstverständlich würden wir Ihnen gern helfen", sagte die Stadtverwaltung, „aber so etwas ist Sache Ihrer Hygieneschwester."

„Die hat mich aber bereits weiterverwiesen."

„Ja? Tja, dann würde ich mich an Ihrer Stelle an die Kreisverwaltung wenden."

„Kreisverwaltung", murmelte Bonhoeffer und blätterte im Telefonbuch zurück.

„Spinnst du?" rief Toppe. „Hör doch auf mit dem Scheiß!"

„Nix da", sagte Bonhoeffer, „das will ich jetzt genau wissen. So was gibt's doch gar nicht!"

„Das ist eine Angelegenheit, für die Ihre Stadtverwaltung verantwortlich ist. Damit haben wir nichts zu tun", meinte die Kreisverwaltung hilfsbereit.

„Interessant", triefte Bonhoeffer. „Ich habe da nur ein winziges Problem: meine Stadtverwaltung hat mich soeben an Sie weiterverwiesen."

„Wirklich?? Ja ...", kam es fassungslos aus der Leitung, „dann warten Sie doch bitte einen kleinen Moment, ich erkundige mich."

„Reizend!"

„Hören Sie? Also, dafür ist der Abdeckdienst in Marl zuständig."

„In wo?" fragte Bonhoeffer.

„In Marl."

„Ach, ich dachte, ich hätte mich verhört."

Er legte auf und lachte lauthals.

„Hast du zufällig einen Klappspaten in deinem Auto", meinte Toppe grimmig.

„Nö", sagte Bonhoeffer, „aber der Hol- und Bringedienst hat sicher einen."

Er griff zum Hörer.

Toppe raufte sich die Haare und schlug die Stirn gegen die Tischplatte.

Bonhoeffer tätschelte ihm liebevoll den Hinterkopf. „Komm, du Katzenmörder, willst du einen Kaffee?"

Toppe verzog das Gesicht. „Ich würd's lieber erst hinter mich bringen."

Bonhoeffer grinste verständnisvoll und nahm ihn mit in die Prosektur.

Auf dem Stahltisch lag der nackte Leichnam Hans Roderik van Veldens, ein massiger, schlaffer Körper.

Über den kahlen Schädel verlief eine rote Narbe, die mit groben Stichen genäht worden war.

Die Hände steckten in Plastikbeuteln. Brust und Bauch sahen so aus, als habe man einen durchgehenden, breiten Reißverschluß eingenäht. Die untere Körperpartie war dunkel von violetten Totenflecken.

Toppe zwang sich, alles genau wahrzunehmen, und drehte sich dann schnell um.

Sie gingen in Bonhoeffers Büro zurück.

„Calvados?“ fragte Bonhoeffer.

„Nein, heute nicht“, antwortete Toppe. „Die Unterlagen aus Nimwegen hast du wohl noch nicht da?“

„Werden bestimmt morgen kommen.“

„Gut. Sag mal, war van Velden eigentlich betrunken?“

„Nein. Er hatte zwar Alkohol getrunken, war aber unter 0,8 Promill. Viel gegessen hatte er auch nicht: Gemüse, Hühnerfleisch, Brot, etwas Fett und Erdbeerkonfitüre.“

Bonhoeffer zog einen Zettel aus dem Papierberg auf dem Schreibtisch.

„Das dürfte dich interessieren: er hatte fremde Gewebespuren unter den Fingernägeln. Ich habe sie eingeschickt.“

„Das ist gut. Kann man genau bestimmen, von wem das Gewebe stammt?“

„Nein, Wunder können wir auch nicht vollbringen. Aber wir können sagen, ob es sich um menschliches Gewebe handelt. Wenn ja, können wir das Geschlecht bestimmen und die Blutgruppe. So, und jetzt erzähl du mir mal was über die ganze Geschichte. Der Mann war offensichtlich in einen Kampf verwickelt. Das fremde Gewebe unter den Nägeln weist darauf hin. Und hast du die Hämatome an den Armen gesehen?“

„Nein“, gab Toppe zu. „Und so sehr viel kann ich dir über diesen Fall gar nicht erzählen.“

Er kramte das Wenige zusammen, was sie bis jetzt herausgefunden hatten.

„Du siehst, bis jetzt ist fast alles reine Spekulation.“

„Hm, an der Wand waren auch Blutspuren", murmelte Bonhoeffer nachdenklich.

„Ja. Was ist denn jetzt mit seinem Schädel? Ist er erschlagen worden?"

Bonhoeffer zog die Augenbrauen zusammen. „Da kann ich mich noch nicht festlegen …"

„Ach, komm, Arend, wenigstens eine Vermutung."

„Nein, Helmut, wirklich nicht", antwortete Bonhoeffer ernst. „Auf Vermutungen lasse ich mich nicht ein. Du mußt dich noch ein, zwei Tage gedulden." Er lachte. „Ich weiß, das fällt dir schwer."

„Ja", schnaubte Toppe, „und diesmal ganz besonders, weil mir nämlich Stasi mit seiner verdammten Presse im Nacken hängt."

12

Toppe zog seine Jacke aus und legte sie neben sich ins Gras.

Der einzige Ort, an dem man hier eine Katze begraben konnte, war der Hubschrauberlandeplatz vor dem Krankenhaus.

Die Erde war fest, und es war nicht leicht, das Gras abzuheben. Er geriet ins Schwitzen. Der Spaten, den Arend ihm unter irgendeinem Vorwand besorgt hatte, war zudem stumpf und rostig. Aber schließlich, wann brauchte man in einer Klinik schon mal einen Spaten?

Jetzt war das Loch groß genug. Mit der Hand wischte er sich den Schweiß aus dem Nacken, nahm den Plastiksack, den Arend ihm mitgegeben hatte und holte die Katze.

Sollte er sie mitsamt dem Sack ins Loch fallen lassen, oder lieber …?

„Hee, Sie da", brüllte es.

Toppe sah sich suchend um.

„Hier oben!"

Am Fenster der Privatstation stand ein älterer Mann in einem blauen Bademantel. Er hatte beide Arme in die Seiten gestützt und das Kinn herausfordernd nach vorn geschoben.

„Ich beobachte Sie schon die ganze Zeit. Was machen Sie da? Haben Sie überhaupt eine Befugnis?“ bollerte er.

Toppe griff in die Hosentasche und zog seine Dienstmarke hervor. „ADM“, rief er hinauf und grinste.

„Wie bitte?“ schrie der Mann zurück.

„Abdeckdienst Marl“, rief Toppe und ließ die Katze aus dem Sack in das Loch gleiten.

„Das ist natürlich etwas anderes“, brummte der Mann.

Toppe prustete in sich hinein und sah zu, daß er die Bestattung zu Ende brachte.

Breitenegger und van Appeldorn standen am Fenster und blätterten in einem Schuhkatalog, als Toppe ins Präsidium zurückkehrte.

Es lag was in der Luft, das spürte er gleich. Breitenegger holte auch sofort seinen Block und setzte sich neben Toppe auf die Schreibtischecke.

„Mein Gespräch mit van Veldens Haushälterin war recht aufschlußreich“, begann er. „Die Frau ist schon etwas älter, so an die Sechzig. Sie arbeitet seit über zwölf Jahren bei van Velden, jeden Morgen, montags bis freitags von 9 bis 13 Uhr. Die Arbeit wäre in Ordnung und ganz anständig bezahlt. Van Velden sei immer äußerst zuvorkommend gewesen – richtig dankbar, sagte sie.“

Toppe wollte einhaken, besann sich dann aber und kritzelte etwas auf seinen Block.

„Sie hat für ihn geputzt, eingekauft und gekocht. Nach den Parties sei immer sehr viel aufzuräumen gewesen, aber da hätte ihre Tochter schon mal mitgeholfen.“

Toppe strich seine Notiz wieder durch.

Breitenegger griente. „Die Parties beschrieb sie sehr naiv als ‚gesellschaftliche Verpflichtungen‘. Sie hat nicht die leiseste Ahnung, was da lief. Ich bin dann mit ihr zur Villa gefahren.

Die Sektflasche, die auf dem Ateliertisch stand, hat sie am Montag morgen gekauft, weil van Velden ihr das auf den Einkaufszettel geschrieben hatte, und sie in der Küche in den Kühlschrank gestellt. Da der ED sowieso noch in der Villa war, habe ich gleich ihre Fingerabdrücke nehmen lassen, und gerade eben vor zehn

Minuten kommt van Gemmern und sagt, die Abdrücke decken sich mit denen auf der Sektflasche. Die Frau schwört aber Stein und Bein, daß sie die Flasche morgens in den Kühlschrank gestellt und danach nicht wieder berührt hat."

Er machte eine kleine Pause, und Toppe schrieb wieder etwas auf.

„Wodka hat nicht im Kühlschrank gestanden. Sie meinte, der müsse wohl aus der Bar im Fotostudio stammen. Um deren Inhalt habe sie sich nie gekümmert. So, und jetzt kommt noch was Interessantes: sie hat am Montag nicht nur den Sekt gekauft, sondern unter anderem auch eine ganze Mailänder Salami und ein 2-Kilo-Stück frischen Gouda. Beides hat sie in den Kühlschrank gepackt, beides ist nicht mehr da."

Van Appeldorn grunzte und sah Toppe fragend an. Der schüttelte den Kopf: „Nein, van Veldens Mageninhalt weist weder Salami noch Käse auf."

Breitenegger nickte. „Das haben wir uns genauso gedacht. Ansonsten, meint Frau Finke, fehle nichts im Haus. Und ich kann dir sagen, sie hat sich gründlich umgesehen, fast eine Stunde lang. Über den Inhalt des Rollschrankes wußte sie allerdings nichts. Sie meinte aber, Geld sei da bestimmt nicht drin gewesen. Van Velden hätte so gut wie nie Bargeld im Haus gehabt. Er hätte immer mit Kreditkarte bezahlt, und mit dem Supermarkt und seinem Weinhändler habe er monatlich abgerechnet."

Toppe zupfte an seiner Unterlippe. „Wann hat sie ihn zuletzt gesehen?"

„Montag, um kurz nach eins. Sie sagt, es sei alles ganz normal gewesen. Morgens wäre er mal kurz zum Amphitheater rausgefahren und hätte dann im Atelier gezeichnet. Sie hätte ihm zu Mittag eine Hühnersuppe gekocht und warmgestellt und sei dann pünktlich gegangen. Van Velden habe ihr noch den Einkaufszettel für Dienstag mitgegeben. Er sei wie immer gewesen und habe nichts davon gesagt, daß er Besuch erwarte."

„Tja", meinte Toppe, als Breitenegger jetzt seinen Block zuklappte und anfing, sich seine Pfeife zu stopfen.

„Tja?" fragte van Appeldorn grimmig. „Ich würde sagen, das bringt uns doch ein ganzes Stück weiter."

„Ja?“ fragte Toppe. „Hat van Velden Handschuhe getragen, als er die Sektflasche aus dem Kühlschrank holte? Oder meinst du, der Täter hat die Flasche rausgenommen – mit Handschuhen? Dann hat er van Velden erschlagen, die Handschuhe ausgezogen und sich einen Wodka eingegossen.“

„Andersrum“, meinte Breitenegger. „Der Täter hat Wodka getrunken und dann van Velden erschlagen. Danach hat er sich Handschuhe angezogen, die Flasche aus dem Kühlschrank geholt und versucht, den Rollschrank aufzubrechen. Wobei er allerdings gestört wurde.“

„Wozu?“ fragte Toppe. „Wozu hat er die Sektflasche geholt?“

„Tja“, grinste Breitenegger schief.

„Quatsch!“ knurrte van Appeldorn. „Wer klaut schon eine Wurst und ein Stück Käse, he? Einer, der nicht genug zu Fressen hat! Ein Penner zum Beispiel. So ergibt das alles einen Sinn: Da macht einer einen kleinen Bruch, und natürlich hat er dabei Handschuhe an.“

„Die Türschlösser sind alle unbeschädigt“, gab Toppe zu bedenken.

Van Appeldorn wischte den Einwand weg wie eine lästige Fliege. „Die Tür war offen. Der Typ hat gedacht, das Haus wär' leer. Er räumt den Kühlschrank aus, packt sich die Taschen voll, nimmt auch den Sekt mit und will sich im Haus umgucken, ob er nicht noch was mitgehen lassen kann. Er hebelt am Rollschrank rum, van Velden überrascht ihn dabei, und es kommt zu einer handgreiflichen Auseinandersetzung. Der Typ brät van Velden eins über und haut hinten durch den Garten ab. Die Sektflasche vergißt er.“

Van Appeldorn legte beide Beine auf den Schreibtisch, verschränkte die Hände im Nacken und wartete herausfordernd.

„Und was ist mit dem Wodka?“ fragte Breitenegger.

„Den hat van Velden mit jemand anderem getrunken, der schon längst wieder weg war“, antwortete van Appeldorn ruhig.

„Und der geht weg und läßt die Haustür auf? Außerdem, wer hat den Notarzt angerufen?“ Toppe wiegte zweifelnd den Kopf. „Dein Penner kann das jedenfalls nicht gewesen sein. Das kommt vom Zeitplan her nicht hin. Der haute nämlich gerade in dem Moment ab, als der Notarzt eintraf."

„Okay", sagte van Appeldorn gelassen, „okay, ich gebe zu, da hakt meine Theorie etwas. Ansonsten paßt alles. Und vor allem gibt es da einen konkreten Punkt, bei dem wir ansetzen können: die Schuhspuren im Garten."

Er stand auf und klemmte sich den Schuhkatalog, mit dem er vorher am Fenster gestanden hatte, unter den Arm. „Und darum werde ich mich jetzt kümmern. Ich sehe mir alle Vernehmungsprotokolle mit Pennern, die jemals hier geführt worden sind, auf die Schuhgröße hin durch."

Um kurz nach sieben war Toppe wieder allein im Büro. Van Appeldorn mußte sich um seine Tochter kümmern, seine Frau machte mittwochs einen Italienischkurs, und Breitenegger hatte Karten für irgendein Konzert in der Stadthalle.

Astrid war immer noch nicht vom Zeitungsarchiv zurück; die mußten doch eigentlich längst geschlossen haben.

Es war sehr still im Präsidium. Toppe fröstelte und legte die Hand auf die Heizung; sie war kalt, obwohl das Ventil ganz aufgedreht war.

Er stützte das Kinn in die Hand und grübelte: Van Appeldorns Pennertheorie hörte sich wirklich gar nicht so schlecht an, aber der Anruf beim Notarzt paßte beim besten Willen nicht rein. Möglich, daß dem diensthabenden Feuerwehrmann ein Fehler unterlaufen war. Vielleicht hatte er die falsche Uhrzeit notiert? Aber das war mehr als unwahrscheinlich.

Es gab bei diesem Fall eigentlich nur Ungereimtheiten. Jede Antwort führte zu einer neuen Frage.

Diese merkwürdige Sache mit der Restaurierung des Amphitheaters. Warum hatte sich van Velden derartig um diesen Auftrag gerissen? Das paßte so gar nicht in das Bild, das sie sich mittlerweile von van Velden machen konnten.

Der Bauarbeiter hatte gesagt, daß van Velden ein scharfer Hund gewesen war. Gut, das war vorstellbar, nach allem, was sie inzwischen von ihm wußten. Auch, daß er abends seinen Kontrollgang machte. Aber, daß er immer schon vor den Arbeitern da gewesen war, in aller Herrgottsfrühe, und offensichtlich schon gearbeitet hatte, das war schon eigenartig. Der Maurer wußte auch nicht, was van Velden dort getan haben könnte. „Sehen konnte man davon nix", hatte er gemeint.

Und dann all diese Hinweise auf van Veldens Interesse für Juden: die Bücher, die Adresse von diesem Salmon Rosenberg. Gut, van Veldens Vater war im Dritten Reich offenbar einer der wenigen hiesigen Widerstandskämpfer gewesen. Das konnte van Veldens Interesse erklären, auch seine Bekanntschaft mit diesem Salmon Rosenberg.

Aber was war mit diesem großen Blatt? Der Davidstern und das ‚Menetekel'?

Toppe zog das Blatt aus der Mappe auf seinem Schreibtisch und nahm es mit rüber zu Breiteneggers Platz, wo er ein paar andere Zettel fand, auf denen van Velden sich Notizen gemacht hatte.

Er schaltete die Tischlampe ein und beugte sich über die Papiere.

Dieses ‚Menetekel', das war nicht van Veldens Handschrift.

Er müßte es natürlich prüfen lassen, aber eigentlich war er ganz sicher.

Wer hatte das geschrieben und wann? Ob die Experten das wohl nahe genug eingrenzen konnten?

Er zog Breiteneggers Telefon heran, wählte die Nummer vom Labor und ließ es klingeln, aber keiner nahm ab. Gut, also erst morgen dann.

Er setzte sich wieder an seinen eigenen Schreibtisch und nahm sich den Stapel Bücher vor, den sie im Rollschrank gefunden hatten: Zuoberst lag ein Heft mit dem Titel *Sie standen auf*, eine Schülerarbeit über die einzelnen Widerstandskämpfer der Stadt.

Auf Seite 64 fand er die Geschichte von van Veldens Vater. Ein ganzseitiges Foto von einem ausgebombten LKW war dem Artikel vorangestellt; die Bildunterschrift lautete: *In diesem LKW stirbt Antonius van Velden beim Bombenangriff auf Kleve am 7. Oktober 1944.*

Toppe schreckte auf.

Astrid kam schwungvoll herein. Sie trug einen mächtigen Stapel Fotokopien auf den Händen vor sich her. „Halloo!"

Ihre Augen glänzten fröhlich.

Das Telefon klingelte.

Toppe nahm den Hörer ab und winkte Astrid, sich neben ihm hinzusetzen.

„Toppe?"

Es war Gabi, die sich mit mühsam beherrschter Stimme erkundigte, ob er denn vergessen habe, daß sie heute abend bei ihrer Chefin zum Essen eingeladen seien.

Er *hatte* es vergessen.

Astrid war zur Kaffeemaschine gegangen, fuchtelte mit dem Filter herum und signalisierte eine stumme Frage.

Toppe nickte und versuchte gleichzeitig, seine Frau zu beruhigen.

„Wann gedachtest du denn zu kommen?" wollte sie wissen.

„Es kann höchstens noch eine knappe Stunde dauern ... wenn nichts Unerwartetes passiert ..."

„Genauso hab' ich mir das vorgestellt! Da macht man *einmal* einen Termin! Was machen eigentlich die anderen aus deiner Truppe, Helmut? Was macht zum Beispiel Norbert heute abend?"

Toppe druckste. „Der muß heute babysitten."

Er konnte gut hören, wie Gabi nach Luft schnappte, und warf schnell ein: „Ich komm' gleich. Ich mach's so kurz wie möglich hier, ganz bestimmt."

Er legte alle Wärme, die er finden konnte, in seine Stimme, aber sie wollte nichts hören.

„Es ist mir egal! Und weißt du was?! Von mir aus kannst du in deinem geliebten Präsidium übernachten. Ich gehe allein weg!"

Jetzt hielt er nicht länger an sich. Es war ihm auf einmal auch völlig egal, daß Astrid dabei war: „Ja, Himmel noch mal, glaubst du denn, ich wär' nicht auch lieber bei euch zu Hause? Glaubst du denn, ich mache das mit Absicht?!" brüllte er.

Es war einen Augenblick lang vollkommen still.

„Ja", sagte sie dann leise, aber mit fester Stimme, „ja, manchmal glaube ich das tatsächlich."

Damit legte sie auf.

Toppe saß mit dem Hörer in der Hand.

„Ärger?“ fragte Astrid.

13

Ihr Mitleid wollte er nicht, wohl aber ihre Zärtlichkeit, und es fiel ihm schwer, ihre Hand auf seinem Arm zu ignorieren.

„Dann wollen wir mal sehen, was du alles für Schätze ausgegraben hast“, sagte er viel zu munter.

Sofort zog sie sich zurück, als habe er sie getadelt, griff zu ihrem Papierstapel und breitete einige Blätter vor ihm aus. Sie hatte die Artikel vorsortiert.

Zum einen waren da Berichte über van Veldens Ausstellungen und Vernissagen, über Preisverleihungen. Sie stammten größtenteils aus Rambachs Feder und waren von einer auffallenden Distanzlosigkeit. Dem Autor schien es stets darum zu gehen, seine eigene enge Beziehung zum Künstler zum Ausdruck zu bringen. Den längsten Text hatte er anläßlich der Verleihung des Großen Staatspreises 1989 für die ‚Holocaust-Plastik' verfaßt, die vor dem Bundeshaus in Bonn installiert worden war.

Ein halbseitiges Foto der Plastik war mit Rambachs Kommentar versehen: *Auf einzigartige, beklemmende Weise bearbeitet van Velden in dieser Plastik sein zentrales Thema: den Menschen. Ähnlich wie bei Henry Moore, der ihn stark beeinflußt hat, wachsen die Figuren aus Formen, die in einem Wechselspiel zwischen plastischer und ausgehöhlter Materie, teils rhythmisch, teils tektonisch gestaltet sind.*

Besonders hervorgehoben wurde die Tatsache, daß eine Schülerin aus Kleve, Simona Lünterhoff, für eine der beiden Frauenfiguren der Plastik Modell gestanden hatte.

Astrid kam Toppes Anregung zuvor: „Ich würde diesen Bereich gern übernehmen, wenn du einverstanden bist. Ich denke, ich könnte einen Draht zu den Mädchen kriegen. Simona Lünterhoff weiß bestimmt ein paar Namen von den anderen, die bei diesen ‚Orgien' dabei waren.“

„Ja", sagte Toppe, „übernimm du erst mal diese ganze Geschichte mit den Pornofotos. Und sieh zu, daß du auch mit den Eltern der Mädchen sprichst."

Er blätterte weiter in den Kopien. Da gab es zahlreiche Fotos, die van Velden bei offiziellen Anlässen zeigten, aber auch bei der Arbeit im Atelier: ein großer, muskulöser Mann mit einer augenscheinlichen Vorliebe für teure englische Kleidung. Das dunkle Haar war so kurzgeschoren, daß die Kopfhaut durchschimmerte und nicht von seinem auffallenden Gesicht ablenken konnte: ein unruhiges Gesicht, in dem die schmale Hakennase in starkem Kontrast zu den breiten, vollen Lippen stand. Die Augen vermittelten einen ernsten, oft verdrossenen Eindruck.

Beim zweiten Stapel, den Astrid ihm gab, ging es um die Restaurierung des Amphitheaters. Toppe blätterte ihn durch.

Die Kaffeemaschine zeigte mit einem lauten Gurgeln an, daß der Kaffee, den Astrid während Toppes Telefonat angesetzt hatte, inzwischen durchgelaufen war.

Astrid stand auf. „Du wolltest doch auch welchen?"

Er nickte nur.

Es hatte einen, wie Toppe fand, eigentlich recht harmlosen Wirbel in der Presse gegeben, als van Velden den Zuschlag für die Restaurierung der Anlage bekommen hatte. Rambachs Name tauchte nicht auf. Zwei seiner Kollegen brachten in einigen kleinen Artikeln das allgemeine Befremden über diese Entscheidung der Stadt zum Ausdruck. Darüberhinaus gab es ein paar bitterböse Leserbriefe von ortsansässigen Architekten. Die Stadtverwaltung hatte sich, ungewöhnlich geschickt, zu dem Thema nicht öffentlich geäußert, so daß sich der ganze Wirbel nach vierzehn Tagen gelegt hatte – ein Sturm im Wasserglas. Van Velden selbst hatte keinen Kommentar abgegeben; vermutlich war er gar nicht befragt worden. Ein paar Pläne und Skizzen hatte man abgedruckt: Kleve früher – Kleve heute – Kleve, wie es sein könnte; allgemeiner Tenor: unsere Stadt soll historischer werden.

Astrid stellte den Kaffeebecher neben ihn und beugte sich von hinten über seine Schulter.

Toppe nahm deutlich ihr Parfum wahr und spürte ihren warmen Atem im Nacken.

„Ich hab's mir erspart, diese ganze Enteninsel-Diskussion abzulichten. Zum Thema van Velden hätte das sowieso nichts gebracht."

„Hm", nickte er. Er verspürte den unwiderstehlichen Drang sich zurückzulehnen und räusperte sich anhaltend.

„Hast du was zu diesem Salmon Rosenberg gefunden?" fragte er, wie er hoffte, sachlich.

Sie ging schnell um den Schreibtisch herum und setzte sich wieder ihm gegenüber.

„Eine ganze Menge sogar."

Dabei sah sie ihm viel zu lange in die Augen. Den Ausdruck konnte er nicht deuten.

Rund um den zentralen Bericht zur Gedenkfeier der ‚Reichskristallnacht' gruppierten sich Artikel über Rosenbergs Besuch in der Stadt, über Judenpogrome, bekannte jüdische Bürger der Stadt und van Veldens Vater. Rambach schien sich ein paar Wochen intensiv mit dem Themenkreis auseinandergesetzt zu haben.

Die Familie Rosenberg war schon seit 1795 in Kleve ansässig gewesen, berichtete Rambach, und hatte seit 1889 ein großes Kaufhaus auf der Hagschen Straße betrieben. Salmon Rosenbergs Vater Louis hatte das Geschäft 1921 übernommen und es gemeinsam mit seiner Frau Hannah geführt. Sie hatten zwei Kinder, Rachel und Salmon.

Nachdem die Boykotte gegen die jüdischen Geschäfte in Kleve sich Mitte der Dreißiger Jahre immer mehr verschärften, hatte Louis Rosenberg die Auswanderung beantragt, deren Genehmigung jedoch verzögert worden war. Am 11.11.38 wurde das gesamte Geschäft verwüstet, die Familie brutal zusammengeschlagen, Louis Rosenberg inhaftiert. Man deportierte ihn nach Dachau, ließ ihn aber überraschenderweise im Januar 1939 schon wieder frei. Kurze Zeit danach gelang der Familie Rosenberg durch die Hilfe Antonius van Veldens die Flucht nach Holland, von wo aus sie dann in die USA auswanderte.

Rambach hatte 1988 mehrere Tage mit Salmon Rosenberg verbracht, an denen sie Wanderungen durch die Stadt unternahmen und über die Vergangenheit redeten. Die Artikel waren lebhaft gezeichnet und von einer erfreulichen Wärme.

Salmon Rosenberg mußte heute sechzig Jahre alt sein. Er lebte als Junggeselle in Chicago, wo er ein gutgehendes Bekleidungsgeschäft besaß. Seine Eltern waren vor einigen Jahren verstorben, und seine Schwester Rachel lebte seit 1950 in Israel.

Toppe hatte sich festgelesen.

Der Artikel über die Gedenkfeierlichkeiten ging über vier Spalten. Rambach hatte sich nicht bemüht, die offensichtliche Erbärmlichkeit der ganzen Angelegenheit zu vertuschen. Erst vierzehn Tage vor dem eigentlichen Festakt hatte sich der Parkplatz auf dem Synagogengelände zu einer ‚Gedenkstätte' gemausert. Man hatte in aller Hast Rollrasen ausgelegt, eine Plakette angebracht, ein nichtssagendes Schild aufgestellt. Etwa zur selben Zeit war den bedeutenden Herren eingefallen, man könne vielleicht einige überlebende Juden zur Feier einladen, aber natürlich war die Zeit zu kurz gewesen, jetzt noch herauszufinden, wohin es sie verschlagen hatte.

Die ganze Sache war, wie erwartet, ohne Konzept über die Bühne gegangen. Zur eigentlichen Gedenkstunde hatte man in letzter Minute ein paar friedensbewegten Schülergruppen schulfrei gegeben und sie auf Stadtkosten angekarrt; die Kirchengemeinden hatten ein paar ihrer Sozialpädagogen und Mitarbeiter aus den Jugendheimen entsandt. Insgesamt waren höchstens fünfzig Leute anwesend gewesen, die alle nicht so recht wußten, was man von ihnen erwartete. Die Bevölkerung hatte von all dem nichts mitgekriegt, weil man es erst am Tag vorher geschafft hatte, eine winzige Notiz an die Zeitungen zu geben.

Rambach erwähnte noch kurz die nervliche Anspannung des einzigen jüdischen Gastes der Stadt, die vielleicht einige der Anwesenden befremdet haben mochte, ihm selbst aber einleuchtete. Außerdem beschrieb er das erste Zusammentreffen Rosenbergs und van Veldens und machte seinen recht guten Artikel mit einem schwülstigen Ende kaputt: *... sicherlich einer der bewegendsten Momente im Leben dieser beiden so außergewöhnlichen Männer.*

Astrid nahm sich das Buch, in dem Toppe gelesen hatte, als sie gekommen war. Nach einer Weile lachte sie. „Der Rambach hat das abgekupfert. Hier, guck mal, seinen Artikel über van Veldens Vater, den hat er sich bestimmt aus dem hier zusammengebastelt."

Toppe nahm sich den Artikel vor. Sie konnte recht haben, zumindest schien Rambach dieselben mageren Informationen gehabt zu haben.

Antonius van Velden, ein kleiner Angestellter bei der damaligen Gemeindeverwaltung, war, als Niederländer nicht zum Wehrdienst eingezogen, während des Krieges als LKW-Fahrer bei der Margarinefabrik zwangsverpflichtet gewesen. Mit seinem LKW brachte er, unter Einsatz seines Lebens, in den Jahren 39 und 40 über fünfzig Juden aus Kleve heraus nach Holland und rettete ihnen so das Leben. Im Juli 1940 führten Denunziationen zu seiner Verhaftung. Man warf ihm vor, „deutschfeindlich" und ein „Judenfreund" zu sein. Zu seinem Glück fand man keinerlei stichhaltige Beweise, und so wurde er nach vierzehn Tagen Untersuchungshaft wieder freigelassen. Er starb beim Bombenangriff auf Kleve.

„Spannende Geschichte", murmelte Toppe vor sich hin. „Ich möchte wissen, wie er die alle rausgeschmuggelt hat."

Astrid sah ihn fragend an.

Er lächelte jungenhaft. „Ich weiß, ich weiß, mit unserem Fall hat das nichts zu tun. Ich bin einfach nur ein neugieriger Mensch."

Er schob die Papiere zusammen.

„Das bringt uns nicht viel weiter, nicht wahr?" fragte Astrid.

„Wir werden sehen", meinte Toppe vage und streckte sich. „Höchste Zeit, daß ich nach Hause komme."

„Wirklich?" fragte sie und berührte ihn wieder am Arm.

Er zuckte zurück.

„Ich tu' dir nichts", schnappte sie ein.

Er hielt inne.

„Schade", hörte er sich sagen und hatte Flugzeuge im Bauch.

Sie erhob sich mit einer geschmeidigen Bewegung, hatte aber auch das Poltern auf dem Gang gehört.

„Darauf komme ich zurück", flüsterte sie.

„Ich bitte darum", sagte er und war sich auf einmal ganz sicher.

Ackermann, die Ursache des Polterns an der Tür, stob herein und überschüttete sie beide mit seinem lärmenden Frohsinn.

„'n Abend zusammen. Ich stör' doch nich'? Ich bin schon unten am Auto, da seh' ich noch Licht an bei Ihnen, Chef, un' denk', kuckste ma' ebkes auf 'n Sprung rein, wie die Aktien so stehen."

Das alles brachte er in einem einzigen Atemzug und ließ sich dabei ganz selbstverständlich auf dem Besucherstuhl nieder.

„'n Abend, Herr Ackermann", begrüßte ihn Toppe freundlich.

Astrid griff schnell nach ihrer Handtasche. „Ich bin dann weg, ja? Mir flimmert's schon vor den Augen von all dem Zeitunglesen."

Ackermann richtete sich häuslich ein. „Wie läuft et denn so?"

„Gar nicht gut."

„Keine Neuichkeiten?"

„Kaum", gab Toppe einsilbig zurück.

„Na, nu' lassen Se ma' die Flügel nich' hängen. Dat kommt schon. Sie haben doch schon ganz andere Dinger geschaukelt, Chef."

Er kramte seinen Javaanse Jongens und Blättchen aus der Hosentasche und drehte sich mit flinken Fingern eine Zigarette.

„Kucken Sie sich dat ma' an", hielt er Toppe seine Hand unter die Nase. „Kriech ich doch zum Verrecken nich' ab!"

Seine Fingernägel trugen deutliche Spuren von grünem Lack.

„Hab' nämlich gestern mittach endlich den Kaninchenstall gestrichen." Er lachte herzhaft. „Un' dabei hättet fast noch 'ne Familientragödie gegeben. Sie wissen ja, wie Mütters so sind."

Toppe verstand nur Bahnhof.

„Nein? Ihre Frau nich'? Also meine, ich kann Ihnen sagen: die reinste Klucke. Also, der Heinz, dat is' mein Nachbar, der ruft mich annen Zaun, un' ich lech den Pinsel auf dat Dach vom Stall un' geh ebkes rüber, un' wir kommen so an't keuern. Meine Mädkes waren de ganze Zeit mit de Karnikel dran. Un' wie ich zurückkomm', is' der Pinsel weg. Ich dann gleich Zoff gemacht, von wegen Finger weg von Papas Werkeug. Da bin ich nämlich ganz eigen mit. Die können alles von mir kriegen, aber an mein Werkzeug sollen die nich' ran, und dat wissen die auch. Un' die dann gleich geheult, un' wie gemein ich bin. Sons' sind die wie

Katz' un' Hund, aber wenn die sich gegen Papa zusammenrotten können, ich sach et Ihnen! Un' meine Frau dann sofort in't selbe Horn: Ich soll die Kinder nich' immer so anschreien un' so. Ich war ganz schön stinkich."

Er holte einmal kurz Luft; Toppe war schon ganz schwindelig.

„Un' wat soll ich Ihnen sagen, find' ich doch den Pinsel hinterm Stall im Gras! Un' wissen Sie wat? Die Mädkes konnten echt nix dafür. War meine eigene Doofheit. Dat Dach is' nämlich leicht schräch, von wegen Regenwasser, wa? Na, da konnten Sie aber wat verspannen. Meine Frau war ganz schön geladen. Von wegen Klucke! Mehr so drachenmäßig, wa?"

Er lachte sich schief.

„Aber in solchen Fällen sach ich mir immer, Ackermann, sach ich, halt die Klappe, pack dein' Kram zusammen un' geh' auf 'n Bierchen. Wenn de zurückkomms', hat se sich wieder beruhicht. Und, wat sach' ich Ihnen? Genauso war et."

Toppe fixierte einen Punkt hinter Ackermann an der Wand.

Der rieb sich ein bißchen unsicher die Hände an der Hose ab, klemmte sich dann seine Zigarette in den Mundwinkel und stand auf. „Ich hab' ganz den Eindruck, dat ich wohl doch stör'. Nee, nee, sagen Sie nix, Herr Toppe. Ich kenn' dat doch, wenn Sie so kucken. Nix für ungut!"

Und genauso schnell, wie er hereingestürmt war, war er auch schon wieder verschwunden.

Toppe suchte eine Weile zwischen den Tatortfotos auf Breiteneggers Tisch.

Ganz richtig, es war gar kein Schreibtisch, an dem van Velden gesessen hatte. Es war ein Sekretär mit einer Platte, die leicht schräg war. Angenommen, van Velden hätte doch etwas geschrieben, als er den Schlag auf den Kopf bekam. Der Stift wäre ihm aus der Hand gefallen, in die Schublade gerollt, und die hätte van Velden im Vornübersacken mit seinem Körper zugeschoben. Zuviel Enid Blyton als Kind? Ja, vielleicht.

Trotzdem, er mußte das ausprobieren.

Und er wollte so schnell wie möglich mit diesem Salmon Rosenberg sprechen.

14

Salmon Rosenberg schlug die Bettdecke zurück und stand auf.

An Schlaf war sowieso nicht zu denken.

Im matten Licht, das von der Straßenlaterne heraufschien, versuchte er auf seiner Armbanduhr zu entziffern, wie spät es war.

Fünf vor halb drei.

Im großen Hotel, in dem man ihn, den Ehrengast, untergebracht hatte, wurde heute abend die Karnevalszeit eingeläutet.

Obwohl er beide Fenster fest geschlossen hatte, drang der Frohsinn bis in sein Zimmer.

Er fühlte sich klebrig.

Entschlossen öffnete er eines der Fenster weit, lehnte sich hinaus und atmete tief durch.

Unten im Saal tanzten die Enten; und warum es am Rhein so schön war, hatte man anscheinend immer noch nicht herausgefunden.

Man feierte die Feste, wie sie fielen.

Elf waren sie gewesen; sechs Erwachsene und fünf Kinder, zwei davon jünger als er.

Zwölf mit ihrem Retter.

Eine Ewigkeit hatten sie im finsteren Wohnzimmer gewartet, Papa, Mutter, Rachel und er; kein Licht, bloß kein Licht. Die Eltern saßen auf den beiden guten Koffern, feinstes Rindsleder; er selbst mit der Schwester auf dem Boden.

Dann hatte es geklopft, und an der Glastür zum Garten konnte er den Schatten eines Riesen sehen. Er war stumm gewesen vor Schreck.

Mutter lief und öffnete die Tür; kein Grußwort, nichts.

Der Riese winkte ihnen, ihm zu folgen, und Papa nahm die Koffer.

In der Hecke hinten im Garten eine Lücke, die vorher nicht dagewesen war. Es verwirrte ihn, und er beeilte sich zu fragen, aber Papa legte ihm schnell die Hand auf den Mund und schüttelte eindringlich den Kopf.

Die Nacht war mondlos, der Lastwagen nur eine verwischte Kontur, und auf der Ladefläche war es stockfinster. Aber er konnte spüren, daß dort noch andere Menschen waren. Er hörte ihren Atem, fühlte ihre Wärme. Seine Schwester umklammerte seine Hand.

Lang war die Fahrt nicht gewesen.

Irgendjemand hob ihn von der Ladefläche, stieß ihn in den Rükken, und er lief los, gebückt, wie es die anderen machten.

In der grauen Dunkelheit ein schwarzes Loch: der Eingang zu den Katakomben. Ein paar Stufen, er fühlte nasse Wände, ließ sich mitziehen um zwei, drei Ecken. Dann ein kleiner Raum; Lehmboden.

Der Riese drückte Papa eine Lampe in die Hand, sagte etwas und verschwand.

Sie hockten sich auf den Boden, lehnten sich an die kalten Wände. Dunkelheit.

Mit der Zeit konnte er die anderen unterscheiden, an ihrem Atemgeräusch, ihren Ausdünstungen; die Frau neben ihm duftete nach Veilchen.

Er pinkelte in die Hose.

Manchmal konnte er die Menschen sehen, kurz nur, wenn einer von ihnen die Lampe anknipste, durch eine Türöffnung verschwand und bald danach zurückkam. Aber er traute sich nicht, in ihre Gesichter zu sehen, kannte nur ihre Schuhe, die Beine, ihr Gepäck. Er hielt den Kopf gesenkt und bewegte sich nicht.

Für eine Weile wurde das Schwarz in der Türöffnung zu einem Dunkelgrau, dann wieder schwarz.

Und dann kam der Riese zurück, ihr Retter. Mit einer hellen Lampe, die die Menschen als groteske Schatten an die Wände bannte. Er trat vor die Männer, vor Papa auch, und streckte die Hand aus – wortlos. Und wortlos öffneten sie alle ihr Gepäck. Wortlos nahm er.

Die Augen der Mutter, ihr Blick.

Dann wieder gebückt, im Laufschritt, der Lastwagen, ein Feld, ein Graben.

Papa sprang; die Mutter hob ihn hinüber, sprang Hand in Hand mit der Schwester.

Im Rücken das sich entfernende Knattern des Lastwagens; das Wäldchen und Papa, der auf den Boden fiel und weinte.

Salmon Rosenberg wischte sich mit dem Ärmel den Schweiß aus dem Gesicht.

In ein paar Tagen würde er schon in Rotterdam sein.

Van Velden hatte tatsächlich nichts gewußt.

Wie sollte er auch?

Er war schließlich auch erst acht Jahre alt gewesen, und warum hätte sein Vater darüber reden sollen?

15

Im Haus war es stockfinster, aber oben wimmerte, schon vertraut, der Spielcomputer.

Müde und genervt stapfte Toppe die Treppe hoch. Im Grunde hatte Gabi recht. Wenn er morgens aus dem Haus ging, war es noch dunkel, wenn er heimkam schon wieder; den Tag und oft auch noch die Abende verbrachte er in einer eigenen Welt zwischen irgendwelchen Ermittlungsorten und dem miefigen Präsidium. Hier zu Hause gab er nur noch kurze Gastspiele.

Er stieß die Tür zum Kinderzimmer auf.

Christian hatte den Blick fest auf den Bildschirm geheftet, den Joystick locker in der Hand, und nahm ihn nur am Rande wahr: „Hallo, Papa."

Oliver lag bäuchlings auf dem Fußboden und vertrieb sich die Zeit bis zu seinem nächsten Einsatz am Stick mit einem Comic.

„Wo ist Mama?" fragte Toppe, aber keiner von seinen Söhnen zeigte auch nur die geringste Reaktion.

Er umfaßte die Türklinke fester und räusperte sich.

„Wo ist Mama?" versuchte er es noch einmal, aber ebenso erfolglos.

Mit einem Satz war er am Computer, hatte das Kabel in der Hand und zog den Stecker.

„Ich hab' euch was gefragt!" brüllte er.

Vollkommene Stille.

Die Kinder starrten ihn an: Oliver entgeistert, Christian aufsässig, das Kinn ganz hoch, trotzdem unsicher.

Toppe sah von einem zum anderen und kam sich vor wie ein Eindringling.

Christian erhob sich schwerfällig, versuchte ein Lächeln, meinte: „Is' ja schon gut, Mann“ und stöpselte den Stecker wieder ein.

„Mama ist Essen gegangen“, rief Oliver eifrig und sprang ihm in die Arme. „Um elf ist sie wieder da, hat sie gesagt.“

„Und wo ist Oma?“ fragte Toppe verwirrt. Normalerweise ließen sie die Kinder doch nie allein.

„Oma!“ schnaubte Christian kopfschüttelnd, während er sich darauf konzentrierte, wieder ins Programm zu kommen. „Hör mal, ich bin dreizehn!“

Toppe wußte keine Antwort.

Oliver rutschte aus seinen Armen und blieb irgendwo zwischen seinen Beinen hängen.

„Mama hat gesagt, wir sind alt genug. Wir schaffen das alleine“, fiepste er nach oben.

„Ja, ja sicher“, stammelte Toppe und strich ihm über den Kopf. „Jetzt bin ich ja auch da; ich wollte nur noch eben kurz mal ...“

„Is' schon okay, Papa; wir kommen alleine klar“, murmelte Christian abwesend; er war schon wieder mitten im Spiel.

Toppe sah zu Oliver hinunter, der die Nase an seinem Schienbein rieb.

„Gleich bin ich dran“, strahlte sein Jüngster ihn an. „Und ich mach' ihn fertig, das schwör' ich dir!“

Toppe murmelte irgendetwas und ging hinaus.

Ohne einen weiteren Gedanken hastete er die Treppe hinunter, riß seinen Mantel vom Haken und war schon draußen.

Zunächst lief er ziellos durch Materborns Straßen.

Es nieselte und die perfekt geschnittenen Hecken der Vorgärten glänzten vor Nässe.

Gabi war tatsächlich ohne ihn gegangen! So etwas hatte sie noch nie getan; und er wußte genau, daß er selbst nie so gehandelt hätte.

Er war wütend und gleichzeitig traurig.

Als er in die Alexanderstraße einbog, hatte er plötzlich ein Ziel: die Vereinskneipe vom SV. Es war van Appeldorns Stammkneipe seit er eine der Jugendmannschaften trainierte; vielleicht traf er ihn dort. Marions Italienischkurs mußte ja längst zu Ende sein.

Er überquerte die Materborner Allee, auf der um diese Zeit kaum noch Betrieb war und sah durch das hohe Buschwerk an der Mauer Flutlicht schimmern. Auf dem Sportplatz wurde noch gespielt. Vielleicht war Training. Bei dem Wetter!

Seine beiden Söhne spielten auch hier. Er hatte Christian einmal kurz vom Training abgeholt, als Gabi mal nicht konnte; mußte voriges Jahr gewesen sein.

Die Kneipe kannte er nur von außen. Er zog die Glastür auf, und der übliche säuerliche Kneipendunst fing ihn ein. Es war kaum was los. Am Tisch hinten in der Ecke saßen drei Männer beim Skat. Norbert van Appeldorn hockte am Tresen und unterhielt sich mit dem Wirt. Neben seinem Hocker stand eine große bunte Sporttasche.

Er staunte nicht schlecht, als er Toppe auf sich zukommen sah.

„Es geschehen noch Zeichen und Wunder. Du in einer Kneipe!"

Toppe grinste schräg und blieb, die Hände in den Manteltaschen, hinter van Appeldorn stehen.

„Ein Alt, bitte", nickte er dem Wirt zu.

Van Appeldorn musterte ihn. „Ist was los?"

Toppe zuckte die Achseln. „Nichts Besonderes."

Er redete nicht gern über sich selbst und hätte auch gar nicht gewußt, wo er anfangen sollte. Außerdem war er zu müde.

„Hattest du Training?" fragte er und zeigte auf die Sporttasche.

„Ja, mit der D-Jugend. Ich hab' übrigens Christian vermißt; der kommt sonst eigentlich immer."

„Der muß auf seinen kleinen Bruder aufpassen; sitzt am Computer."

„Wieso? Ist Gabi auch nicht zu Hause?"

„Nein. Ich wußte gar nicht, daß ihr bei so einem Sauwetter spielt."

Van Appeldorn lachte. „Ist doch ideales Fußballwetter." Dann runzelte er die Stirn. „Sag mal, hast du Ärger zu Hause?"

Toppe zuckte wieder nur die Achseln.

Van Appeldorn rutschte von seinem Hocker. „Komm, zieh deinen Mantel aus. Wir setzen uns da drüben an den Tisch. Is' gemütlicher. Machst du uns zwei Kurze, Franz?"

Toppe zwängte sich van Appeldorn gegenüber auf die Bank und trank sein Bier in einem Zug.

„Hat Astrid noch was Neues gehabt?" wollte van Appeldorn wissen.

Toppe winkte nach einem neuen Bier und berichtete dann knapp und trocken.

Der Wirt brachte die Kurzen und noch ein Bier für Toppe.

„Hör mal, du hast doch was", stieß van Appeldorn ihn an.

Toppe gab sich einen Ruck und erzählte schließlich von seinem Streit mit Gabi und, daß sie einfach allein weggegangen war.

„Na und?" fragte van Appeldorn ehrlich erstaunt. „Was ist so schlimm dran, daß sie alleine geht, wenn du nicht kannst?"

„Aber doch nicht so", entgegnete Toppe. „Ich hab' ja nichts dagegen, wenn sie geht, aber doch nicht, um es mir mal zu zeigen, um mich quasi zu bestrafen. Ich kann doch wahrhaftig nichts für die verdammten Überstunden."

Van Appeldorn betrachtete ihn mit ungewohntem Ernst.

„Das kann man auch anders sehen, Helmut. Klar, wir haben eine Menge Arbeit. Unser Job ist nicht eben fröhlich und erbaulich, und manchmal hat man ganz schön dran zu knacken. Aber das ist in vielen anderen Berufen doch auch nicht anders; oder möchtest du lieber Arzt sein oder Psychologe? Hauptsache, die Arbeit wird nicht zum Selbstzweck. Ich mach' diesen Job, um mich und meine Familie zu ernähren, und ich kann doch froh sein, daß er spannend ist und mir meistens auch noch Spaß macht. Ich glaube, unsere lieben Kollegen sehen das genauso."

Toppe schnaubte abwehrend. „Die Kollegen, ja. Aber ich kann mir das nicht leisten. Schließlich habe ich die Verantwortung!"

Van Appeldorn runzelte verwundert die Stirn. „Okay", sagte er, „auf dem Papier bist du der Boss, aber du weißt doch selbst, daß wir anderen uns genauso verantwortlich fühlen wie du. Ist schon komisch, daß du auf einmal so den Chef raushängen läßt. Im Ernst, Helmut, ich glaube, es wird höchste Zeit, daß du deine Mörder einfach mal Mörder sein läßt, nach Hause gehst, abschaltest, dich um deine Familie kümmerst und auch um dich selbst."

Toppe sah auf die Tischplatte und schüttelte den Kopf.

„Das kann ich nicht, Norbert. Ich bin da anders als du. Wenn ich einen neuen Fall habe, dann gärt der in mir, läßt mir keine Ruhe. Das kann ich nicht einfach ausknipsen wie einen Lichtschalter."

„Eben", nickte van Appeldorn, „genau das meine ich. Wunderst du dich allen Ernstes, daß Gabi nach zwölf Jahren anfängt, sauer zu werden? Marion hätte das nicht einmal ein halbes Jahr lang mitgemacht. Und da hat sie auch verdammt recht."

Er lachte und legte Toppe die Hände auf den Arm.

„Ich glaube, dir täte so ein Erziehungsurlaub auch mal ganz gut. Es rückt einiges gerade, wenn man mal ganz raus ist aus dem Laden."

Toppe lachte bitter. „Du kannst wohl kaum erwarten, daß ich noch ein Kind zeuge, nur um so eine Erfahrung zu machen. Außerdem will Gabi auch überhaupt keine Kinder mehr."

Er starrte müde in sein Glas. „Wahrscheinlich hat sie ganz recht. Vielleicht hätte ich nie welche kriegen sollen. Christian und Oliver haben zu mir überhaupt keine Beziehung. Denen ist das vollkommen egal, ob ich da bin oder nicht. Der Computer, zum Beispiel, ist denen viel wichtiger."

„Mensch, hör auf, dich zu bejammern! Ist ja furchtbar!" sagte van Appeldorn sauer. „Wenn du einen Draht zu deinen Kindern haben willst, dann tu was dafür! Ich hab' dich zum Beispiel in der ganzen Zeit nur ein einziges Mal hier auf dem Fußballplatz gesehen. Und ich trainiere deine beiden Jungs immerhin schon seit vier Jahren. Ich wette, du weißt nicht mal, wann sie spielen."

„Ich war einmal mit zu einem Turnier", protestierte Toppe lahm.

„Na, bravo! Einmal in vier Jahren. Das hat bei deinen Kindern bestimmt den dauerhaften Eindruck hinterlassen, daß ihr Vater sich ganz toll für sie interessiert."

„Danke", zischte Toppe. „Du baust mich wirklich unheimlich auf."

„Das tu ich auch", erwiderte van Appeldorn ruhig. „Du hörst mir bloß nicht zu, weil du dich bedauern willst, und ich habe keine Lust, mich in deine dämliche Depri-Stimmung reinziehen zu lassen." Er beugte sich vor. „Du hast dich in den letzten Jahren ziemlich verändert, Helmut. Wir beide, zum Beispiel, waren mal ganz gute Freunde. Und heute? Was verbindet uns denn noch außer der Arbeit, he? Privat haben wir uns schon fast ein Jahr lang nicht mehr getroffen. Und an mir liegt das nicht."

Toppe sah auf. „Du hast recht. Dieser Job frißt mich immer mehr."

„Weil du dich fressen läßt, Junge. Weil du immer alles ganz besonders schnell und gut machen mußt. Weil du die Anerkennung brauchst."

Er bückte sich, holte eine Schachtel Lucky Strike aus der Sporttasche und hielt sie Toppe hin. Der schüttelte den Kopf. „Ich rauch' sowieso zuviel ... Vielleicht hast du wirklich recht ..."

„Klar. Ich meine, du könntest dich doch wirklich mal um deine Jungs beim Fußball kümmern, und zwar regelmäßig. Machst du überhaupt was für dich alleine? Ich hab' noch nie gehört, daß du mal auf ein Bier gehst."

Toppe griente. „Doch, heute."

Aber van Appeldorn schüttelte den Kopf. „Das meine ich nicht. Heute bist du gegangen, weil du sauer auf Gabi bist und weil du dich bemitleidest."

Toppe dachte nach.

Norbert hatte gut reden. Ganz so einfach war es nicht, aber er wollte nichts mehr dazu sagen. Er brachte das Gespräch auf den Fall zurück, und van Appeldorn ging ohne Zögern darauf ein.

Als Toppe die Haustür aufschloß, war es schon Mitternacht.

Im Schlafzimmer war es dunkel. Gabi lag im Bett, aber er wußte nicht, ob sie schon schlief oder nur so tat. Leise zog er sich aus, schob sich vorsichtig ins Bett und fiel sofort in einen bleiernen Schlaf.

16

Astrid Steendijk saß auf heißen Kohlen. Sie hatte sich für elf Uhr bei Simona Lünterhoff angemeldet, und die Pressekonferenz wollte kein Ende nehmen.

Toppe machte seine Sache heute besser als sonst. Er wirkte gelassen, antwortete ruhig, ließ sich einzelne Fragen präzisieren.

Stasi hatte nur zu Anfang näselnd ein paar Worthülsen fallenlassen und sich danach mit arrogant-unbeteiligtem Gesicht im Hintergrund gehalten. Aber als Toppe jetzt die Presse um ihre Mithilfe bat – „Wir konnten bisher nicht ermitteln, wer am 30. Oktober um 23.08 Uhr den Notarzt zu van Veldens Haus bestellt hat" – runzelte er unwirsch die Stirn und machte sich eine Notiz auf einem der Spickzettel, die er ständig mit sich führte.

Die Reporter schrieben gewissenhaft mit.

Eine junge Fotografin schob sich durch das Gedränge nach vorn und machte eine Aufnahme von Toppe. Er lächelte ihr kurz zu.

Astrid spürte ein Kribbeln im Bauch. Wenn er lächelte, veränderte sich sein Gesicht vollkommen. Sonst wirkte er ernst und nachdenklich, manchmal auf eine grimmige Weise in sich gekehrt, aber wenn er lächelte, leuchteten seine Augen, und sein Gesicht war warm und lebendig. Dieses Strahlen mochte sie wohl am meisten an ihm.

Sie konnte sich nicht erinnern, jemals so verrückt nach einem Mann gewesen zu sein, und jetzt, wo es in der Schwebe war, bekam sie bei seinem Anblick, manchmal bei dem bloßen Gedanken an ihn, feuchte Hände.

Am Anfang war es bei ihr eine gute Portion Koketterie gewesen. Es hatte ihr einfach gefallen, daß er sie attraktiv fand. Aber jetzt hatte sie keinen Abstand mehr. Sie dachte beinahe ständig an ihn, egal, was sie tat, und hatte Sehnsucht. Manchmal sagte sie sich, daß sie sich zu sehr reinsteigerte, sich selbst verrückt machte, und versuchte, sich durch hektische Aktivitäten abzulenken, aber es wollte ihr nicht gelingen.

Er war verheiratet, klar, und sie wußte auch nicht, was er eigentlich für sie empfand, aber über beides wollte sie gar nicht nachdenken, noch nicht. Erst einmal wollte sie ihn fühlen, ihn ganz haben, nah und warm und zärtlich, es endlich wissen.

Sie fing seinen Blick auf und hielt ihn fest, bis die nächste Frage gestellt wurde, eine Sekunde nur, aber es reichte aus, das Ziehen im Bauch zu verdreifachen.

Schnell stand sie auf, nickte ihm zu, tippte dabei auf ihre Armbanduhr – er verstand – und machte sich auf den Weg zu ihrem Termin.

Van Veldens Fotos waren optimal gewesen, sie hätte Simona Lünterhoff auch auf der Straße erkannt.

Sie sah sehr gut aus und wußte das auch. Für ihre knapp siebzehn Jahre war sie ein bißchen zu üppig proportioniert – um die Hüften rum wird sie mit den Jahren Probleme kriegen, dachte Astrid – aber vielleicht standen Typen wie van Velden genau auf so was.

Sie nahm Astrid gleich mit in ihr Zimmer hinauf, lief dann aber sofort wieder hinunter, um etwas zu Trinken zu holen.

Das Zimmer war ein großer, holzvertäfelter Dachboden mit tiefgezogenen Schrägen an beiden Längsseiten und zwei Velux-Fenstern, durch die man nichts als den dickverhangenen Himmel sah. Das Licht war trübe und unwirklich.

Auf dem Fußboden lag ein zerzauster Flokati. An der einen Stirnseite stand ein mit Zeitschriften, Fotos und allerlei Kleinkram übersäter Schreibtisch, an der anderen ein Regal mit einer Stereoanlage und einer ansehnlichen CD-Sammlung, ein paar großformatigen Büchern, Fotoalben und Nippes.

Als Bett diente eine breite Matratze, die nachlässig mit einer marokkanischen Decke und ein paar Seidenkissen bedeckt war. Zwei kleine Lampen mit rosa Seidenschirmen standen daneben, ein paar Zeitschriften lagen unordentlich gestapelt am Kopfende.

An den Wänden hingen, mit Stecknadeln befestigt, vier Plakate von verschiedenen Ausstellungen van Veldens und ein Bild von Leonhard Cohen.

Unter dem linken Fenster stand eine kleine Plastik, ein Akt von Simona, breitbeinig, mit angezogenen Knien, die Hände nach hinten gestützt, den Kopf so weit im Nacken, daß das Haar den Boden berührte. Die Skulptur trug eindeutig van Veldens Handschrift, obwohl sie gegenständlicher war als die anderen Sachen, die Astrid bisher von van Velden gesehen hatte.

Sie strich mit dem Finger die Buchreihe entlang, viele Kunstbände. Den Band mit dem Titel *v. Velden, Erotische Fotografie* hätte sie gern angesehen, auch die Fotoalben, aber sie hörte Simona schon wieder die Treppe heraufkommen.

Das Mädchen trug ein kleines Korbtablett mit einer geschliffenen Karaffe und zwei Likörgläsern.

„Sherry", sagte sie, stellte das Tablett auf den Fußboden und ließ sich geschmeidig im Schneidersitz auf ihrer Matratze nieder.

Astrid hockte sich ihr gegenüber auf den Teppich.

„Ich glaub', um diese Zeit vertrag' ich so was noch nicht", lachte sie, aber Simona winkte lässig ab: „Einer macht bestimmt nichts aus."

Sie pustete sich ihren blonden Pony aus der Stirn und goß die Gläser randvoll. „Außerdem hab' ich nichts anderes gefunden."

Astrid sehnte sich nach einem großen Becher Kaffee, aber sie nahm dem Mädchen das Glas aus der Hand und trank einen kleinen Schluck.

Simona betrachtete sie eingehend. „Was macht so jemand wie du bloß bei der Polizei?"

Astrid lächelte, fand, das so selbstverständliche „du" war eine gute Ausgangsposition, und fragte: „Was meinst du mit: so jemand wie ich?"

„Na, du siehst doch unheimlich toll aus. Du könntest doch bestimmt was ganz anderes machen."

Astrid erzählte ihr eine Weile von ihrem Job und warum er ihr Spaß machte.

Sie waren schnell miteinander im Gespräch, und Simona redete ganz offen und freizügig von ihrer Beziehung zu van Velden. Es war offensichtlich, daß sie ihn anbetete, auch jetzt noch, sein Tod machte dabei keinen Unterschied. Er hatte sie entdeckt, in seinen

Himmel erhoben, und dort war sie nach wie vor. Trauer war ihr nicht anzumerken.

„Warum soll ich heulen?“ fragte sie. „Ricky hätte das verachtet. Wir hatten eine phantastische Zeit miteinander. Jetzt ist es eben vorbei.“

Mangelndes Selbstbewußtsein konnte man ihr nicht nachsagen.

„Weißt du, ich war seine Muse. Ich gab ihm die Inspiration und die Kraft, seine beiden bedeutendsten Werke zu vollenden.“

Astrid schüttelte sich innerlich und fragte sich, ob das wohl Originalton van Velden war.

„Hast du mit ihm geschlafen?“ fragte sie.

Simona riß verblüfft die Augen auf. „Ja, klar hab' ich mit ihm geschlafen! Was denkst du denn? Ricky war ein irre sinnlicher Mann. Wir hatten eine hocherotische Beziehung.“

Es wäre schön, dachte Astrid, endlich einmal das Mädchen selbst zu hören.

„Und? Wie war er so?“ fragte sie.

„Wie meinst du das?“

„Na ja“, lächelte Astrid, „ich meine, hatte er besonders ausgefallene Ideen?“

„Was verstehst du denn unter ‚ausgefallen'?“ fragte Simona aggressiv.

Astrid drehte schnell bei. „Ich meine einfach, das muß doch toll gewesen sein mit so einem Mann. Der war doch bestimmt nicht durchschnittlich, oder?“

Simona grinste. „Nee, durchschnittlich war er nicht.“

Sie lehnte sich zurück in ihre Kissen und verschränkte die Hände im Nacken.

„Er hatte immer neue Ideen. Fotos machen fand er wahnsinnig scharf.“ Ihre Stimme hatte einen verträumten Klang, der Astrid allzu gewollt vorkam. „Das machte ihn unheimlich an. Er mußte mich dann immer sofort haben, egal, wo und wie, verstehst du?“

„Fotos von dir alleine?“

Das Mädchen stützte sich auf den Ellbogen und blinzelte sie durch ihren Pony an. „Auch. Aber nicht nur. Ricky brauchte Kicks, verstehst du? Die richtigen Vibrationen mußten kommen, stimmig sein für seine Arbeit.“

„Wen hat er denn noch fotografiert?"

„Meistens mich, Diane und Martina."

„Und hinterher schlief er mit euch dreien?"

„Nein!" Empört setzte sie sich auf. „Geschlafen hat er nur mit mir!"

„Ja?" fragte Astrid ungläubig. „Mensch, komm, ich bin auch nicht so ganz von gestern. Du hast doch gerade was von Kicks gesagt."

„Na okay", grinste Simona. „Es machte ihn an, wenn die beiden dabei waren, wenn er mich bumste. Manchmal haben's auch Martina und Diane miteinander gemacht, und Ricky und ich haben zugeguckt. Das ergab sich einfach, gerade eben so, wie Ricky drauf war."

„Hört sich scharf an", meinte Astrid und suchte in ihrer Handtasche nach Zigaretten.

„Kann ich hier rauchen?"

„Klar." Simona drehte sich auf den Bauch und fischte aus dem Zeitschriftenstapel einen halbvollen Aschenbecher.

„Danke. Kennst du Diane und Martina näher?"

„Nöö. Ich hab' sie vielleicht fünf- oder sechsmal gesehen. Die sind aus Düsseldorf, studieren an der Kunstakademie."

„Dann sind das wohl van Veldens Schülerinnen gewesen?"

„Kann sein. Über so was haben wir nicht geredet, du. Wir hatten ganz andere Themen."

„Welche denn so?"

„Na ja, Kunst hauptsächlich, das Universum, der Mensch an sich, Erotik, Gefühle und so."

„Wie alt sind Diane und Martina?"

„Och, schon älter. So Anfang Zwanzig, würde ich sagen."

„Hat er, seitdem er mit dir zusammen war, nur noch mit dir geschlafen?"

Simona zögerte und senkte einen Moment den Blick.

„Eigentlich schon. Außer natürlich auf den Atelierfesten, aber das ist was anderes."

Astrid überlegte ihre nächste Frage, aber Simona redete schon weiter: „Da gab's immer literweise Champagner, manchmal auch Koks. War einfach geil: drei Tage totaler Nebel."

„Hast du da auch mit anderen geschlafen?"

„Klar", sagte sie gelangweilt, „das ging wild durcheinander. Waren dufte Feten."

„Und da gab's nie so was wie Eifersucht und Streit?"

„Ach Quatsch!" Simona schüttelte ihre blonde Mähne. „Ricky hat die Gäste doch sorgfältig ausgesucht. Das waren keine Spießer! Besitzansprüche, das ist doch Schnee von gestern. Man muß sich jeden Tag freiwillig neu füreinander entscheiden, weißt du?"

Astrid ging nicht darauf ein.

„Und wie lief das dann so auf den Feten?"

„Sag' ich doch: dufte. Wir haben gegessen, getrunken, Musik gehört, getanzt. Die Jungs haben Fotos gemacht, manchmal auch Videos. Im ganzen Haus war was los. Wir hatten einfach zwei oder drei Tage eine wahnsinnig easy Zeit miteinander."

„Und ihr Mädchen? Was habt ihr so gemacht?"

Simona sah kurz auf; sie bemerkte wohl Astrids veränderten Tonfall. „Rumgealbert", antwortete sie dann. „Da gab's auch immer dufte Klamotten. Einer von den Jungs ist in der Modebranche; der hat immer ganz süße Dessous mitgebracht. Hat Spaß gemacht, war wie Karneval in Rio. Und sonst? Koks macht wahnsinnig geil, weißt du? Was man eben so macht: Knutschen, Fummeln und so. Wenn die Jungs nicht zu breit waren, haben sie's mit uns gemacht."

Astrid konnte sich das „Und das hat dir gefallen, wenn die Jungs es mit dir gemacht haben?" gerade noch verkneifen, aber Simona verschloß sich trotzdem.

Astrid biß sich auf die Lippen. „Wer waren denn die anderen Männer?"

Simona zuckte nur die Schultern.

„Waren das alles so gute Typen wie Ricky?" Viel zu plump, Astrid, schalt sie sich innerlich, aber Simona lachte laut.

„Quatsch! Das sind nur Kleinkacker gegen ihn. Haben ganz gut Knete, manche sehen auch nicht schlecht aus, aber sonst: hohl! Ich kenn' sowieso nur die Vornamen: Jürgen, Claus-Dieter und Christopher waren eigentlich immer dabei, meistens auch Erwin und Frank und manchmal Hans-Werner und Walli."

„Und wer waren die anderen Mädchen?"

„Na ja. Diane und Martina – das hab' ich dir ja schon erzählt. Die anderen wechselten; sind immer aus Düsseldorf mitgekommen. Die Namen? Meine Güte, so was vergißt man doch! Bloß an die Nadine kann ich mich gut erinnern. Die war unheimlich süß. Aber die hat, glaub' ich, Ärger gekriegt; die war nämlich höchstens vierzehn."

„Und die hat dabei auch so richtig mitgemacht?"

Simona lachte wieder. „Weil die so jung war, meinst du? Du, das war die Heißeste von allen. Unheimlich scharf auf Ricky."

Astrid schüttelte leicht den Kopf. „Weißt du, wenn ich ehrlich bin, so richtig verstehen kann ich das nicht. Hat dir das denn nicht weh getan, wenn er vor deinen Augen mit einer anderen schlief?"

„Nöö", sagte Simona und drehte sich eine Haarsträhne um den Zeigefinger. „Das ist nun mal so in offenen Beziehungen. Man braucht dazu eine gewisse emotionale Reife, weißt du."

Astrid schluckte. „Welchen Ärger hat Nadine denn gekriegt?"

„Weiß ich nicht. Ich hab' mir das bloß so zusammengereimt. Die wär' sonst bestimmt noch öfter dabei gewesen. Christopher stand unheimlich auf die Kleine, er und Ricky."

Astrid nahm sich noch eine Zigarette.

„Ricky wußte immer genau, was er tat", sagte Simona. „Er hatte jede Situation im Griff. Auf den Feten und sonst auch."

„Und deine Eltern? Was haben die denn dazu gesagt?"

Simona verdrehte die Augen. „Meine Eltern!"

„Wie meinst du das?"

„Meine Eltern haben ihre Jobs. Damit sind die voll ausgelastet. Wir leben alle unser eigenes Leben, und das ist ja auch okay so."

„Aber die müssen doch mitgekriegt haben, wenn du drei Tage nicht nach Hause gekommen bist."

„Na und? Ich hab' schon seit Jahren meinen eigenen Schlüssel. Außerdem, wenn die wußten, daß ich bei Ricky war, ging das schon in Ordnung."

„Es ist aber doch ein offenes Geheimnis in Kleve, daß van Velden solche Feten feierte."

„Meinst du? Keine Ahnung. Meine Eltern haben jedenfalls nie was gesagt. Wir sind sowieso ganz frei erzogen, mein Bruder und ich. Meine Mutter hat mir, als ich vierzehn war, die Pille verschreiben lassen, und damit ist das Problem doch erledigt, oder?"

„Was war mit der Schule? Hast du dann da einfach gefehlt?"

Simona warf das Haar zurück. „Die Schule hab' ich schon vor einem Jahr geschmissen."

„Und was machst du jetzt?"

„Mal dies, mal das. Modellstehen und so. Ricky wollte mich bei einer Agentur in Düsseldorf unterbringen. Jetzt muß ich mich wohl selbst drum kümmern. Du, sag mal: Wie bist du eigentlich auf mich gekommen?"

„Wir haben Fotos gefunden", antwortete Astrid und bemerkte, daß Simona tatsächlich noch erröten konnte. „Und einer der Kollegen deines Vaters hat uns von dir erzählt, Rambach, heißt der."

„Rambach? Das kann ich mir vorstellen! Der blöde Hund!"

„Was hast du denn gegen den?"

„Ach, der ist schmierig und lästig. Macht sich dauernd an mich ran."

„Er arbeitet an einer van Velden-Biographie."

„Kann schon sein."

„Hat van Velden dir denn nichts davon erzählt?"

„Ich hab' dir doch schon gesagt, daß wir nie über solchen Alltagsmist geredet haben. Ich war seine Insel, verstehst du das nicht?"

„Wenn du eine ehrliche Antwort willst: nein!" sagte Astrid schroff, stand auf und beeilte sich, möglichst schnell zu verschwinden, bevor ihr die Galle hochkam.

Simona begleitete sie nicht zur Tür.

17

Astrid stieg in ihr Auto, holte ihren ledergebundenen Block aus der Handtasche und notierte sich die Namen der Mädchen und der Männer. Christopher – damit mußte wohl dieser Hunold gemeint sein, van Veldens langjähriger Mäzen.

Während des Gesprächs hatte sie sich bewußt keine Notizen gemacht, weil sie sonst sicher keinen vernünftigen Draht zu dem Mädchen bekommen hätte. Es war auch so schon schwierig genug gewesen.

Der schlechte Geschmack in ihrem Mund kam nicht allein vom Sherry.

Entschlossen nahm sie den Umschlag mit den Abzügen, die sie sich von den Atelierfotos hatte machen lassen, aus dem Handschuhfach, legte ihn auf den Beifahrersitz und fuhr los. Simona Lünterhoff konnte ihr viel erzählen! Sie wollte es doch gern vom Vater persönlich hören, daß er es völlig in Ordnung fand, wenn seine minderjährige Tochter für Pornofotos posierte und es sich, unter Alkohol und Kokain, von geilen alten Knackern besorgen ließ.

Toppe war recht zufrieden mit sich. Die Pressekonferenz war besser gelaufen als erwartet, dabei war er ziemlich unkonzentriert hineingegangen. Sein gestriges Gespräch mit Norbert rumorte noch ihn ihm und auch, daß Gabi heute morgen so getan hatte, als sei überhaupt nichts gewesen.

Er sammelte seine Papiere ein, ignorierte Siegelkötters stechenden Blick und verließ das Sitzungszimmer. Es reichte ihm vollkommen, wenn er Stasis bissige Kommentare auf der Teamsitzung ertragen mußte, die er für 16.30 Uhr angesetzt hatte.

Breitenegger saß an seinem Platz und telefonierte mal wieder mit den Düsseldorfer Kollegen. Sie hatten ihm das Protokoll der Vernehmung Christopher Hunolds rübergefaxt, und er schien damit gar nicht zufrieden zu sein.

Toppe wußte, wenn Astrid heute etwas Wichtiges herausfand, würde er selbst nach Düsseldorf fahren müssen, um mit Hunold zu sprechen und mit van Veldens anderen Freunden.

Van Appeldorn hatte er heute morgen nur ganz kurz gesehen. Der war verbissen in seine „Pennertheorie", hatte heute früh mit der Firma Puma telefoniert und herausgefunden, daß das fragliche Schuhmodell damals nur in Weiß hergestellt worden war. Er saß jetzt sicher noch über alten Vernehmungsprotokollen und der

Kartei und suchte sich die Personen raus, die von der Schuhgröße her in Frage kommen konnten.

Der ED stand unter Hochspannung: Man durfte Berns nicht einmal antippen, ohne daß er Gift und Galle spie, und van Gemmerns Gesicht war wie aus Stein gehauen. Die beiden hatten sich vorgenommen, bei der Teamsitzung alle Untersuchungsergebnisse vorzulegen.

Toppe selbst hatte um dreizehn Uhr einen Termin mit dem Stadtarchivar; blieben ihm noch anderthalb Stunden.

Er telefonierte nach einem Dienstwagen, packte sich van Veldens „Lageplan“ und die stadtgeschichtlichen Bücher unter den Arm, nickte Breitenegger kurz zu und machte sich auf den Weg zu Kleves Auto- und Gebrauchtwagenhändlern.

Es half nichts, ohne Auto ging es nun mal nicht. Mußte er eben sein Konto überziehen. Vielleicht konnte er ja auch einen Wagen leasen oder einen günstigen Kredit aufnehmen. Es behagte ihm alles nicht. Schon jetzt war es schwierig genug, die monatliche Rate für das Haus aufzubringen.

Der Chefredakteur war sehr beschäftigt, aber selbstverständlich nahm er sich für die Polizei ein paar Minuten Zeit.

Er war ein schlanker Mann von ungefähr fünfzig Jahren mit einem Windhundgesicht. Die Augen hinter der runden Nickelbrille waren schmal und standen leicht schräg. Das graue Haar hatte er straff nach hinten gekämmt, was seine niedrige Stirn ungünstig betonte.

Astrid legte ihm ohne große Einleitung die Fotos auf den Schreibtisch.

Er war peinlich berührt, das spürte sie, gab sich aber alle Mühe, sich das nicht anmerken zu lassen.

„Solche Fotos sind natürlich Geschmacksache“, meinte er leichthin. „Selbstverständlich wußten wir, daß Roderik sich auch mit erotischer Kunst beschäftigte. Wissen Sie, unsere Familie ist seit vielen Jahren gut mit ihm bekannt. Simona kennt ihn quasi schon von Kindesbeinen an.“

Er lächelte weltgewandt. „Ich habe bisher noch gar nicht darüber nachgedacht, aber eigentlich – immerhin arbeitet

Simona seit mehr als zwei Jahren bei den verschiedensten Projekten als Modell – eigentlich ist es doch nur natürlich, daß er auch in dieser Hinsicht mit ihrem Körper experimentierte, als Kunstobjekt, versteht sich."

Astrid konnte die Formulierung kaum fassen. „Wußten Sie, daß ihre Tochter mit ihm schlief?"

Er hob die Brauen, daß sie fast den Haaransatz berührten. „Nein, das wußte ich natürlich nicht." Dann lächelte er väterlich. „Wir haben selbstverständlich bemerkt, daß sie sich in letzter Zeit ein wenig in ihn verliebt hatte ... Immerhin, sie ist eine junge Frau, und Roderik war ein Mann in den besten Jahren."

„Sie ist nicht einmal volljährig", sagte Astrid steif.

Seine Augen wurden noch schmaler. „Ich bin nicht der Ansicht, daß sich Reife in Lebensjahren messen läßt. Meine Frau und ich haben unsere beiden Kinder sehr frei erzogen, ohne jegliche Prüderie. Wir vertrauen ihnen vollkommen, und bis jetzt haben sie uns nie ernstlich enttäuscht. Mittlerweile sind beide alt genug, ihre eigenen Wege zu gehen und ihre eigenen Erfahrungen zu machen." Er trommelte leicht mit seinem Kugelschreiber auf die Schreibunterlage. „Aber ich möchte nicht abschweifen. Ihre Ermittlungen haben Sie zu mir geführt, Frau von Steendijk. Wie also kann ich Ihnen behilflich sein?"

Sie konfrontierte ihn hart und trocken mit den Einzelheiten, die sie mittlerweile über die Atelierfeste herausgefunden hatte.

Er schüttelte ungläubig den Kopf. „Also, wenn Sie mich fragen, da hat Ihnen meine Tochter einen ganz schönen Bären aufgebunden." Er lachte kurz auf. „Wunschdenken ... obwohl ich gar nicht wußte, daß sie in dieser Richtung so viel Phanatsie entwikkelt hat. Aber ich bitte Sie! Alkohol, Kokain! Wir hätten es doch bemerkt, wenn unsere Tochter Drogen genommen hätte! Selbstverständlich bleibt sie manchmal über Nacht weg. Das ist doch vollkommen normal in dem Alter. Wir wissen immer, wo sie ist, und alles andere ist ihre Sache. Wenn sie an einem größeren Projekt arbeiteten, an der Holocaustgruppe zum Beispiel, und es spät wurde, blieb sie natürlich auch bei Roderik. Wir haben uns nichts dabei gedacht. Orgien! Das ist doch lächerlich!"

„Kennen Sie Christopher Hunold?"

„Selbstverständlich! Er ist einer der wenigen großen Mäzene, die wir in diesem unseren Vaterlande haben. Und er ist ein enger Freund von Roderik van Velden gewesen."

„Und hat es mit Vierzehnjährigen getrieben", stieß Astrid hervor. „Unter anderem auch auf van Veldens sogenannten Atelierfesten."

„Ach, kommen Sie! Das ist doch Humbug! Hat Ihnen das auch meine Tochter erzählt? Glauben Sie mir, die hat einfach zuviele Teenieblättchen gelesen."

Er musterte sie eingehend, dann schlug er sich gegen die Stirn. „Jetzt verstehe ich endlich, warum Sie zu mir gekommen sind. Haben Sie gedacht, Sie fänden hier den eifersüchtigen Vater, den Schützer der Moral seiner unschuldigen Tochter, der als klassischer Racheengel den bösen Verführer meuchelt?" Er lachte laut und herzlich.

Astrid sagte nichts. Sie sammelte die Fotos ein und schob sie in den Umschlag zurück.

„Brauche ich jetzt ein Alibi für die Tatzeit?" feixte er.

„Noch nicht", sagte sie und war schon draußen.

Dr. Hüttner, der Leiter des Stadtarchivs, ein hagerer, rotblonder Akademiker in den Vierzigern mit einem nervösen Tick am linken Auge, demonstrierte höfliches Desinteresse. Er hatte nichts gegen die Polizei, wie Toppe zunächst dachte; der Mann war einfach maßlos eitel.

Toppe ärgerte sich. Das ganze Gespräch dauerte nicht einmal eine Viertelstunde und brachte so gut wie nichts.

Van Velden habe in den letzten drei Jahren regelmäßig im Archiv gearbeitet, mindestens zweimal im Monat. Er habe sich intensiv mit den historischen Plänen des Forstgartens beschäftigt. In den letzten Wochen allerdings nicht mehr.

Der „Lageplan" sage ihm überhaupt nichts. Er war ganz sicher, ihn noch nie gesehen zu haben, räumte aber ein, daß er natürlich noch nicht sämtliche Bestände des Archivs persönlich eingesehen habe, schließlich sei er erst seit knapp vier Jahren im Amt und sein Aufgabengebiet sehr umfangreich.

Sein persönlicher Schwerpunkt sei das frühe 18. Jahrhundert – „eine ausgesprochen interessante Epoche" – über die er im übrigen im Jubiläumsjahr ein größeres Werk veröffentlichen werde.

Toppe sprach ihn auf van Veldens Vater und den Widerstand in Kleve an und erntete Erstaunen. Was solle er, Hüttner, ihm dazu sagen? Er sei Historiker, nicht einmal Hiesiger, stamme vielmehr aus Freiburg. Selbstverständlich könne Toppe alle Unterlagen, die sich aus jener Zeit im Archiv befänden, einsehen, wenn er ihm konkret sagen könne, was er suche.

Darauf wußte Toppe natürlich keine Antwort.

Hüttner gab ihm, mit einem Seitenblick auf Toppes Bücherstapel, den Rat, sich doch besser an die Stadtbücherei zu wenden.

Nein, es gäbe keine Aufzeichnungen darüber, welche Unterlagen van Velden eingesehen habe. In der Regel holten seine Mitarbeiter die gewünschten Materialien aus den Regalen, hatten ein Auge auf einen pfleglichen Umgang und überprüften die Vollständigkeit, bevor sie sie selbst wieder wegräumten.

Leider seien die Mitarbeiter im Moment in der Mittagspause, aber wenn Toppe sich später noch einmal bemühen wolle ... Sie konnten sich bestimmt genauer daran erinnern, mit welchen Unterlagen sich van Velden intensiver beschäftigt habe.

Zu guter Letzt machte er gnädig eine Kopie vom „Lageplan" – „Wie kommen Sie nur auf ‚Lageplan'? Für mich sieht das nach einem Grundriß aus" – und versprach, seine Mitarbeiter dazu zu befragen und sich auch selbst noch einmal damit auseinanderzusetzen.

Toppe war froh, die finsteren, muffigen Räume mit ihren abgeschabten Möbeln verlassen zu können.

Die Stadtbücherei war um diese Zeit wahrscheinlich geschlossen, aber er wollte es auf jeden Fall versuchen.

Natürlich fand er rund um die Stadthalle keinen Parkplatz. Es war alles dicht, mindestens die Hälfte der Autos hatte holländische Kennzeichen. Er hatte neulich gelesen, daß ein Drittel der Einnahmen im Klever Einzelhandel von Holländern stammte, ebenso inzwischen mehr als dreißig Prozent der Spareinlagen bei den Banken der Innenstadt. Vereinigtes Europa in aller Munde, dachte er, und die Politiker schließen die Bahnlinie Kleve – Nijmegen; es war schon ein Witz.

Verbissen kurvte er dreimal ums Geviert, bis endlich jemand abfuhr und eine Lücke frei wurde.

Was sagte dieser Hüttner?

Seit drei Jahren hatte van Velden regelmäßig im Archiv gearbeitet. Den Auftrag für die Restaurierung hatte er doch erst in diesem Jahr bekommen. War da doch im vorhinein gekungelt worden? Oder war es van Velden gar nicht um die historischen Anlagen gegangen?

Er hatte Glück; die Bücherei öffnete in zwanzig Minuten.

Langsam schlenderte er zur Worcesterbrücke, betrachtete die kümmerlichen Rosen, die vor ein paar Wochen dort, unter Pressespektakel, von irgendwelchen Städtepartnerschaftsburschen gepflanzt worden waren – ein Akt, der in England ausschließlich der Königin vorbehalten war – rauchte eine Zigarette und ärgerte sich, daß er bei diesem Hüttner so eine schlappe Figur abgegeben hatte.

Er wußte immer noch nicht, wonach er eigentlich suchte, aber es war oft so, daß er beim Herumstochern im Nebel auf den entscheidenden Richtungsweiser stieß.

Er stellte sich vor, was Stasi wohl für ein Gesicht machen würde, wenn er ihm das sagte, und mußte laut lachen. Die alte Frau, die ihm gerade entgegenkam, sah ihn erschrocken an und wechselte auf die andere Straßenseite.

Der Leiter der Stadtbücherei war nicht da, aber seine Stellvertreterin war ausgesprochen hilfsbereit, eine wohltuende Abwechslung.

Oh ja, Herr van Velden sei einer ihrer eifrigsten Leser gewesen. Es gab wohl kein Buch in ihrem Bestand über Klever Geschichte, das Herr van Velden nicht ausgeliehen oder zumindest eingesehen habe. Außerdem habe er auch häufig Bücher über die Fernleihe bestellt, denn sie seien ja schließlich nur eine relativ kleine Bücherei. Selbstverständlich könne sie herausfinden, welche Bücher er ausgeliehen habe. Sie würde ihm gern eine Liste machen und sie ihm dann zuschicken. Um welchen Zeitraum es sich denn handele?

„Seit wann hat sich van Velden denn in diesem Maß für die klevische Geschichte interessiert?“ fragte Toppe.

„Seit Jahren schon.“ Sie riß die Augen auf. „Oh! Wenn Sie eine Liste von der gesamten Zeit brauchen, dann ist das aber eine ganze Menge Arbeit.“

„Natürlich“, antwortete Toppe und lächelte beruhigend. „Ich weiß noch gar nicht, ob das überhaupt nötig sein wird. Für andere Bücher hat sich van Velden nicht interessiert?“

„Wenn ich ihn bedient habe, jedenfalls nicht. Aber ich müßte das natürlich erst einmal nachschauen.“

Sie ging zu ihrer Kartei hinüber und zog eine Klappkarte heraus.

„So auf den ersten Blick sehe ich hier nur Bücher aus dem geschichtlichen Bereich ...“

„Gut“, bedankte sich Toppe. „Einstweilen reicht mir das. Möglicherweise muß ich Sie in den nächsten Tagen doch noch um eine Liste bitten, aber ich melde mich dann.“

Er nickte ihr freundlich zu und wandte sich zum Gehen.

„Ach ja, seit wann war denn van Velden Kunde bei Ihnen?“

„Augenblick ... seit Dezember 88.“

18

Ohne Eile ging Toppe zum Auto zurück; bis zur Teamsitzung hatte er noch zwei Stunden Zeit. Er war hungrig und ihm fiel ein, daß der Chinese durchgehend geöffnet hatte, aber eine einsame indonesische Reistafel war nicht besonders reizvoll. Dann schon lieber etwas, das schnell ging.

Kurzerhand wandte er sich in der Fußgängerzone nach rechts und ging zur Pommesbude an der ‚Alten Wache‘. Es war ein ziemlicher Betrieb, aber ganz hinten fand er noch einen freien Tisch vor der Klotür, der allerdings so schmal war, daß man die Arme nicht aufstützen konnte. Wenigstens war die Bedienung fix und die ‚Fleischrolle spezial‘ ganz ordentlich.

Er trank sein Bier aus und dachte an die Autos, die er sich angeguckt hatte. Blieb wohl nur der rote Passat, den er im Autohaus Cleven gesehen hatte: 65.000 gelaufen, zwei Jahre alt und top in Schuß. Aber 24.000 Mark waren kein Pappenstiel.

Er winkte der Kellnerin und bezahlte.

Das Büro war leer. Auf seinem Schreibtisch lag eine Notiz: *Menetekel: m. E. vor kurzem geschrieben (u. a. lose Kohlepartikel). Zur Überprüfung nach D'dorf. Ergebnis morgen. v. Gemmern.*

An seinem Telefon lehnte eine Ansichtskarte aus dem Schwarzwald: *Bin wieder so gut wie neu. Vermisse die Arbeit und Euch. Bis bald. Walter.*

Toppe kriegte ein mieses Gefühl. An Heinrichs hatte er überhaupt nicht mehr gedacht. Sie mußten ihm wenigstens mal schreiben. Vielleicht konnte er heute abend mal bei seiner Frau anrufen und sich erkundigen.

Vom Getränkeautomaten auf dem Gang holte er Pappbecher, stellte die Kaffeemaschine an und öffnete beide Fenster. Der Raum war für ihre Teamsitzungen eigentlich viel zu klein, aber mittlerweile hatten sie sich daran gewöhnt, hockten sich auf Schreibtischecken oder lehnten sich an die Fensterbänke.

Als erster kam der Staatsanwalt. Dr. Stein war ein energischer Mann mit einem kurzen, grauen Vollbart und listigen Augen. Toppe hatte gern mit ihm zu tun; er fackelte nicht lange, wenn es darum ging, eine Entscheidung zu treffen. Außerdem teilten sie in stillem Einvernehmen ihre Abneigung gegen Stanislaus Siegelkötter.

Stasi hatte ganz offensichtlich schlechte Laune, begrüßte Stein mit kühlem Handschlag, Toppe gar nicht. Wie selbstverständlich ließ er sich an Toppes Schreibtisch nieder und vertiefte sich in die Papiere, die er mitgebracht hatte.

Als Breitenegger, van Appeldorn und die zwei vom ED hereinkamen, sah er kurz auf, nur Astrid begrüßte er mit einem Kopfnicken.

Stein war neugierig, hörte sich aufmerksam die Berichte an, machte sich wie immer keine einzige Notiz und faßte nach einer guten Stunde die Ergebnisse knapp zusammen.

„Eine merkwürdige Tatortsituation", meinte er und schrabbte sich mit den Fingernägeln durch den Bart. „Aber wenn ich das richtig sehe, haben Sie inzwischen drei verschiedene Arbeitshypothesen, und das ist doch schon mal was für den Anfang. Da wäre erst einmal die – wie soll ich sagen – ‚Pennertheorie'. Da gehen Sie offensichtlich davon aus, daß der Rollschrank nur zufällig aufgebrochen wurde und van Velden den Einbrecher überrascht hat." Er grinste unvermittelt, und seine Augen blitzten schelmisch. „Die Sache mit den Schuhspuren kommt mir ja irgendwie bekannt vor …"

Auch van Appeldorn griente. „Die Adimed-Geschichte vor drei Jahren …"

Siegelkötter räusperte sich und sah auf seine Armbanduhr.

„Die zweite Hypothese", fuhr Stein nun wieder ernst fort, „geht davon aus, daß der Rollschrank vorsätzlich aufgebrochen wurde. Da kämen dann die Bücher, dieser Lageplan und Salmon Rosenberg ins Spiel und möglicherweise auch das ‚Menetekel' und dieser Zettel mit der Goldschrift."

Toppe nickte.

„Die dritte Hypothese erscheint mir persönlich am aussichtsreichsten, muß ich sagen: die pornographischen Fotos", überlegte Stein.

„Und wie geht es nun weiter?" wollte Siegelkötter wissen.

„Ich hoffe, daß wir langsam mal diesen verdammten Obduktionsbefund kriegen", unterbrach ihn Berns.

Der ED hatte seine Untersuchungen abgeschlossen und ausgewertet, war dabei aber auf nichts Neues mehr gestoßen.

„Ich habe soeben noch mit Herrn Dr. Bonhoeffer telefoniert", warf Siegelkötter ein. „Er hat mir zugesichert, daß er unseren Fall bevorzugt behandelt."

Toppe verkniff sich ein Grinsen; er konnte sich gut vorstellen, daß Arend sich bei diesem Telefonat köstlich amüsiert hatte.

„Nichts als geschwollenes Gerede und leere Versprechungen", knurrte Berns und stand auf. „Solang' der Kram aus Emmerich nicht hier auf dem Tisch liegt, kommen wir sowieso nicht weiter. Komm, Klaus, irgendjemand in diesem Laden muß schließlich die Arbeit erledigen. Wir gehen."

Damit stampfte er hinaus. Van Gemmern nickte einen kurzen Gruß und schloß leise die Tür hinter sich.

Toppe ging hinüber zu seinem Lieblingsplatz am Fenster, lehnte sich gegen die Bank. „Gut also, wie geht es weiter? Ich nehme an, du wirst weiter an deinen Schuhspuren arbeiten, Norbert. Astrid kümmert sich um die Fotos und nimmt die Düsseldorfer Freunde unter die Lupe, und ich werde mich weiter mit diesem Grundriß beschäftigen und mit allem, was damit zusammenhängt. Zuallererst aber werde ich diesen Salmon Rosenberg über Interpol suchen lassen."

Breitenegger stöhnte.

„Ja, ja, ich weiß", winkte Toppe ab, „das ist ein lahmer Verein, und vielleicht kommt ja auch nichts dabei raus. Aber hast du eine bessere Idee?"

Breitenegger schüttelte den Kopf, ohne die Pfeife aus dem Mund zu nehmen.

Stein hatte sich heute erstaunlich viel Zeit genommen, aber jetzt war er von einem Moment auf den anderen wieder ganz der alte: stets in Eile, hibbelig, mit einer präzisen, knappen Sprache: „Nun denn, das war der erste Überblick. Ich wünsche uns allen viel Erfolg. Bis zum nächsten Mal. Tschüß, die Herren".

Er drehte sich an der Tür noch einmal um: „Oh, Entschuldigung, Frau Steendijk."

Weg war er.

Auch Siegelkötter erhob sich. Über seinem Betonmund perlte Schweiß.

„Dies hier können Sie in den Papierkorb werfen", knallte er van Appeldorn eine Spesenabrechnung auf den Tisch.

Norbert hob nur fragend die Augenbrauen.

„Ja, glauben Sie denn, der Staat bezahlt Ihre privaten Ausflüge nach Amsterdam?"

„Ich habe die Gattin des Opfers abgeholt."

„Privatvergnügen!"

„Keineswegs, Herr Siegelkötter", setzte sich van Appeldorn auf. „Ich habe die Dame zur Identifizierung des Toten begleitet. Sie wissen sicher, daß unsere Anwesenheit dabei erforderlich ist." Dabei hielt er Siegelkötter die Spesenabrechnung wieder unter die Nase.

„Dann wäre diese Fahrt dienstreiseantragspflichtig gewesen!"

„Selbstverständlich habe ich einen Antrag gestellt und von meinem Chef unterzeichnen lassen. Liegt wahrscheinlich seit Tagen bei Ihnen auf dem Schreibtisch."

Stasi bot einen unangenehmen Anblick; in seinem Gesicht wechselten Wut und Ungläubigkeit in rascher Folge.

Er nahm das Papier, quetschte: „Ich werde das erneut prüfen lassen!" hervor und entschied sich für Wut. „Herr Toppe! So geht das auf gar keinen Fall weiter. Wenn Sie öffentliche Aufrufe an die Presse geben, dann wünsche ich, in Zukunft darüber vorab informiert zu werden!"

„Ich weiß nicht, was es am Verlauf der Ermittlungen ändern würde, wenn Sie über alles vorab informiert wären", erwiderte Toppe ruhig. „Aber wenn Sie Wert auf Zusammenarbeit legen, Herr Siegelkötter, dann wäre wohl Ihrerseits ein deutlich kollegialeres Verhalten angebracht, als Sie es bisher an den Tag legen. Bei Ihrem Arbeitsstil dürften Sie sich eigentlich nicht wundern, daß wir von uns aus keinen Wert darauf legen, mit Ihnen zusammenzuarbeiten."

Siegelkötter suchte sekundenlang nach einem guten Abgang, fand nichts und rauschte schließlich ohne ein weiteres Wort hinaus.

„Mein lieber Scholli, Helmut", sagte Breitenegger, „wenn das mal nicht zuviel war."

„Ach, Quatsch", meinte Astrid, „ich finde, es wurde höchste Zeit, daß das mal gesagt wurde."

Sie hatte ihren Bericht über die Vernehmung der Lünterhoffs abgeliefert, zwei, drei Fragen beantwortet und danach kein Wort mehr gesagt.

Van Appeldorn lehnte sich in seinem Stuhl zurück und legte die Beine auf den Schreibtisch.

„Astrid kann die Pornogeschichte nicht machen", sagte er trokken.

Toppe, Breitenegger, Astrid, alle sahen ihn an.

Van Appeldorn zuckte die Achseln. „Das ist die miserabelste Vernehmung, die ich je gelesen habe."

Astrid sprang auf. „Wie bitte?"

Sie war eher verwirrt als sauer.

„Du bist doch nicht bei der Heilsarmee, Mädchen!“ Van Appeldorn nahm die Beine vom Tisch. „Oder glaubst du, es ist deine Aufgabe, eine sechzehnjährige Nutte zu bekehren?“

„Nu, nu“, brummte Breitenegger.

Toppe sagte nichts. Es tat ihm weh, daß Astrid die Leviten gelesen wurden, aber er wußte genau, was Norbert meinte.

Astrid war eigentlich nicht auf den Mund gefallen, aber jetzt sagte sie keinen Ton.

„Es fehlen die Fakten, liebes Kind“, fuhr van Appeldorn ungerührt fort. „Wie oft, zum Beispiel, fanden diese Feten statt? Und dann steht hier was von Fotoalben im Bücherregal. Wo sind die? Wieso haben Sie die nicht mitgebracht?“

Astrid schluckte und setzte sich wieder hin.

„Ich ...“ fing sie an, wußte aber nicht weiter.

Toppe quälte sich. Er hätte sie gern beschützt, aber Norbert hatte ja sachlich recht. Er erinnerte sich gut an seine eigene Anfängerzeit, als sein alter Chef ihn noch viel härter rangenommen hatte, und er wußte auch, daß ihm das letztendlich nur geholfen hatte.

„Und das Gespräch mit dem alten Lünterhoff ist wirklich unter aller Sau“, sagte Norbert. „Absolut überhaupt keine Information. Sie werden hier für Ihren Kopf bezahlt, Mädchen, nicht für Ihre Moral. Das zumindest müßten Sie inzwischen gelernt haben. Sie sind schließlich nicht erst seit ein paar Tagen hier.“

Jetzt hatte Astrid ihre Sprache wiedergefunden. „Ich bin nicht Ihr Mädchen“, schrie sie, „und auch nicht Ihr liebes Kind! Und wenn man dabei so zynisch wird wie Sie, dann hoffe ich, daß ich das niemals lernen werde!“

Man hörte gut, daß sie nur mühsam die Tränen unterdrückte.

„Jetzt aber mal halblang“, dröhnte Breitenegger dazwischen, dann leiser: „Das ist ja alles gut und schön, Norbert, aber wir haben alle mal angefangen, und außerdem weißt auch du, daß jeder von uns schon mal einen Fall gehabt hat, der ihm ganz schön an die Nieren ging.“

Toppe warf ihm einen dankbaren Blick zu.

„Man hätte die Sache wirklich besser machen können", stimmte er van Appeldorn zu, „aber dazu braucht man einfach ein bißchen mehr Routine."

„Na, dann ist es doch ganz einfach", meinte Breitenegger. „Ich mach' einen Vorschlag: ich fahre zusammen mit Astrid nach Düsseldorf, und die Lünterhoffs, die nehmen wir uns einfach noch einmal gemeinsam vor. Kommen Sie", nickte er Astrid zu, „ist doch alles halb so wild."

„Ja, in Ordnung", sagte Toppe schnell, „so können wir's machen. Fahrt ihr zwei morgen zusammen nach Düsseldorf."

Astrid saß da mit rotem Gesicht und betrachtete ausgiebig ihre Fingernägel.

Van Appeldorn hob beide Hände. „Tschuldigung, wenn ich Ihnen zu nahe getreten bin, Astrid, aber so geht es einfach nicht. Es tut mir leid, aber auch das mußte gesagt werden." Dabei sah er Toppe an und packte seinen Kram zusammen. „Ich bin dann weg."

„Warte, ich komme mit", beeilte sich Breitenegger.

Keine drei Minuten später waren beide verschwunden.

Astrid weinte nicht, wie Toppe es eigentlich erwartet hatte.

„Van Appeldorn hat recht, nicht wahr?" fragte sie ihn leise ohne aufzusehen.

Er legte ihr die Hände auf die Schultern und hockte sich vor sie. „Ja", antwortete er nur.

Sie nickte. „Ich bin emotional viel zu sehr beteiligt. Es nimmt mich wirklich richtig mit. Aber das hätte er mir auch ein bißchen anders sagen können." Ihre Augen blitzten schon wieder.

„Du kennst doch Norbert", lachte Toppe. „Aber ich will dir sagen, was Norbert nicht bedacht hat. Du hast eine ganze Menge über van Veldens Charakter aus dem Mädchen rausgekriegt. Ich glaube nicht, daß sie einem von uns Männern gegenüber so offen gewesen wäre. Und ich finde, wir haben durchaus ein paar Fakten mehr über diese Orgien."

Sie lächelte und küßte ihn weich.

Er ließ es passieren.

„Mußt du sofort nach Hause?"

„Ja", antwortete er.

Sie nickte: „Okay" und stand auf, aber er hielt sie zurück.

„Astrid."

„Hm?"

„Es tut mir leid, aber ich kann nicht. Ich würde wahnsinnig gern mit dir schlafen, und das weißt du auch, aber ich bin verheiratet, und ich möchte meine Familie nicht aufs Spiel setzen."

„Das will ich auch nicht."

„Was soll dabei rauskommen, wenn wir miteinander schlafen?"

„Spaß."

Er schüttelte den Kopf. „Es würde dir weh tun."

„Würde es nicht! Es ist mir egal, ob du verheiratet bist, Helmut, und ich will überhaupt keine Entscheidung von dir zwischen mir und deiner Frau."

„Und wenn du dich in mich verliebst?"

Sie lachte bitter auf. „Das ist bereits passiert."

Er nahm sie in die Arme und merkte, daß sie jetzt doch weinte.

„Laß mir Zeit, ja?" sagte er ruhig. „Ich bin völlig durcheinander."

„Okay", sagte sie wieder. „Vielleicht?"

„Vielleicht."

19

So kam Toppe an diesem Abend tatsächlich einmal pünktlich nach Hause.

Gabi verlor nach wie vor kein Wort über ihren Krach, aber auch ihr schien er noch in den Knochen zu stecken. Er hatte das Gefühl, daß ihr Gewissen schlug, denn sie präsentierte ihm strahlend seine Leibspeise, und so aß er zum zweitenmal an diesem Tag ‚Fleischrolle spezial'.

Sie wollte offenbar die ganze Geschichte ungeschehen machen, lachte und redete viel über Alltäglichkeiten, die Nachbarn, die Kinder, verrückte Patientengeschichten.

Er versuchte, nicht allzu einsilbig zu sein und spielte mit, obwohl er das Problem eigentlich lieber angegangen wäre.

Aber in seinem Kopf herrschte ein Durcheinander unausgegorener Gedanken; er wußte nicht, wo anfangen, und vor allem sah er auch keine Lösung für ihrer beider Unzufriedenheit.

Gemeinsam mit den Kinder guckten sie sich im Fernsehen *Das fliegende Klassenzimmer* an, und als die Jungs im Bett waren, kam sie zu ihm, setzte sich auf die Sessellehne und schmiegte sich an ihn: „Sollen wir auch ins Bett gehen?"

Er strich ihr über die Wange. „Ich hab' mir heute ein paar Autos angesehen. Wir müßten mal überlegen, was wir tun sollen."

„Wenn du meinst", antwortete sie gedehnt und setzte sich aufs Sofa.

Er erzählte ihr von dem Passat. „Wir werden wohl einen Kredit aufnehmen müssen."

„In Ordnung", sagte sie nur, „ich geh' dann morgen zur Bank und erkundige mich nach den Konditionen."

Mehr nicht. Nicht das allzu bekannte: ‚Ich weiß wirklich nicht, wie wir das auch noch bezahlen sollen.'

Sie sah ihn fragend an.

Er lächelte schief. „Ich würd' gern noch eben die ‚Tagesthemen' gucken."

„Wie du willst", sagte sie knapp und sah an ihm vorbei. „Ich bin müde. Nacht."

„Nacht."

Gegen vier wachte er in seinem Sessel auf, weil er fror. Er spürte jeden einzelnen Knochen im Leib. Benommen tapste er ins Bett. Gabi rührte sich nicht.

Sie weckte ihn nicht am nächsten Morgen, und er verschlief gründlich.

Ohne Frühstück kam er um zwanzig vor zehn ins Büro gehetzt. Van Appeldorn saß am Tisch und tippte. Astrid und Breitenegger waren wohl schon nach Düsseldorf unterwegs.

Norbert warf einen Blick in Toppes Gesicht und ersparte sich eine Bemerkung.

„Kaffee?" fragte er nur.

„Jede Menge, bitte."

Sie hatten keine Gelegenheit, miteinander zu reden, denn als Toppe eben den ersten Schluck getrunken hatte, schellte das Telefon.

Es war Arend Bonhoeffer, ausgeglichen wie immer.

„Ich habe den Obduktionsbericht fertig, Helmut. Soll ich ihn dir selbst bringen? Wäre eine gute Gelegenheit, mal aus meiner Gruft hier rauszukommen."

„Ja, klar, fänd' ich prima. Wann kannst du denn hier sein?"

„In einer halben Stunde, würde ich sagen. Braucht ihr übrigens die Haare noch?"

„Was für Haare?" fragte Toppe verdutzt.

„Na, ihr wolltet doch van Veldens Haare, oder? Nimwegen hat sie mitgeschickt."

Toppe lachte laut.

„Was ist denn?" wunderte sich Bonhoeffer. „Hab' ich was besonders Komisches gesagt?"

„Erklär' ich dir später, Arend. Bis gleich."

„Ja, tschüß."

„Norbert", begann Toppe und freute sich schon.

„Hm?" Van Appeldorn sah gar nicht von der Schreibmaschine auf.

„Brauchen wir eigentlich van Veldens Haare noch?"

Norberts Schimpfkanonade wurde unvermittelt durch van Gemmern unterbrochen, der seinen Kopf zur Tür reinsteckte.

„Düsseldorf hat es gerade bestätigt: das Menetekel ist nicht van Veldens Handschrift und mit größter Wahrscheinlichkeit nicht älter als acht Tage."

Damit war er schon wieder weg.

„Ich hätte nicht übel Lust, nach Nimwegen rauszufahren und diesem Arsch von Kaaskopp meine Meinung zu sagen. Es ist doch jedesmal dieselbe Scheiße mit denen! *Duitse moffe pisacken* ist deren Lieblingssport!" schnauzte van Appeldorn, aber Toppe hörte kaum noch hin. Er mußte mit diesem Rosenberg sprechen.

Van Appeldorn raffte ein paar Papiere zusammen und ging.

Wieder klingelte das Telefon.

„Toppe, K 1", knurrte Toppe unwirsch in den Hörer.

„Holundbringedienstschäfergutentag. Spreche ich mit Hauptkommissar Toppe?"

„Ja."

„Sie hatten da doch dieses Problem mit der Katze, die Sie überfahren haben."

„Ja. Und?"

„Entschuldigen Sie bitte die Störung, aber es ist da bei uns einiges durcheinandergelaufen ..."

„Den Eindruck hatte ich allerdings auch."

„Ich hätte da nur noch eine Frage ..."

„Ja?"

Toppe suchte fahrig seine Taschen nach Zigaretten ab.

„Wann hat denn der Abdeckdienst Marl den Kadaver entsorgt?"

„Überhaupt nicht."

„Wie bitte?"

„Überhaupt nicht. Ich habe die Katze eigenhändig vergraben, und zwar auf dem Hubschrauberlandeplatz vor dem Krankenhaus, wenn Sie's genau wissen wollen."

Schäfergutentag schnappte hörbar nach Luft. „Sie haben was getan?!"

„Die Katze vergraben", wiederholte Toppe ungeduldig.

„In einem Metallbehälter?"

Toppe konnte es nicht fassen. „Natürlich nicht."

„Sie meinen, Sie haben den Kadaver einfach so in die Erde gebracht?!"

„Richtig!"

„Aber, mein Gott, das verstößt doch gegen alle Hygienevorschriften! Wissen Sie denn nicht, daß dadurch anaerobe Bakterien ins Grundwasser gelangen können? Es ist mir sehr unangenehm, aber das könnte durchaus ein Nachspiel für Sie haben."

Jetzt platzte Toppe der Kragen: „Sind Sie noch ganz dicht? Nachspiel! Ich will Ihnen mal was sagen: Das ist mir völlig schnuppe! Wenn Ihr dämliches System nicht funktioniert und Sie Ihre Zuständigkeiten nicht klar geregelt haben, dann ist das nicht mein Problem. Sie können froh sein, daß ich mich überhaupt darum gekümmert habe."

Der Mann sagte zunächst gar nichts, dann aber: „Hätten Sie wohl zufällig die Nummer vom Abdeckdienst da?"

„Nein!" brüllte Toppe und knallte den Hörer auf die Gabel.

Es dauerte zwei Tassen Kaffee, bis er sich so einigermaßen beruhigt hatte.

Menetekel, dachte er. Gewogen und zu leicht befunden. Van Velden etwa? Über wen hatte er sich erhoben? Wen hatte er gelästert? Hatte das der Täter geschrieben? Wenn ja, warum?

Wenn er van Velden umgebracht hatte, warum mußte er das auch noch kommentieren?

Was, wenn er's geschrieben hatte, bevor er van Velden tötete, und van Velden darüber in Rage geraten war? Wieso kam er immer wieder auf diesen Salmon Rosenberg? Würde ein Jude die Bibel zitieren oder eine Heine-Ballade? Gewogen und zu leicht befunden – wenn hier das Motiv lag, dann war die Tat eine Art Gericht gewesen. Richtet nicht, auf daß ihr … Blödsinn!

Seine Gedanken glitten durcheinander.

Ein Penner würde jedenfalls kaum ‚Menetekel' auf ein Blatt Papier schreiben, schon gar nicht wenn es nur ein Einbrecher war, der zufällig überrascht wurde. Überhaupt diese ganze Pennertheorie hakte vorn und hinten. Er mußte noch einmal mit Norbert reden.

Und wenn das Menetekel überhaupt nichts mit der Tat zu tun hatte? Wenn einfach irgendein Freund das geschrieben hatte, als Titelvorschlag für eine Skulptur, zum Beispiel. Es paßte einfach nur so gut in das Charakterbild, das er mittlerweile von van Velden hatte. Vielleicht doch der Racheakt eines Vaters, der einen Hang zum Pathos hatte?

Aber warum war Rosenbergs Adresse in dem verschlossenen Schrank gewesen?

Rosenberg, der alte van Velden, die Fluchtgeschichte, auch darüber wußte er nicht genug.

Toppe ging, suchte im Bücherstapel aus van Veldens Rollschrank und fand die Schülerarbeit: *Sie standen auf*. Klasse 10 d vom Gymnasium, der Name des betreuenden Lehrers: Wilhelm Schmitt.

Er zog das Telefon heran und wählte die Nummer vom K 4.

„Toppe hier. Kann ich mal kurz Ackermann sprechen?“

„Hallo Chef, dat is' aber 'ne Überraschung!“

Er wartete Toppes Erklärungen ab, aber man konnte hören, wie er auf seinem Stuhl wibbelte.

„Na, klar kenn' ich den Willi. Dat is' so 'n Historischer. Ich glaub', der macht da irgendwie mit beim Heimat- und Verkehrsverein. Ich mein' aber, dat der jetz' in Rente is'. Anne Schule is' er jedenfalls nich' mehr, dat weiß ich genau. Warten Se ma', nich' dat ich lüge, aber ich glaub', der wohnt auf de Brabanter Straße. Kucken Se aber lieber noch ma' im Telefonbuch nach, irgendwo da inner Ecke jedenfalls.“

Toppe erreichte nur Frau Schmitt, die seine langatmigen Erklärungen geduldig anhörte. Ihr Mann sei zum Angeln an der Nordsee, aber Toppe solle ruhig morgen früh einmal reinschauen. Wilhelm würde sich bestimmt freuen, wenn er irgendwie weiterhelfen könne.

20

Lange stand er am Fenster.

Es war ein aufdringlich schöner Herbsttag, klar und warm wie im Sommer, aber die tiefstehende Sonne gab den Dingen schärfere Konturen, härtere Schatten.

Er bekam Lust auf einen Spaziergang im Wald oder auf dem Truppenübungsplatz. Die Hagebutten mußten längst reif sein und der Holunder.

Früher hatten Gabi und er jedes Jahr Holunder gepflückt und Saft daraus gekocht. Wär' gut gegen Fieber, hatte seine Schwiegermutter gepredigt, aber sie hatten ihn einfach getrunken, weil er lecker schmeckte, köstlich mit Sekt. Meistens war nach sechs Wochen schon nichts mehr übrig gewesen. Fieber hatten sie tatsächlich nie gehabt.

„Grüß dich, Helmut. Wie ist es?“

Arend Bonhoeffer war guter Laune, und Toppe fragte sich wieder einmal, wie er sich bei seinem Beruf so viel Daseinsfreude erhalten konnte.

„Hier hast du den heißbegehrten Bericht", legte er Toppe den Ordner auf den Tisch, zog einen zweiten Stuhl heran und machte es sich bequem.

„Es ist dir doch wohl klar, daß ich nur deshalb so schnell gearbeitet habe, weil Herr Siegelkötter mich persönlich darum gebeten hat, die Sache bevorzugt zu behandeln."

Toppe feixte.

„Auch einen Kaffee?"

„Nein, danke, ich habe heute schon ganz ausgezeichnet gefrühstückt."

Toppe spürte einen feinen Stich.

„Hat der Hol- und Bringedienst sich auch bei dir gemeldet?"

„Natürlich. Ich habe sie gleich an dich weiterverwiesen", grinste Bonhoeffer.

„Du bist wahrlich ein echter Freund, Arend!"

„Ja, nicht wahr? Hoffentlich hast du diesem Idioten anständig die Meinung gegeigt!"

Sie frotzelten eine Weile herum, während Toppe Bonhoeffers Ergebnisse überflog und sie mit dem Bericht des Erkennungsdienstes verglich.

„Die Blutspuren im Atelier sind dann ja wohl tatsächlich alle von van Velden."

„Laß mal sehen."

Bonhoeffer zog den Ordner heran.

„Doch, das kann man als gesichert betrachten. Deine Leute hatten reichlich Blut zur Verfügung."

„Du hast mir hier die ganzen Kopfverletzungen aufgeführt. An welcher ist er denn nun eigentlich gestorben?"

„An einer Hirnstammkontusion mit Einklemmung des Stammhirns im Foramen ovale", antwortete Bonhoeffer gelassen.

„Aah, ja!" Toppe schmunzelte. „Forelle mit Ei? Nee, komm, jetzt ernsthaft. Was heißt das? Kannst du mir das mal übersetzen?"

„Das ist ganz einfach. Durch die verschiedenen Schläge auf den Schädel ..."

„Wieso verschiedene?" fiel ihm Toppe ins Wort.

„Zunächst einmal hat van Velden einen Stoß gegen den Schädel gekriegt, durch den ein Riß in der Kalotte entstanden ist. Das ist übrigens keine Möhre, sondern die Schädeldecke."

Toppe nickte.

„Das könnte passiert sein, als er mit dem Kopf gegen die Wand schlug", fuhr Bonhoeffer fort. „Und dann hat doch jemand, wenn ich dich richtig verstanden habe, eine Wodkaflasche auf seinem Schädel zertrümmert, oder?"

„Nein, zertrümmert hat die Flasche erst der Notarzt."

Bonhoeffer blinzelte verwirrt.

„Na, wie dem auch sei, jedenfalls hat van Veldens Schädel einen zweiten Schlag abgekriegt, und zwar genau auf die bereits verletzte Stelle. Und dieser Schlag führte zu einer Impressionsfraktur und zu einem Subduralhämatom."

„Zu deutsch?"

„Dadurch, daß die Schädeldecke bereits einen Riß hatte, hat der Schlag mit der Flasche zu einem Schädelbruch geführt, der sich in das Hirn eingedrückt und eine Blutung der darunterliegenden Gefäße verursacht hat."

„Und daran", nickte Toppe überzeugt, „ist er dann schließlich gestorben."

„Nein, nein", schüttelte Bonhoeffer den Kopf. „Ohne Therapie wäre er daran bestimmt gestorben, aber er war so zeitig in der Klinik in Nimwegen, daß die das bestimmt hätten beheben können."

Toppe fuhr sich mit der Hand durchs Haar. „Jetzt versteh' ich gar nichts mehr. Woran ist er denn dann gestorben?"

„An der Hirnstammkontusion, der Quetschung des Stammhirns! Aber im Grunde ist das doch auch egal, oder?"

Doch Toppe ließ sich nicht beirren: „Und die Quetschung hat er durch den zweiten Schlag gekriegt."

„Das ist nicht unbedingt gesagt ..."

„Aber der zweite Schlag war doch wohl wesentlich schlimmer!"

„Schon. An der Stelle, die getroffen wurde, vielleicht. Aber die Folgen für das Hirn können bei einem stumpfen Aufprall sehr viel gravierender sein. Ich habe schon schwerste Hirnverletzungen bei

Leuten gesehen, die überhaupt keine Schädelverletzungen hatten."

„Versteh' ich nicht."

Bonhoeffer lehnte sich zurück und dehnte seinen Rücken.

„Ich glaube, ich könnte doch einen Kaffee vertragen. Ich wußte ja nicht, daß du von mir einen detaillierten Vortrag über Schädelverletzungen erwartet hast."

„Reine Neugier. Entschuldige", lachte Toppe und holte den Kaffee, der schon seit geraumer Zeit auf der Wärmeplatte gestanden hatte. Dementsprechend war seine Qualität. Bonhoeffer verzog das Gesicht und stellte den Becher schnell wieder hin.

„Denk doch nur mal an Karate", nahm er den Faden wieder auf. „Du hast doch sicher schon mal gesehen, wie diese Jungs mit dem Fuß oder mit der bloßen Hand Bretter oder Steine durchschlagen. Das funktioniert nur, wenn man den Schlag rechtzeitig abbremst, sonst bricht man sich alle Knochen. So aber breiten sich die Kraftwellen zur Seite aus, und der Stein, oder was auch immer, zerspringt."

„Du willst mir doch nicht erzählen, daß van Velden beim Aufprall gegen die Wand vorher noch eben abgebremst hat!"

„Man kann nie wissen", lachte Bonhoeffer. „Nein, aber im Ernst, fangen wir mal andersrum an: Kennst du diese Metallkugeln, die in einer Reihe an Fäden aufgehängt sind? Normalerweise, wenn du die erste Kugel der Reihe auf die anderen aufprallen läßt, springt die letzte weg. Und zwar, weil die Kraft durch die anderen Kugeln weitergeleitet wird. Wenn du aber irgendwas so fest gegen die erste Kugel schlägst, daß diese zerspringt, passiert der letzten Kugel überhaupt nichts. Die rührt sich keinen Millimeter, weil die ganze Kraft sich bei der ersten Kugel entladen hat. Wir hatten neulich einen Patienten mit Unterschenkelbrüchen beidseits und vollkommen zertrümmerten Füßen. Rate mal, was mit dem passiert war!"

„Keine Ahnung. Vielleicht ist der von der Emmericher Brücke gesprungen?"

„Nee", sagte Bonhoeffer triumphierend. „Der hat eine Baggerschaufel auf die Schulter gekriegt!"

„Ja", meinte Toppe langsam, „ich glaube, ich verstehe, was du meinst. Man kann also nicht mit Gewißheit sagen, was genau zu der Quetschung des Stammhirns geführt hat."

„Genau! Es ist schon ganz spannend, darüber zu spekulieren, aber im Grunde ist es doch völlig egal. Van Velden war in einen Kampf verwickelt, den er ganz offensichtlich verloren hat. Gestorben ist er an mehreren Kopfverletzungen, die er sich während des Kampfes zugezogen hat; c'est ça!"

„Du hast recht."

Toppe blätterte weiter bis zur letzten Seite des Obduktionsbefundes.

„Was ist denn jetzt mit den Gewebespuren unter van Veldens Fingernägeln?"

„Also, es handelt sich um menschliches Gewebe einer Person männlichen Geschlechts, und zwar Blutgruppe A positiv, dieselbe wie van Velden, aber Gm 3,5 und nicht Gm 2 wie van Velden."

„Das ist doch schon mal was. Das könnte zu gegebener Zeit ganz hilfreich für uns sein."

„Eben", grinste Bonhoeffer breit. „Ihr wißt jetzt zumindest, daß es keine Frau war und kein Schwarzer."

„Wieso Schwarzer?"

„Gm 3,5 schließt Schwarze praktisch aus", antwortete Bonhoeffer ungerührt.

Toppe knuffte ihm den Ellbogen in die Seite.

„Obwohl, in Amerika wäre so eine Information ja durchaus wertvoll ..."

„In Afrika erst mal!"

Bonhoeffer legte ihm einen Plastikbeutel mit van Veldens Haaren auf die Tischplatte, und sie amüsierten sich gemeinsam über van Appeldorns Völkerverständigungsproblem.

Dann verabredeten sie sich, „falls nichts dazwischen kommt", für Sonntag zum späten Frühstück in Warbeyen, und als Bonhoeffer sich verabschiedete, ging es Toppe richtig gut.

Er klemmte sich den Obduktionsbericht unter den Arm und ging vor sich hinsummend nach oben zum ED.

Um kurz nach zwölf rief Gabi an.

Er war schon auf dem Flur, auf dem Weg zur Kantine, als das Telefon klingelte.

Sie mußte gerade aus der Praxis gekommen sein.

„Helmut", sagte sie außer Atem. „Der Centerpark in Heijderbosch hat gerade angerufen. Du, die haben eine Absage gekriegt!"

Er verstand kein Wort. „Ja und?"

„Wir können jetzt doch noch einen Bungalow kriegen, einen großen sogar. Ist das nicht toll? Heute abend schon. Stell' dir vor, zwei Tage ganz raus! Nur ..."

„Gabi!" unterbrach er sie bestürzt und versuchte krampfhaft sich zu erinnern, wann sie ihm davon erzählt haben konnte. „Ich kann doch unmöglich jetzt wegfahren. Ich stecke mitten in dem Fall."

„Wie du meinst."

Er begriff nicht, warum sie schon wieder einschnappte. „Was ist denn jetzt schon wieder los? Du weißt doch genau, daß ich diese Sache zu Ende bringen muß, bevor ich an was anderes denken kann."

„Oh ja, das weiß ich wohl."

„Ich versteh' dich nicht. Das war doch noch nie ein Problem ..."

„Stimmt, weil ich immer ... ach, Scheiße! Ich hab' die Nase voll von dem ganzen Mist hier. Ich will raus. Kapierst du das nicht?" schrie sie ihn an.

„Herrgott nochmal, dann fahr doch!"

„Worauf du dich verlassen kannst!"

Damit knallte sie den Hörer auf die Gabel.

Toppe starrte eine Weile ins Leere, legte dann ruhig den Hörer auf und ging in die Kantine. Sollte sie doch fahren. Er konnte sie nicht aufhalten und den Zug, in dem sie beide saßen, offenbar auch nicht.

Ob sie die Kinder mitnahm? Bestimmt; schon um ihm zu beweisen, was für ein miserabler Vater er war.

21

Zur Teamsitzung waren Astrid und Breitenegger immer noch nicht zurück.

Van Appeldorn war nörgelig und löcherte Berns mit Fragen nach der Größe und dem Gewicht des Menschen, der in van Veldens Garten über den Zaun gesprungen war.

„Könnte es auch eine Frau gewesen sein?"

Berns gab sich zunächst gelassen, aber dann platzte ihm doch der Kragen: „Der Typ ist gerannt, Mann! Wir können überhaupt nichts über seine Statur sagen, verflucht noch mal!"

Van Gemmern holte aus zu einem trockenen Vortrag über Schuhspuren im Zusammenhang mit Körpergewicht und Laufgeschwindigkeit, insbesondere bei Sprüngen.

Toppe gähnte verstohlen; die Luft im Büro war längst verbraucht.

Stasi hatte nur einen einzigen Satz losgelassen: „Ihr Presseaufruf war ja, soweit ich informiert wurde, bisher unfruchtbar", und saß seitdem wie ein Reptil am Schreibtisch.

Der Staatsanwalt schien heute mit seinen Gedanken woanders zu sein. Er lächelte nur ab und zu freundlich.

„Die Haare auf den Scherben stammen übrigens von van Velden", erklärte Berns mit einem maliziösen Lächeln in van Appeldorns Richtung – die Klatschküche hatte mal wieder schnell gearbeitet.

„Prima", stieß van Appeldorn zwischen den Zähnen hervor. „Hervorragende Arbeit, Bernsi!"

Nach zwanzig Minuten beendete Toppe die Sitzung.

Im Treppenhaus trennten sich Berns' und van Gemmerns Wege.

„Wieso gehst du denn noch mal nach oben?" wollte Berns wissen.

„Ach, da ist noch was, das mich beschäftigt ..." antwortete van Gemmern unbestimmt.

„Aha! Hab' ich mir doch gedacht. Du baust da irgendeinen Versuch auf, gib's zu!" grinste Berns listig.

„Hm, stimmt."

„Junge, Junge, wenn du dich weiter so in den Job reinhängst, kriegen die dich noch richtig dran. Für solche Sachen werden wir doch überhaupt nicht bezahlt."

Van Gemmern zuckte nur die Achseln, fummelte sein Tabakpäckchen aus der Hosentasche und drehte sich eine Zigarette.

„Das sind doch alles Überstunden, Mensch! Kriegst du da etwa Geld für?"

„Nö." Van Gemmern hockte sich auf die oberste Treppenstufe und zündete seine Zigarette an. „Aber das ist mir auch egal. Wenn ich eine Frage habe, dann suche ich die Antwort; ganz einfach. Im übrigen bist du selbst doch gar nicht so viel anders."

„Ich?" schnaubte Berns empört. „Ich und Überstunden! Mein Lebtag nicht mehr! Ich bin doch nicht bescheuert. Meinst du, ich krück' mich kaputt, und solche Knallköppe wie dieser Stasiarsch machen auf meine Kosten Karriere? Nee, nicht mit mir, mein Junge, mit mir nicht mehr!"

Van Gemmern lächelte still.

„Was ist?" fuhr Berns ihn an. „Spielst du wieder Buster Keaton?"

Aber van Gemmern schüttelte den Kopf und meinte: „Und was ist mit deinem Vampiromobil?"

„Was soll damit sein?" schnappte Berns.

„Ich weiß nicht ... wenn das kein Idealismus ist ..."

„Idealismus! Das Wort ist mir seit Jahren nicht mehr untergekommen!"

„Ach komm, Berns." Van Gemmern stand auf. „Was bedeutet dir denn dein Beruf?"

„Blöde Frage!" Berns sah ihn lange an. „So was kann auch nur ein Studierter fragen. Mäuse, Knete, Kohle. Ich hab' drei Kinder zu versorgen und 'ne Frau."

„Ach ja?" Van Gemmern ließ den Stummel fallen und trat ihn aus. „Und deshalb baust du dir auf deine alten Tage noch ein exzellent ausgestattetes rollendes Labor auf ..."

Berns sah ihn wütend an, erwiderte aber nichts.

„Nix für ungut", tippte ihm van Gemmern auf die Schulter. „Bis morgen dann."

Toppe eilte zum Fenster und öffnete es, leerte die Aschenbecher, warf Pappbecher in den Papierkorb, ging und spülte die Kaffeekanne aus.

Van Appeldorn stierte vor sich hin.

„Was ist los, Norbert? Du guckst so sparsam", fragte Toppe, als er endlich seine Ruhe wiedergefunden hatte.

„Ich komme nicht weiter."

„Kann ich mir denken", nickte Toppe. „Die ganze Pennertheorie ist Mist."

Van Appeldorn antwortete nicht, sah ihn aber herausfordernd an.

Toppe setzte sich.

„Die Salami und den Käse", begann er unvermittelt, „die kann van Velden doch auch jemandem geschenkt haben. Einem Asylanten zum Beispiel, oder vielleicht sogar wirklich einem Penner, der bei ihm an der Tür geklingelt hat."

Van Appeldorn sagte immer noch nichts.

„Und dann hakt die Theorie an dem Punkt, daß der Penner unmöglich den Notarzt angerufen haben kann und gleichzeitig von ihm überrascht worden ist. Und das ist ein entscheidender Punkt."

„Ja, ich weiß", winkte van Appeldorn ab. „Trotzdem, irgendwas … ach, ich weiß auch nicht genau … aber du hast recht: der Zeitplan stimmt nicht."

„Außerdem", meinte Toppe, „wie wäre der Penner denn ins Haus gekommen? Die Haustür war zu, die Fenster auch."

„Hintenrum."

„Nein. Die Spuren dort führen nur in eine Richung, nämlich weg vom Atelier."

„Direkt am Haus ist aber ein Kiesstreifen!"

„Ja, aber nur an der Seite, nicht hinten an der Tür. Und geh mal davon aus, daß Berns und van Gemmern da genau gearbeitet haben."

„Ja, davon müssen wir wohl ausgehen."

Toppe sah auf die Uhr. „Ich möchte wissen, wo die bleiben."

„Günther und Astrid?"

„Hm. Es ist schon fast sechs."

„Die sind bestimmt in der Altstadt versackt.“

„Ich finde, du solltest dich mit in diese Pornogeschichte reinhängen. Die Sache scheint bisher am vielversprechendsten.“

„Solche Töne von dir?“ Van Appeldorn stand auf und nahm seine Jacke von der Stuhllehne.

„Wo bleibt denn dabei dein Menetekel?“

Toppe lachte trocken auf. „Ist nach Holland gefahren. In den Centerpark. Na, mal sehen. Machen wir Schluß für heute!“

Es war genauso, wie Toppe es sich gedacht hatte: die Platte war schräg genug. Der Goldstift rollte langsam und landete zielstrebig in der Schublade.

Nach dem zwanzigsten Versuch gab er sich zufrieden. Er hatte die Lade weit, nur zehn, nur drei Zentimeter geöffnet, war aufrecht, vornübergebeugt, in fallender Bewegung gewesen; der Stift war immer seinen gradlinigen Weg gerollt: in die Schublade.

S. Ro…

Es war kalt in dem leeren Haus. Die Räume waren zu hoch und zu schlecht ausgeleuchtet, um wirklich gemütlich zu sein.

Er ging noch einmal in den Nebenraum, betrachtete das Bett mit der Felldecke, schaltete die schummrige Beleuchtung ein, sah sich die Fotos an den Wänden an. Ihn geilte die Atmosphäre überhaupt nicht auf.

Achselzuckend löschte er das Licht, schloß Türen, riß das erbrochene Siegel von der Haustür. Das Gebäude war freigegeben; Frau van Velden konnte es verkaufen, wenn ihr der Sinn danach stand.

Dann stieg er in den Dienstpassat, den man ihm großzügig für die nächsten Tage überlassen hatte, und fuhr nach Hause.

Sie war nicht da.

Erst halb neun und alles finster. Aber bei seinen Schwiegereltern nebenan war Festbeleuchtung, sogar die schmiedeeiserne Außenlampe brannte.

Er war kaum aus dem Wagen gestiegen, als seine Schwiegermutter schon herausgeschossen kam, dann aber innehielt, die Arme vor dem Bauch verschränkte und die Sterne betrachtete.

„'n Abend, Helmut."

„'n Abend, Mutter."

Sie hüstelte. „Gabi ist mit den Kindern schon mal vorgefahren. Du könntest noch nicht weg ..."

„Ja, sieht so aus."

Er schloß das Auto ab und ging zur Haustür. „Ich hab' eben einen Scheißberuf."

„Tja", meinte seine Schwiegermutter. „Dann wünsche ich dir noch einen schönen Abend."

Toppe zögerte, dann hob er den Kopf und grinste.

„Danke, Mutter. Den mach' ich mir", sagte er laut. „So eine Chance kriegt man ja selten."

Sie bedachte ihn mit ihrem katholischen Frettchenblick und verschwand im Haus.

Ihm war erbärmlich zumute.

Kein Licht an der Garderobe, die Gummistiefel der Kinder waren weg, ihre Anoraks; keine Fleischrolle in der Mikrowelle, nicht einmal ein Zettel auf dem Küchentisch.

Er ging nach oben, zog sich aus, ließ die Kleider einfach auf den Boden fallen und stieg freudlos unter die Dusche.

22

Was hatte Toppe erwartet? Einen muffigen Pauker, rechthaberisch und zugeknöpft?

Irgendsowas mußte es wohl gewesen sein, denn er konnte seine Überraschung kaum verhehlen, als Wilhelm Schmitt ihm die Tür öffnete und ihn freundlich in sein Arbeitszimmer bat, wo schon eine Kanne Kaffee und ein Teller mit Hefeteilchen auf sie warteten.

Er war ein zierlicher Mann mit wildem weißen Haarschopf und einer schmalen Nase.

Er sah gebrechlich aus, älter als Fünfundsechzig, aber seine Stimme war jung und seinen Augen entging nicht viel.

Toppe blieb mehr als drei Stunden und hatte oft Mühe, sich auf seine Fragen zu besinnen, so lebendig konnte der Mann erzählen.

Kein Zweifel, sie waren sich vom ersten Augenblick an sympathisch, und es würde mit Sicherheit nicht ihr letztes Treffen sein.

Um die Mittagszeit steckte Frau Schmitt ihre Nase ins Zimmer. „Es sieht nicht so aus, als hätte hier jemand Hunger."

„Doch, doch", versicherte ihr Mann, und sie brachte ihnen Linsensuppe mit Mettwürstchen und Schwarzbrot.

„Ich habe beide Familien gekannt, die van Veldens und die Rosenbergs. Wir wohnten damals über der Char'schen Buchhandlung, nur ein Stückchen weiter die Stadt hoch. Mit Hans Roderik hatte ich nicht viel zu tun; der war gute sechs Jahre jünger als ich, genau wie Salmon auch. Aber Rachel, Salmons Schwester, kannte ich ganz gut, die war ungefähr mein Jahrgang; mit der hab' ich schon mal unten auf der Straße gespielt.

Die Geschichte der Juden hier in Kleve ist älter, als die meisten wissen. Die ersten jüdischen Familien sind schon im 18. Jahrhundert hierher gezogen und haben nach und nach ihre Geschäfte gegründet. Es waren nie viele. 1933 lebten etwa 200 Juden in der Stadt, nicht mal ein Prozent der Einwohner. Es gab eine Handvoll Akademiker, die beiden Lehrer von der Synagogenschule, ein paar Ärzte, zwei Juristen, aber die meisten von ihnen waren Kaufleute, Viehhändler, Metzger, Gastwirte. Von der Herzogstraße bis oben in der Hagschen Straße gab es allein zwölf jüdische Textilgeschäfte."

...

„Integriert? Das ist gar nicht so leicht zu beantworten. Sie waren eigentlich alle miteinander verwandt oder verschwägert, und es gab nur ganz wenig Ehen mit nichtjüdischen Partnern.

Natürlich bestanden vereinzelt Freundschaften zwischen jüdischen und christlichen Familien, besonders unter den Geschäftsleuten. Heute würde ich die Situation wohl am ehesten als ein friedliches Nebeneinander beschreiben. Vielleicht kam von der anderen Seite die Distanz daher, daß Kleve immer eine stark von Glauben und Kirche geprägte Stadt war. Und in jener Zeit war es eben die katholische Kirche. Ich habe heute den Eindruck, daß diese Distanz gerade Ende der Zwanziger Jahre zu bröckeln begann." Er unterbrach sich und lächelte: „Ich fange schon wieder an zu dozieren. Jedenfalls war es so, daß immer weniger Juden ihre Kinder zur Synagogenschule schickten. Von denen, die ich kannte, waren es eigentlich nur die Rosenbergs. Louis und Hannah Rosenberg waren nämlich strenggläubige Juden; für ihre Kinder wäre niemals eine andere Schule in Frage gekommen. Aber die evangelischen Schulen nahmen Juden auf, die Volksschule, das Gymnasium, das Lyceum und die Landwirtschaftsschule."

...

„Nein, die katholischen Schulen nicht! Als ich 1932 eingeschult wurde, waren in meiner Klasse zwei jüdische Mitschüler. Ich kann mich nicht erinnern, daß sie in irgendeiner Weise ‚anders' gewesen wären. Man wußte eben, sie waren Juden, wir waren Christen; am Sabbat gingen die in ihre Synagoge und wir sonntags in die Kirche – mehr nicht."

...

„Offene Ablehnung in der Zeit? Aus meiner eigenen Erinnerung hätte ich immer mit ‚nein' darauf geantwortet, aber natürlich weiß ich es besser. Die NSDAP hat es schon Ende der Zwanziger Jahre immer mal wieder mit Hetzkampagnen versucht: Deutsche, kauft nicht bei Juden! Aber das blieben zunächst nur Einzelfälle hier, die die Bevölkerung kaum ernstgenommen hat. 1933 schlug das dann allerdings sehr schnell um."

Er legte Toppe die Kopie eines Flugblattes vor. *Die Große Straße sieht aus wie eine Straße in Jerusalem, soviel Libanonindianer haben sich dort eingerichtet*, hieß es dort.

„Als es richtig losging, war ich ungefähr sieben, aber sogar ich habe mitgekriegt, wie in den folgenden zehn Jahren aus angesehenen, wohlhabenden Bürgern eine verarmte, rechtlose Minderheit wurde.

Schon im März 1933 ließ die NSDAP einige jüdische Geschäfte schließen. Damals stieß die Aktion aber noch auf Befremden und Ablehnung in der Klever Bevölkerung, so daß man das Ganze schleunigst rückgängig machte. Aber mit der Zeit wichen das Befremden und die Ablehnung einer dumpfen Hilflosigkeit und schließlich dem Wegschauen.

Man muß sagen, daß Gewalttaten gegen jüdische Bürger tatsächlich nur von der SA und SS ausgeübt wurden. Eine aktive Beteiligung der Bevölkerung hat es wohl nicht gegeben.

Die NSDAP kontrollierte schon bald äußerst scharf, wer bei Juden einkaufte, und nur wenige hatten den Mut, über längere Zeit als geächtete Verräter dazustehen. Dadurch wurde den jüdischen Geschäftsleuten natürlich die Existenz abgegraben. Das geht in einer kleinen Stadt wie Kleve wesentlich schneller als in Großstädten: Der Druck ist stärker, die Arbeitsmöglichkeiten sind eingeschränkt. Wenn das Geschäft einmal kaputt war, war man am Ende. Viele zogen schon damals nach Krefeld und Düsseldorf und gründeten eine neue Existenz. Und eine ganze Reihe erkannten die Zeichen der Zeit und wanderten aus.

Es ist tatsächlich so, daß es 1938 nur noch ein einziges jüdisches Geschäft in Kleve gab: Louis Rosenbergs Textilkaufhaus."

...

„Wußten Sie das nicht? Die Rosenbergs gehörten zu den zehn reichsten Leuten der Stadt. Sie hatten zwei weitere Filialen in Goch und Kalkar.

Das Pogrom vom 10. November 1938 läutete die letzte Phase ein: den offenen Terror. Die Synagoge brannte völlig nieder. Die SA bildete eine dichte Kette rund um den Platz, damit niemand auf die Idee kam zu löschen. Die Bevölkerung stand gelähmt dabei und guckte zu. Ich auch; ich hatte erbärmliche Angst.

Rosenbergs Geschäft wurde vollkommen verwüstet, Louis Rosenberg zusammengeschlagen. Am nächsten Tag deportierte man ihn nach Dachau, mit der Begründung, er habe einen Polizisten angegriffen."

„Und von dort ist er noch mal zurückgekommen?!"

„Ja, bald schon. Ich bin sicher, das hat die Familie Rosenberg eine ganz schöne Summe gekostet. Nein, das war in diesen Jahren nicht ungewöhnlich. Da gab es noch vereinzelt die Möglichkeit, Familienmitglieder freizukaufen, wenn man über genügend Kapital verfügte. Das war doch ein ziemlich einfaches Mittel, an das jüdische Vermögen heranzukommen, ganz dezent.

Nach dem Synagogenbrand kam es zur letzten großen Auswanderungswelle, und viele, die ihre Ausreisegenehmigung nicht schnell bekamen, gingen illegal über die grüne Grenze nach Holland; die letzten 1939. Rosenberg ist buchstäblich bis zur letzten Minute hiergeblieben."

„Aber 1939", versuchte Toppe sich richtig zu erinnern, „da waren Juden in Holland doch auch nicht mehr sicher."

„Die Kapitulation der Niederlande war erst im Mai 1940."

„Haben die anderen, die geblieben sind, denn wirklich nicht gewußt, was los war? Warum sind sie nicht alle gegangen?"

Schmitt zog spöttisch die Augenbrauen hoch. „Wenn ich bösartig wäre, würde ich sagen: nicht mehr genug Geld!"

Toppe zuckte zusammen. „Wollen Sie damit sagen, daß Leute wie van Velden sich haben bezahlen lassen?"

Schmitt lächelte dünn. „Das wird wohl immer Spekulation bleiben. Aber nein, die jüdischen Menschen, die in Kleve blieben, waren zumeist alt. Viele sagten: Ich bin in Kleve geboren, ich will auch in Kleve sterben. Aber selbst das ging nun nicht mehr. Ihre Lebensbedingungen wurden drastisch eingeschränkt: Sie durften keine öffentlichen Verkehrsmittel mehr benutzen, keine Parks und Wälder, keine Gaststätten mehr betreten. Es war ihnen nicht gestattet, Haustiere zu halten. Und so weiter, Sie wissen das alles. Jeder Tag brachte neue Verordnungen, die es dem Staat erlaubten, sämtliche irdischen Güter nach und nach zu beschlagnahmen. Dann irgendwann gab es keine Lebensmittelmarken mehr für Fleisch, Milch, Weißbrot, keine Kleidung, und schließlich holte man sie im Oktober 1941 ab und pferchte sie im alten Finanzamt in der Klosterstraße zusammen."

„Klosterstraße?"

„*An der Münze* heißt die Straße heute. Das Haus stand da, wo jetzt das Spoycenter ist. Ich war damals fünfzehn, und ich weiß noch gut, daß meine Tante oft bei Nacht und Nebel Lebensmittel in das Gebäude geschmuggelt hat.

Es waren knapp vierzig Menschen, und man deportierte sie, jede Woche sechs, acht von ihnen, nach Theresienstadt, Auschwitz und Riga. Hätte ich die Gnade der späten Geburt, würde ich sagen: und damit endete die Geschichte der Juden in Kleve."

„Macht Sie das nicht immer noch …" Toppe hielt inne.

„Betroffen wollten Sie sagen, nicht wahr?“

„Ja, beinahe hätte ich es gesagt, aber ich kann das Wort nicht mehr ertragen.“

„Nein, keine Betroffenheit. Ich empfinde Empörung, Zorn, Wut. Jedesmal wieder und jedesmal genauso stark, wenn ich zum Beispiel Fotos wie dieses sehe.“

Er schob Toppe ein aufgeschlagenes Buch zu.

Eine Klever Karnevalsgruppe im Rosenmontagszug 1936 stand unter dem Foto.

Es zeigte Männer und Kinder mit grotesken Judenmasken: böse Augen, lange Nasen und hohe schwarze Hüte. Ein Plakat in ihrer Mitte: *Auf und wohin? Palästina!*

„Das braucht keine Kommentare“, sagte Schmitt. „Die Dinge selbst sind laut genug. Man muß sie sammeln und man muß sie zeigen. Betroffenheit demonstrieren? Wem soll das nützen, was soll das bringen? Nein, ich halt's da mit Bert Brecht: ‚Laßt uns die Warnungen erneuern, auch wenn die Erinnerungen wie Asche in unserem Mund sind.' Das sehe ich als meine Aufgabe – gerade jetzt.“

Er holte Luft und lachte. „Jetzt bin ich mir selbst ins Netz gegangen. Ich hasse Pathos!“

Aber Toppe schüttelte den Kopf. „Es gab aber doch auch in dieser Stadt einen Widerstand.“

„Widerstand? Es gab ein paar wenige. Die Namen sind hinlänglich bekannt. Fast alles Männer der Kirche. Die Seligsprechungen sind ja gerade in vollem Gange. Wenn's das bringt! Widerstand ist ein sehr großes Wort. Im Kleinen, auf der Ebene von Freundschaften, da gab es schon eine Menge Leute, die etwas taten, die ihr Essen teilten, versuchten Not zu lindern. Auch mutigere, wie meine Tante, die Lebensmittel schmuggelten, Kranke pflegten oder auch schon mal eine ganze Partie Hetzflugblätter vernichteten. Auch das hat es gegeben. Aber von den meisten dieser Dinge habe ich erst vor ein paar Jahren erfahren, als ich mit meinen Schülern nach Zeitzeugen suchte. Für diese Leute war das, was sie taten, selbstverständlich, ein Akt der Nächstenliebe. Was sollte man hinterher darüber reden?“

„Und van Velden?“

„Eben: van Velden! In meinen Augen eine widerwärtige Geschichte! Es gab andere, die dasselbe getan haben wie Antonius van Velden: Juden außer Landes gebracht. Von mindestens zweien weiß ich; deren Namen kennt heute kein Mensch. Weil sie sich das nicht wie einen Orden an die Brust geheftet haben. Aber soweit ich das recherchieren konnte, ist es auch nicht van Velden selbst gewesen. Er ist ja bei der Zertstörung Kleves 44 ums Leben gekommen. Es war wohl seine Witwe, die sehr schnell erkannte, daß ein Märtyrer als Gatte eine wunderbare Publicitywirkung hatte. Sie war Künstlerin und mußte sich und ihren Sohn durchbringen. 1949 hat sie sich schon ein Atelier eingerichtet. Ich bin sicher, diese ganze aufgeblähte Widerstandsgeschichte hat ihr eine Menge Kunden eingebracht. Als ich mit meinen Recherchen anfing, lebte sie schon nicht mehr, und ich konnte ihr keine Fragen stellen. Und der Sohn war so beschäftigt, daß er keine Zeit hatte, an einer Schülerarbeit mitzuwirken, vielleicht auch kein Interesse.

Es gibt Ungereimtheiten bei diesem Antonius van Velden. In die Ebsteinvilla auf der Tiergartenstraße ist er im Februar 1940 eingezogen. Es existieren keinerlei Unterlagen über den Erwerb, aber gut, das will nichts besagen; es ist vieles weggekommen, verbrannt. Die Villa gehörte dem jüdischen Viehhändler Siegfried Ebstein, der im Dezember 1939 plötzlich verschwand. Vermutlich über die grüne Grenze, vermutlich mit van Veldens Hilfe. Das alles war kurz bevor die Nazis das restliche jüdische Vermögen, Grundbesitz und Immobilien, beschlagnahmten, in einer Zeit, wo ein Hauskauf quasi nicht mehr möglich war. Und da macht man sich schon so seine Gedanken. Und überhaupt: van Velden und Geld? Woher? Ein kleiner Angestellter bei der Gemeinde, im Krieg dann Lastwagenfahrer! Im Februar 1941 wurde er allerdings verhaftet, weil man ihm vorwarf, ein Judenfreund zu sein, was sich unter anderem auch darauf stützte, daß er Eigentümer eines jüdischen Hauses geworden war. Doch, wie auch immer, nach vierzehn Tagen Schutzhaft war er schon wieder auf freiem Fuß. Ich habe nicht herausgefunden, warum. Man munkelte etwas von einflußreichen Freunden bei der Gemeindeverwaltung. Aber wenn das stimmt, liegt die Vermutung nahe, daß auch da Geld im Spiel gewesen sein muß."

In Toppes Kopf fügten sich ganz langsam die ersten Puzzleteilchen zusammen, und er besann sich auf den ursprünglichen Grund seines Besuches. Er rollte den Lageplan auseinander und legte ihn vor Schmitt auf den Tisch.

„Das haben wir in van Veldens Atelier in einem verschlossenen Schrank gefunden. Hier!" Er zeigte auf die Adresse. „Deswegen bin ich überhaupt auf Rosenberg gestoßen, deswegen interessiert mich die alte Geschichte. Bis jetzt konnte mir noch kein Mensch sagen, was das hier für ein Grundriß ist."

Wilhelm Schmitts Blick glitt über das Papier und ein zufriedenes Lächeln machte sich auf seinem Gesicht breit. „So hat er es also gemacht!"

Dann schaute er Toppe an.

„Sehen Sie, van Velden hat angeblich über vierzig Juden aus der Stadt über die Grenze gebracht. Mir war immer klar, daß er irgendwo einen Sammelplatz gehabt haben muß. Er konnte unmöglich an die dreißig Fahrten zur Grenze gemacht haben, ohne daß es aufgefallen wäre. Er mußte die Menschen zu einem sicheren Ort bringen, jeden Tag ein oder zwei, bis er genügend beisammen hatte und der Zeitpunkt günstig war. Hier also! Ein guter Platz! Das ist eine Skizze der Gewölbe unten am Springenberg, an der Quelle."

Toppe verstand nicht.

„Kleve war doch mal ein Kurort, Bad Cleve", erklärte Schmitt geduldig. „Die Mineralquelle – sie wirkte übrigens, historischen Aufzeichnungen zufolge, hervorragend gegen Blödigkeit des Gesichts – hat ein gewisser Dr. Schütte Anfang des 18. Jahrhunderts am Springenberg entdeckt. Sie wissen, wo das ist; oben am Amphitheater."

Bei Toppe fielen ganze Kaskaden von Groschen.

„Er hat eine Reihe von Stollen tief in den Berg graben lassen, um an die Quelle heranzukommen, und das hier ist eindeutig eine Skizze dieser Stollen. Ich kenne sie gut. Dieser erste Gang hier war noch für meine Kinder ein beliebter Abenteuerspielplatz, bis man ihn dann, wie den Rest vorher, in den Sechziger Jahren wegen Einsturzgefahr zugeschüttet hat."

Er runzelte die Stirn. „Diese Zeichnung scheint mir aber ganz neu zu sein ..."

„Eben", sagte Toppe.

23

Schmitt war neugierig, das war deutlich zu spüren. Er hätte wohl gern mehr über van Veldens Tod erfahren, aber er war klug genug, nicht zu fragen.

„Es fällt mir schwer, Ihnen nicht mehr zu erzählen", sagte Toppe von sich aus, „aber Sie wissen, daß ..."

„Selbstverständlich weiß ich das", unterbrach ihn Schmitt. „Sie müssen nichts erklären. Aber hinterher, wenn Sie den Fall abgeschlossen haben, da würde ich mich schon freuen, wenn ich ein paar Fragen stellen dürfte."

„Falls wir den Fall abschließen, ja ...", meinte Toppe, „aber wer weiß, vielleicht können wir ja gemeinsam ein paar Lücken in der Geschichte füllen. Waren Sie eigentlich am 10. November 1988 auch bei dieser Gedenkstunde?"

„Ja, natürlich."

„Und dort haben Sie Rosenberg wiedergetroffen?"

„Sagen wir besser, ich habe ihn gesehen. Es gab keine Gelegenheit, mit ihm zu sprechen; er wurde vom Bürgermeister unter die amtlichen Fittiche genommen und von Reportern umlagert. Sie wissen bestimmt, daß es zu einem unangenehmen Zwischenfall kam."

„Ja", antwortete Toppe, „aus Zeitungsberichten und von Rambach, einem Journalisten. Aber ich würde die Geschichte ganz gern noch einmal aus Ihrer Sicht hören."

„Es war eine äußerst peinliche Situation für alle Anwesenden. Rosenberg wirkte während des ganzen Festakts ziemlich unbeteiligt auf mich. Ich stand dicht hinter ihm und hatte den Eindruck, daß er überhaupt nicht zuhörte, sondern seinen Gedanken nachhing. Als van Velden dann ans Rednerpult trat und ein Loblied auf den Widerstand, insbesondere auf den seines Vaters, anstimmte, sah ich, daß Rosenbergs Schultern zuckten. Ich dachte zuerst, daß er weinte, schluchzte, aber dann hörte ich ihn kichern. Und plötzlich brach er in ein schallendes Gelächter aus. Van Velden hörte sofort auf zu sprechen, und das war gut so, denn außer ihm reagierte niemand. Alle starrten betreten vor sich hin. Ich wußte auch nicht, was ich tun konnte."

„Haben Sie eine Ahnung, warum Rosenberg gelacht hat?"

„Das weiß ich natürlich nicht, ich kann es nur vermuten. Nützen Ihnen denn Spekulationen?"

„Mir kommt es manchmal so vor, als ob fünfzig Prozent meiner Arbeit aus Spekulation besteht", antwortete Toppe.

Schmitt nickte zustimmend. „In der Zeitung wurde es so dargestellt, als seien Rosenberg unter dem Druck der Erinnerung die Nerven durchgegangen; eine paradoxe Reaktion gewissermaßen. Das klingt ja auch einleuchtend, nicht wahr? Aber ich selbst hatte einen anderen Eindruck. Ich sagte schon, auf mich wirkte er gelangweilt, jedenfalls nicht emotional beteiligt. Erst als van Velden redete, verharrte Rosenbergs Blick am Rednerpult; er schien zuzuhören. Ich hatte das Gefühl, daß seine Reaktion mit van Veldens Ansprache zusammenhing. Gern hätte ich Rosenberg gefragt, mit ihm darüber geredet, aber, wie gesagt, es gab keine Gelegenheit. Als ich zur Gedenkstunde kam, habe ich ihn begrüßt, ihm die Hand gegeben, meinen Namen genannt, aber er hat mich nicht erkannt. Und ich dachte mir, er hat ein Recht darauf, bestimmte Erinnerungen zu vergraben, einzuschließen. Es wäre roh gewesen zu insistieren, in ihn zu dringen."

„Was für ein Typ ist Rosenberg? Wie sieht er aus?"

„Sehr klein, fast schmächtig. Ein wohlhabender Geschäftsmann, aber von der Sorte, die nicht mehr so recht in unsere Zeit paßt: sorgfältig, aber ein wenig steif gekleidet; sehr zurückhaltend, ‚vornehm' wäre vielleicht ein gutes Wort."

Toppe erzählte, daß er versucht habe, mit Rosenberg zu sprechen, ihn aber unter seiner Adresse in Chicago nicht habe erreichen können.

„Das ist auch nicht möglich. Rosenberg ist gerade auf einer Weltreise."

„Woher wissen Sie das?"

Schmitt lachte über Toppes Ausruf. „Das weiß ich von Frau Ballauf, einer alten Dame, die auch beim Heimat- und Verkehrsverein tätig ist. Sie ist schon über neunzig, aber noch sehr aktiv, so weit es ihre Gesundheit zuläßt. Frau Ballauf war damals mit der Familie Rosenberg befreundet. Vor ein paar Wochen erzählte sie mir, daß Salmon Rosenberg sie besucht habe. Das muß Ende August, Anfang September gewesen sein. Sie war überrascht, denn 1988 hatte sie vergeblich versucht, Kontakt zu ihm aufzunehmen. Und jetzt stand er plötzlich vor ihrer Tür. Sie sagte, er habe mit ihr Tee getrunken und versucht, seine Erinnerungen ein bißchen aufzufrischen."

„Also doch nicht alles auf ewig vergraben und weggeschlossen", murmelte Toppe.

„Nein, nicht mehr ... Das geht wohl auch nicht."

„Blieb er länger hier?"

„Nein, er ist am selben Tag weiter nach Rotterdam gefahren, um dort die Familie zu besuchen, die den Rosenbergs damals geholfen hat, ihre Schiffspassage nach Amerika zu bekommen."

„Sie wissen nicht zufällig, wie diese Familie heißt?"

„Doch, natürlich. Wir haben den Lebensweg unserer jüdischen Bürger – sofern es noch einen gab – sehr sorgfältig recherchiert. Warten Sie ..."

Er ging zum Bücherschrank, öffnete die Glastür, nahm einen Aktenordner heraus und blätterte ihn langsam durch, während er zum Tisch zurückkam.

„Hier!"

Toppe notierte sich Namen und Adresse.

Er fuhr direkt zum Präsidium.

Ans Wochenende dachte heute sowieso keiner.

Van Appeldorn hatte ihn schon früh um acht angerufen und gesagt, daß er mit Astrid nach Düsseldorf führe.

Breitenegger saß am Schreibtisch; vor ihm stand Ackermann, beide Hände auf die Tischplatte gestützt: „... und da sacht der Jude zum Chinesen ... – Tach, Herr Toppe – ... also, sacht der Jude zum Chinesen: ‚Wieso Titanic? Hab' ich doch gar nix mit zu tun. Die is' doch auf 'n Eisberg gelaufen!' ‚Na und?' sacht der Chinese, ‚dat is' für mich all datselbe: Eisberg, Goldberg, Rosenberg.'"

Breitenegger wieherte, und Ackermann selbst kippte vor Lachen fast über den Schreibtisch.

„Hört auf!" brüllte Toppe.

Sie glotzten ihn an.

„Wat is'n jetz' kaputt?" flüsterte Ackermann wie ein ertapptes Kind.

„Entschuldigung", murmelte Toppe betreten, „mir sind die Nerven durchgegangen."

Er setzte sich hin.

„Is' wat passiert?" fragte Ackermann beflissen. „Wat, wat wer noch nich' wissen?"

„Nein."

„Na, dann nix für ungut, Chef. Ich muß dann auch ma' wieder. Tschüß!" Und damit machte er sich schnell aus dem Staub.

Breitenegger sah ihn immer noch mißbilligend an, aber Toppe nahm sich ein paar Bögen Papier und ging rüber zur Schreibmaschine, um seinen Bericht zu tippen.

„Was war denn das für ein Ausbruch?" beharrte Breitenegger.

„Das wirst du verstehen, wenn du meinen Bericht liest."

„Aha."

Toppe spannte ein Blatt ein.

„Du, Günther", drehte er sich dann um.

„Ja?"

„Meinst du, du könntest die Adresse von einer Familie Frans Kersten in Rotterdam rauskriegen?"

„Wozu brauchst du die denn?"

Toppe erklärte es ihm.

„Müßte sich schon machen lassen", meinte Breitenegger. „Über den kurzen Dienstweg. Ist mir jedenfalls lieber als Interpol."

„Danke", brummte Toppe und drehte sich wieder um.

„Du machst es ja ziemlich spannend, Helmut."

„Nein. Ich will das nur schnell zu Papier bringen, solange ich noch alles im Kopf habe."

„Gut, dann gehe ich jetzt was essen. Ich habe auch noch einiges zu erzählen."

Er war kaum zur Tür heraus, als das Telefon klingelte.

Toppe stieß eine Verwünschung aus und nahm den Hörer ab.

„Morgen! Van Gemmern hier. Können Sie mal kurz hochkommen? Ich glaube, ich hab' da was."

24

Salmon Rosenberg legte die Hände auf die Mauer, fand eine Lücke für seinen Fuß, stemmte sich hoch und schaute hinüber.

Es sah aus wie ein verwilderter Garten, aber wenn man genau hinschaute, konnte man zwischen dem Gestrüpp zugewucherte Grabsteine erkennen, manche schief, halb in die Erde gesackt.

„So", sagte er, „der jüdische Friedhof … Ich erinnere mich nicht …"

„Aber er ist es", entgegnete Rambach, der sich ebenfalls hochgezogen hatte und jetzt oben auf der Mauer saß. „Gucken Sie, das hier ist ein Stück von der alten Stadtmauer aus dem Mittelalter. Der Friedhof lag dicht dran. Außerhalb der Stadt, versteht sich", schnaubte er böse und setzte an zu einer flammenden Rede gegen den Antisemitismus.

Rosenberg lächelte leise, ließ sich vorsichtig hinunter und klopfte seinen Tweedmantel ab.

„Kann man rauf auf den Friedhof?"

„Ich weiß nicht." Rambach sprang ungelenk von der Mauer. „Hier rechts am Bolzplatz kommt man nicht durch. Vielleicht drüben auf der anderen Seite … Sollen wir's versuchen?"

„Nein, nein", winkte Rosenberg ab, „lassen Sie uns gehen."

„Es ist wirklich kaum zu glauben, in welchem Zustand der Friedhof ist!" Rambach wollte sich nicht beruhigen. „Ich bin sicher, kein Mensch in Kleve weiß, daß es ihn überhaupt gibt."

„Nun ja", sagte Rosenberg.

„Da sagen Sie so einfach ‚nun ja'? Sie?!"

Rosenberg zuckte die Achseln. „Ja, das war doch schon immer so. Lassen Sie uns gehen."

„Aber warum so? Heute!" rief Rambach. „Warum keine Warnung, keine Mahnung?"

„Junger Mann", sagte Rosenberg und sah ihm ins Gesicht, „wollen Sie die Geschichte nicht ruhen lassen?"

Rambach sah ihn fassungslos an. „Das meinen Sie doch nicht so, oder? Laßt die Toten die Toten begraben, wollten Sie das sagen? Das können Sie doch aber nicht wirklich ernst meinen!"

Rosenberg wiegte unbestimmt den Kopf. „Kommen Sie. Sie wollten doch sehen, wo unser Haus gestanden hat."

Sie gingen am Großen Markt entlang, den Hasenberg hinunter zum unteren Ende der Hagschen Straße.

„Dort drüben", sagte Rosenberg.

Rambach nickte und zog einen Stapel Fotos aus der Manteltasche – „Ich habe mir Abzüge machen lassen" – und drückte sie Rosenberg in die Hand.

Es waren Bilder der Hagschen Straße aus den Zwanziger und Dreißiger Jahren. Gleich auf dem ersten: *Louis Rosenberg – Manufaktur und Modewaren.*

Rosenbergs Hände zitterten.

„Und wo hat van Velden gewohnt?" fragte Rambach.

Rosenberg sah auf und drehte sich langsam um. „Da drüben."

„Wo? Über ‚Schätzlein'?"

„Nein, im Haus daneben, glaube ich. Es sieht alles so anders aus …"

„Ich kann Ihnen das hier auf den Fotos zeigen. Geben Sie mal her."

„Nein, nein. Im Haus daneben."

„Wirklich? Und wie hat er es gemacht?"

Rosenberg rückte seinen Hut zurecht. „Wie hat er was gemacht?"

„Nun, wie hat er Sie, Ihre Familie, aus der Stadt geholt?"

„Mit einem Lastwagen."

„Hier? Mitten in der Stadt?"

„Ja. Es war dunkel."

„Trotzdem. Daß der Mann das gewagt hat! Toll!"

Rosenberg lachte.

Rambach schaute ihn unbehaglich an. „Sie lachen wieder. Warum?“

„Lassen Sie uns gehen.“

„Aber Sie haben wieder gelacht.“

„Ja. Es ist nur, van Velden ist für sein Wagnis sehr gut bezahlt worden.“

„Wie bitte?“

Rambach hielt ihn am Ärmel fest.

„Junger Mann“, sagte Rosenberg ruhig. „Das ist nicht so außergewöhnlich. Das kam vor, damals. Kommen Sie.“

Aber Rambach ließ ihn nicht los. „Geld? Sie meinen, er hat Geld dafür gekriegt?“

„Ja.“ Rosenberg schüttelte die Hand ab. „Geld auch. Aber glauben Sie mir, das ist kein Stoff für Sie. Damit schockieren Sie niemanden. Was wollen Sie? Wir haben überlebt. Letztendlich ist es doch ganz egal, ob er das wegen des Geldes getan hat oder aus Menschenliebe. Und jetzt kommen Sie, es ist kalt. Ich würde gern einen Kaffee trinken.“

25

Van Gemmern war allein im Labor.

Er kniete unter einer Apparatur, die Toppe bisher noch nie gesehen hatte, und fegte Glasscherben zusammen. Das Ding war ein Aufbau aus Stangen und Stahlseilen, einem gepolsterten Block, einer Skala und erinnerte alles in allem an einen ‚Hau-den-Lukas'.

Leere Wodkaflaschen standen herum.

Van Gemmern kroch unter dem Gestänge hervor, legte Handfeger und Kehrblech weg und nickte einen wortlosen Gruß.

„Es hat mir schon die ganze Zeit keine Ruhe gelassen“, begann er ohne Einleitung. „Und nachdem ich den Obduktionsbefund gelesen und die Schädelaufnahmen gesehen hatte, erst recht nicht. Die Impression zeigt deutlich, daß sie nicht von der Kante des Flaschenbodens stammt, sondern von der Flaschenseite. Sehen Sie sich das hier mal an.“

Er zeigte Toppe ein paar Tabellen: Struktur des Knochengewebes, Wölbung der Schädelkalotte, Aufprallgeschwindigkeit …

Toppe runzelte die Stirn. „Also, ehrlich gesagt, das sind böhmische Dörfer für mich."

„Wenn der Schlag mit einer solchen Wucht ausgeführt wurde, daß er zu einer Impression des Schädelknochens führte, dann hätte die Flasche zerspringen müssen", erklärte van Gemmern trocken. „Sie ist aber heilgeblieben, und das bedeutet, daß der Schlag relativ sanft gewesen sein muß. Ich habe inzwischen über zwanzig Wodkaflaschen getestet, und kann das mit Sicherheit sagen. Ich bezweifle mittlerweile sogar, daß dieser Schlag überhaupt zu einer Bewußtlosigkeit hätte führen können."

„Ja", antwortete Toppe, „ich weiß, was Sie meinen. Ich habe schon mit Bonhoeffer darüber gesprochen. Wenn der Schädel nicht bereits verletzt gewesen wäre, hätte der Schlag mit der Flasche nicht zu einer Impressionsfraktur führen können."

„Richtig."

„Schon. Nur hilft uns das auch nicht weiter. Die Impressionsfraktur ist ja nicht die eigentliche Todesursache."

„Ich weiß, aber ich glaube, das kann man vernachlässigen. Dies hier ist nicht ohne Bedeutung. Mit ziemlicher Sicherheit handelt es sich dann nämlich nicht um Mord, sondern allenfalls um Totschlag. Meiner Ansicht nach sogar nur um Körperverletzung mit Todesfolge."

Reichlich unbefriedigt ging Toppe in sein Büro zurück.

Van Gemmerns Erkenntnisse halfen ihm wirklich nicht weiter. Solche Dinge hatten die Juristen zu entscheiden, wenn er den Täter gefunden hatte. Tatsache war: es gab einen Menschen, der gewaltsam von einem anderen getötet worden war. Ob vorsätzlich oder nicht, war für die Ermittlungen letztendlich egal.

Was wollte van Gemmern ihm erklären? Daß er nicht nach einem bösen Mörder suchte, sondern nach einem ganz normalen Menschen, der rein zufällig durch eine ungünstige Verquickung einzelner Umstände einen Mann getötet hatte? Was sollte das?

Er war ihm noch nie begegnet, der böse Mörder.

Breitenegger wartete schon. „Ich dachte, du sitzt hier an deinem Bericht."

„Und ich dachte, du wolltest zum Mittagessen?"

Breitenegger zeigte auf die belegten Brötchen, die er neben dem Telefon gestapelt hatte. „Ich lebe ja nun schon lange hier, aber an Rheinischen Sauerbraten kann ich mich immer noch nicht gewöhnen. Wo hast du gesteckt?"

„Van Gemmern hatte Neuigkeiten", antwortete Toppe und bedachte die Brötchen mit einem gierigen Blick.

Breitenegger grinste. „Bedien dich ruhig."

Toppe nahm sich ein Käsebrötchen und berichtete kauend von van Gemmerns Experiment.

„Na ja", meinte Breitenegger und schob mit seiner großen Hand die Krümel auf dem Schreibtisch zusammen, hob den Papierkorb bis an die Tischkante und fegte sie hinein, „so neu scheint mir das ja nun nicht. Aber ich habe eine ganze Menge aus Düsseldorf mitgebracht. Mach dir's bequem, es dauert länger."

Er zündete seine Pfeife an, nebelte sich kräftig ein und fing an zu erzählen.

Van Veldens Düsseldorfer Freunde waren allesamt bestens betuchte Geschäftsleute.

„Christopher Hunold ist der Obermufti in der Clique. So eine Art ungekrönter König der Kunstmäzene. Das Büro hättest du sehen sollen: Da würde so manche Galerie vor Neid erblassen. Und dieser Hunold – was immer man dem nachsagen mag – an mangelndem Selbstbewußtsein leidet der nicht."

„Wie alt ist er?"

„Sechsundfünfzig. Aber du kennst ja diese Düsseldorfer Schickis: braungebrannt und glattgebügelt. Der geht gut und gerne für Mitte Vierzig durch. Er hat uns ganz bereitwillig bestätigt, daß er ein häufiger und stets willkommener Gast auf van Veldens Atelierfesten gewesen ist. Sein tägliches Leben bestehe aus Öffentlichkeit und Repräsentieren, und da gestatte er sich regelmäßig extravagante Entspannung. ‚Das ist meine Art, den Alltag abzustreifen', sagte er."

Breitenegger suchte in seinem Bericht.

„Hier haben wir noch mehr Originalton: ‚Wenn ich auf Parties gehe, dann um zu koksen und zu vögeln. Sie erwarten doch nicht, daß ich die Pässe der anwesenden Damen kontrolliere!' Wie findest du das?"

„Prima! Und du hast ihn nicht darauf hingewiesen, daß es ihm trotzdem nicht entgangen sein dürfte, daß diese ‚Damen' minderjährig waren?"

„Doch, doch, warte mal. Was antwortete er? Hier: ‚Das sind doch Nutten, Herr Kommissar. Die würde ich doch nicht einmal nach ihrem Namen fragen.' Der Typ ist abgebrüht. Ich habe ihm die Fotos unter die Nase gehalten, aber er lächelte nur müde. Von Videos wußte er angeblich nichts."

„Also, ein Schuß in den Ofen", meinte Toppe und gähnte.

„Nein, überhaupt nicht. Ich habe nämlich gestern noch eine Spätschicht drangehängt. Als wir aus Düsseldorf zurückkamen, bin ich zur Familie Lünterhoff gefahren. Und ich muß sagen, ich hatte wirklich Glück: Die ganze Familie war versammelt, und es sah so aus, als hätte Astrid doch für einigen Wirbel gesorgt. Jedenfalls sah Simona ganz verheult aus, und die Mutter war auch reichlich blaß um die Nase. Das habe ich ausgenutzt und die Fotos ordentlich nebeneinander auf dem Tisch ausgebreitet. Die Mutter ist ziemlich durchgedreht, und Simona wurde auf einmal ganz schön gesprächig. Sie hat mir diese Nadine auf einem Foto gezeigt. Hier!"

Es war keins von den gestellten Fotos, sondern wohl eher ein Schnappschuß: das nackte Mädchen lag breitbeinig auf dem Wolfsfell und nuckelte an einer Weinflasche. Van Velden kniete zwischen ihren Schenkeln und hatte offenbar gerade ejakuliert, denn ihr Bauch war mit Sperma bespritzt.

„Und dann fielen ihr auch plötzlich wieder die Namen der männlichen Partygäste ein. Die meisten von denen hatten wir tagsüber anhand der Liste von den Düsseldorfer Kollegen schon abgeklappert, aber einen kannten wir noch nicht. Ein gewisser Franz Kissmann aus Moers.

Ich hatte wohl irgendwie den richtigen Riecher, habe mir die Adresse besorgt und bin einfach aufs Geratewohl nach Moers gefahren. Und siehe da, ich hatte Glück. Kissmann war einen ganzen Monat lang in Japan gewesen und wußte noch gar nichts von van Veldens Ableben. Er war erst seit einer halben Stunde wieder zu Hause, als ich vor der Türe stand.

Die Nachricht von van Veldens Tod und die Fotos haben ihn wirklich aus den Pantinen gehauen. Der wollte gar nicht wieder aufhören zu reden. Er kam mir ziemlich ehrlich vor. Hunold hätte ihn einmal zu einem Atelierfest mitgenommen, aber das Szenario hätte ihn so angewidert, daß er nach ein, zwei Stunden wieder gegangen wäre. Er habe selbst drei minderjährige Töchter. Natürlich habe er mit niemandem darüber gesprochen, sonst wäre er geschäftlich sofort erledigt gewesen. Von den Mädchen kenne er nur die Nadine, weil er die vorher schon einmal bei ihrem Onkel getroffen habe. Und jetzt halt dich fest: Nadine Berger ist Hunolds Nichte!"

„Ich werd' verrückt!"

„Das habe ich auch gedacht. Norbert und Astrid sind heute in Ratingen bei Nadines Eltern. Das müßte uns dann ja wohl einen guten Schritt weiterbringen."

Aber Breitenegger irrte sich.

Astrid sah verfroren aus, als sie zurückkamen, und van Appeldorn ging ungewohnt milde mit ihr um.

„Setzen Sie sich erst mal und legen Sie die Füße hoch."

„Was ist denn los?" fragte Toppe und unterdrückte seinen ersten Impuls.

„Unserer jungen Kollegin ist die Sache ein bißchen auf den Magen geschlagen", feixte van Appeldorn. „Aber wir wissen ja alle, das gibt sich noch mit der Zeit."

Damit schlackste er zu seinem Platz hinüber und ließ sich auf den Stuhl fallen. „Tja", meinte er gelassen, „ein Schlag ins Wasser, wie man so schön sagt."

„Das kann doch wohl nicht wahr sein!" Breitenegger wollte es gar nicht glauben.

„Oh, die Bergers waren total schockiert von den Fotos. Keine blasse Ahnung hätten sie gehabt, daß ihre kleine Tochter mißbraucht werde. Man müsse selbstverständlich sofort Anzeige erstatten."

„Gegen den Schwager?" staunte Breitenegger.

„Gemach, Günther, das war alles nur eine Riesenschau. Nadine habe öfter mal bei Freundinnen übernachtet. Kein Problem, man habe doch heutzutage Vertrauen in seine Kinder."

„An die Namen der Freundinnen können sich die beiden übrigens beim besten Willen nicht mehr erinnern", sagte Astrid.

„Und was meint das Mädchen selbst dazu?" fragte Toppe.

„Gar nichts", van Appeldorn verzog ironisch die Mundwinkel. „‚Das Kind' ist seit zwei Jahren in einem Internat in Bayern."

„Ach nee", knurrte Breitenegger, „seit zwei Jahren. Welch ein Zufall! Warum denn?"

„Die schulischen Leistungen ließen zu wünschen übrig, und die Eltern seien ja beide doch sehr beschäftigt mit dem Familienunternehmen. Tja ..."

„Das war alles erstunken und erlogen", brauste Astrid auf. „Die wußten genau Bescheid!"

Aber van Appeldorn ließ sich nicht unterbrechen. „Als ich Schwager Hunold ins Spiel brachte, hat die Berger eine schauspielerische Glanzleistung hingelegt, das muß der Neid ihr lassen: der fleischgewordene Schock. Daß ihr nicht die Sinne schwanden, war wirklich alles. Aber ihr Mann behielt einen betont kühlen Kopf. Er meinte, das sei doch Blödsinn. Die Fotos zeigten zwar hie und da Hunold mit Gespielin, aber nie mit seiner Tochter. Er könne doch allenfalls van Velden belangen, und das sei ja jetzt wohl hinfällig."

Astrid stand auf, um Kaffee zu kochen. „Ich kann es kaum glauben, aber die halten alle miteinander dicht", sagte sie. „Wir können denen gar nichts."

„Wir können denen eine ganze Menge", widersprach Toppe. „Die Fotos sind Beweismaterial genug. Wir haben Kissmanns Aussage, und wir haben Simona Lünterhoff. Und auf die Dauer kriegen wir auch die Namen der anderen Mädchen raus. Zum Beispiel die der beiden Studentinnen, die Simona erwähnt hat. Da kommt schon einiges zusammen: Verstoß gegen das BtmG, und für eine Anzeige wegen Förderung sexueller Handlungen Minderjähriger reicht es allemal."

„Ja, klar", erwiderte van Appeldorn, „bloß wäre das ein Fall für die Sitte und nicht für uns."

„Moment! So schnell schießen die Preußen nicht", mischte sich Breitenegger wieder ein. „Ich sehe da noch immer jede Menge feinster Mordmotive. Nehmen wir doch mal an, Nadines Eltern haben das Foto schon vorher gekannt ..."

„Und dann machen die erst zwei Jahre später reinen Tisch?" zweifelte Toppe.

„Touché", grinste Breitenegger, „dann eben ein anderes Mädchen, andere Eltern, ein empörter Freund, ein Bruder. Die Parties sind ja weitergegangen. Es hat neue Nadines gegeben." Er kratzte seine Pfeife aus. „Es könnte auf keinen Fall schaden, mit Nadine Berger selbst zu sprechen."

„Ja, genau", lachte van Appeldorn, „ich stelle einen Antrag auf eine Dienstreise nach Garmisch-Partenkirchen. Ich freu' mich schon auf Stasis Gesicht."

Astrid verteilte den Kaffee auf die vier Becher. „Ich kann das einfach nicht kapieren.Wieso machen die Eltern das mit?"

„Man müßte mal deren Finanzlage überpüfen", überlegte Toppe.

Astrid erstarrte. „Du meinst, die verkaufen ihre Kinder!"

„Meine Güte", stöhnte van Appeldorn, „werden Sie jetzt bloß nicht auch noch melodramatisch! Lesen Sie eigentlich keine Zeitung? So was passiert doch jeden Tag. Was nicht heißt, daß ich das gut finde ..."

Astrid drehte sich langsam um und sah ihm ins Gesicht.

„Es reicht", sagte sie ziemlich ruhig. „Wissen Sie was? Ich habe es satt, mich ständig von Ihnen in dieser Weise anmachen zu lassen. Ich hab' keine Ahnung, warum Sie das tun; vielleicht gibt Ihnen das persönliche Befriedigung, aber das interessiert mich gar nicht." Sie blickte Breitenegger und Toppe an. „Ich weiß, ich mache Fehler, aber das ist kein Wunder, schließlich bin ich noch nicht so lange in diesem Beruf wie ihr alle. Aber ich bemühe mich und bin bereit zu lernen. Ich weiß durchaus, was so jeden Tag passiert, schließlich habe ich während meiner Ausbildung ein Jahr lang bei der Sitte in Köln gearbeitet."

Van Appeldorn sah demonstrativ zur Decke, aber Astrid ließ sich nicht irritieren.

„Ich habe trotzdem Gefühle, und ich werde den Teufel tun, die zu verstecken oder gar zu begraben, nur um einen möglichst abgezockten, professionellen Eindruck zu machen. Ganz im Gegenteil: ich werde sie mir erhalten, so lange es geht." Jetzt wurde sie doch lauter. „Und es tut mir leid für Sie, Herr van Appeldorn, ich werde meine Meinung und meine Gefühle sogar laut aussprechen. Ich werde mich aufregen. Und wenn ich das nicht mehr kann, dann schmeiße ich diesen Job hin, das schwör' ich Ihnen!"

„Fertig?" fragte van Appeldorn kalt.

Sie atmete tief durch. „Ach, es hat offenbar keinen Sinn …"

„Können wir jetzt weitermachen?" fragte van Appeldorn in die Runde.

Toppe sah ihn mißbilligend an und schüttelte den Kopf.

„Was ist?" fragte van Appeldorn. „Erwartest du, daß ich jetzt was dazu sage? Das ist eine Sache zwischen Astrid und mir. Die sollten wir in einem privaten Gespräch klären."

„Das hört sich schon besser an", griff Breitenegger ein. „Also, fahren wir fort: Ich könnte mir vorstellen, daß viele Eltern davon tatsächlich nichts wissen. Lünterhoffs zum Beispiel. Wir hatten ein ganz ordentliches Gespräch. Die ahnten zwar, daß Simona mit van Velden schlief, aber von diesen Orgien wußten sie nichts. Ich glaube, zumindest der Mutter ist so einiges aufgegangen über den Unterschied zwischen Selbständigkeit von Kindern und Verwahrlosung. Sie wollte die ganze Geschichte an die Öffentlichkeit bringen, aber ihr Mann hat sie schnell gebremst, von wegen Ruf der Familie und so."

Van Appeldorn brummte Unverständliches.

Astrid blätterte den Fotostapel durch. „Diese beiden Studentinnen, Diane und Martina, die sind auf vielen Fotos drauf. Man könnte die Köpfe rauskopieren und vergrößern. Wenn ich damit zur Kunstakademie fahre und mich ein bißchen umhöre, müßten die sich doch eigentlich finden lassen, oder?"

Toppe dachte noch immer über Breiteneggers Theorie nach. Ein Racheakt? Vielleicht Erpressung?

„Wie sehen denn die Alibis der Düsseldorfer Freunde für die Tatzeit aus?“ wollte er wissen.

„Die meisten sind ziemlich mager“, antwortete van Appeldorn, „aber gerade das ist ja oft ein Hinweis, daß sie echt sind. Überprüfen konnten wir natürlich noch keins.“

„Dann wissen wir ja, was wir am Montag zu tun haben.“

„Und was ist aus deinem ‚Menetekel' geworden?“

Toppe nippte an seinem Kaffee und ließ sich Zeit. Nach dieser ganzen Mädchensache war es für ihn gar nicht so einfach, seinen eigenen Faden wiederzufinden.

Die anderen ließen ihn erzählen, enthielten sich aber jeglicher Kommentare. Sie waren alle drei zu sehr in ihre eigene Geschichte eingebunden.

„Und was geben wir am Montag an die Presse?“ fragte van Appeldorn, als sie ihren Kram zusammengepackt hatten, um endlich doch noch ins Wochenende zu gehen.

Toppe zuckte die Achseln. „Ich denke, ich rufe den Stasi an“, lächelte er dann. „Soll der doch entscheiden, wie er diesen internationalen Preisträger der Öffentlichkeit jetzt noch präsentieren will.“

26

Während das Wasser in die Wanne lief, so brühheiß, daß man es gerade eben noch aushalten konnte, ging er nach unten und holte sich ein Glas Weinbrand und einen Aschenbecher. Dann legte er sich in die Badewanne, schloß die Augen, rauchte und dachte nach.

Der alte van Velden war also allem Anschein nach für seinen ‚Widerstand' bezahlt worden. Und vermutlich hatte van Velden junior nichts davon gewußt. Was meinte noch die Frau von der Stadtbücherei? Er hatte erst im Dezember 1988 angefangen, die Bücher zur Stadtgeschichte auszuleihen, also kurz nach dieser Gedenkstunde. Kurz nachdem er Rosenberg getroffen hatte. Laut Rambach war Rosenberg ja noch bei van Velden gewesen.

Worüber mochten die beiden geredet haben?

Und van Veldens Interesse an der Restaurierung der Forstgartenanlage, über das sich so viele Leute gewundert hatten? Er wollte doch mit allen Mitteln den Auftrag kriegen. Und wenn man sich die Rechnungen der Subunternehmer anschaute, mußte er noch offensichtlich zugebuttert haben.

Hatte er in Wirklichkeit nur die Stollen gesucht?

Aber warum? Warum vor allem diese Heimlichkeiten?

Wenn sein Vater damals wirklich Geld für die Fluchthilfe kassiert hatte, warum sollte van Velden fast fünfzig Jahre später danach suchen? Das war doch nur noch wertloses Papier, mehr nicht. Den guten Ruf seines Vaters wahren? – Keiner außer ihm hätte die wahre Geschichte gekannt. Wozu also die ganze Heimlichtuerei? Ein bißchen viel Aufwand. Was also sonst?

Nach der Zeichnung zu schließen, hatte er die Stollen gefunden und einen Grundriß angelegt. War die Sache damit erledigt?

Toppe streckte sich aus. Morgen würde er sich da unten mal umsehen.

Er hatte sich entschieden: Mochte diese Mädchengeschichte im Augenblick auch vielversprechender sein, da waren der Davidstern und das ‚Menetekel', da war der Goldstiftzettel auf dem Sekretär, da war der aufgehebelte Rollschrank mit dem Grundriß. Und solange er für diese Dinge keine Erklärung fand, würde er diesen Faden nicht fallenlassen.

Wenn Norbert und Astrid in Düsseldorf weitermachten und Breitenegger mal mit einsprang, dann blieb ihm Zeit, die Antworten auf seine Fragen zu finden.

Vielleicht kam ja bald eine Nachricht aus Holland. Vielleicht fand man Salmon Rosenberg.

Er seufzte, denn er hatte wenig Lust auf das Telefonat, das er jetzt führen mußte, aber es half ja alles nichts.

Er stieg aus der Wanne, ließ aber das Wasser drin, trocknete sich nur flüchtig ab und ging ins Schlafzimmer zum Telefon.

Es war warm hier drin. Er hatte gestern abend die Heizung auf fünf gestellt und das Fenster geschlossen. Gabi konnte warme Schlafzimmer nicht ausstehen.

Frau Siegelkötter war eine hochnäsige Pute.

„Ach, Sie, Herr Toppe! Wir haben Gäste. Ist es denn wirklich so dringend?“

„Ja.“

Stasi ließ ihn geschlagene vier Minuten schmoren.

„Haben Sie unsere heutigen Berichte schon gelesen, Herr Siegelkötter?“

„Selbstverständlich nicht! Es ist Samstag.“

Toppe verzichtete auf eine Stichelei und berichtete stattdessen für seine Verhältnisse sehr plastisch von den Ergebnissen ihrer Untersuchungen in Düsseldorf.

Er freute sich über Stasis nur mühsam kaschierte Bestürzung.

„Das ist aber sehr unangenehm. Haben Sie denn wirklich einen konkreten Verdacht?“

„Tja, mag sein, daß die ganze Geschichte sich letztendlich als Fall für die Sitte in Düsseldorf erweist, aber Sie sehen doch, daß wir der Sache mit Hunolds Nichte auf den Grund gehen müssen und die Namen der anderen Mädchen brauchen.“

„Sehr unangenehm ... Ich denke da an das Bild, das in der Öffentlichkeit ...“

„Eben deshalb rufe ich Sie an. Wir haben einen zweiten Ansatz. Sie erinnern sich an das ‚Menetekel‘ und an den Davidstern?“

„Ja, ja.“

„Gut. Dort bin ich einen Schritt weitergekommen. Möglicherweise hat diese Mädchengeschichte mit der Tötung gar nichts zu tun. Allerdings ...“

„Ja?“

„Um effektiv zu arbeiten, brauche ich einen zusätzlichen Mann.“

Stasi war sofort wieder der alte: „Sie wissen, das ist unmöglich“, dachte dann aber nach und meinte: „Sind Sie sicher, daß das wirklich notwendig ist?“

„Nun ja“, gab Toppe zögernd zurück, „das müssen Sie entscheiden. Mit unserer momentanen Besetzung können wir natürlich nicht zweigleisig fahren.“

„Was machen wir denn da?“

„Geben Sie mir Ackermann.“

„Ackermann? Aber gerade im K 4 sind wir so knapp besetzt!“

„Ackermann hat Erfahrung. Sie wissen, daß er öfter bei uns ausgeholfen hat. Wir sparen uns die Zeit der Einarbeitung."

„Nun gut, in Ordnung, Sie bekommen Ackermann. Allerdings nur bis Mittwoch!"

„Gut. Da wäre noch etwas: die Pressekonferenz übermorgen ..."

An nichts anderes hatte Siegelkötter die ganze Zeit gedacht.

„Die werde ausnahmsweise einmal ich übernehmen", sagte er schnell. „Man kann Sie mit dringenden auswärtigen Ermittlungen entschuldigen."

„Wie Sie meinen", sagte Toppe sehr freundlich. „Guten Abend, Herr Siegelkötter."

„Auf Wiedersehen."

Zufrieden legte Toppe den Hörer auf. Er hatte erreicht, was er wollte, und es war nicht einmal schwierig gewesen.

Auf dem Wecker war es zwanzig nach neun.

Er ging hinunter ins Wohnzimmer, holte sich das Telefonbuch und suchte Ackermannns Nummer heraus.

Ackermann war Feuer und Flamme

„Mensch, Chef, dat find' ich echt klasse! Wir beide ma' wieder zusammen!" Seine Stimme überschlug sich. „Ja, wat mach' ich denn jetz'?"

„Ich finde es ja ein bißchen blöd, daß ich Sie so überfalle, aber wenn wir am Montag gleich loslegen wollen, müßten Sie sich vielleicht morgen schon mal die Berichte angucken. Meinen Sie, Sie haben Zeit dazu?"

„Dat is' doch wohl keine Frage, Chef. Hätt' ich sowieso gemacht. Nee, klar, dat kriegen wir schon gebacken."

„Prima. Ich bin gespannt, was Sie zu der ganzen Sache sagen. Vielleicht kommt Ihnen ja eine zündende Idee."

„Ach nee", druckste Ackermann verlegen, „dat is' doch wohl mehr Ihr Metier."

„Okay, bis Montag dann."

„Ja, bis Montach, und ... danke, Chef."

„Danke? Wofür denn?"

„Ach, Mensch, Sie wissen doch: Mord ist ja ..."

„... sozusagen Ihr Hobby, ich weiß schon", lachte Toppe und verabschiedete sich.

Dann tippte er nur kurz mit dem Finger auf die Gabel, wartete auf das Freizeichen, wählte die Auslandsauskunft und ließ sich die Nummer vom Centerpark geben.

Die Zentrale teilte ihm in perfektem Deutsch mit, seine Frau sei in Bungalow 39 und man würde ihn durchstellen.

Er ließ es zehnmal klingeln und gab dann erleichtert auf. Er wußte sowieso nicht, was er sagen sollte.

Die Weinbrandflasche stand noch auf dem Tisch. Nachdenklich betrachtete er den Flaschenboden. Sein Glas hatte er oben im Badezimmer vergessen. Er holte ein Wasserglas aus dem Schrank, goß es halbvoll und nahm es mit hoch in die Wanne.

Das Wasser war kalt geworden. Er zog den Stöpsel und ließ gleichzeitig heiß nachlaufen.

Dann tauchte er unter, hielt die Luft an und zählte. Fünfundvierzig, gar nicht so schlecht!

Prustend kam er hoch, nahm das Glas und trank einen großen Schluck.

Er versuchte probeweise ein paar sachliche, sortierte Gedanken über Gabi und sich, merkte aber, daß er sofort sauer wurde. Er fühlte sich von ihr gemaßregelt und zur Seite gedrängt. Was sie wohl den Kindern so erzählte? Schließlich waren die so klein auch nicht mehr. Die kriegten doch mit, was lief. Sie hatte kein Recht, einfach abzuhauen und die Kinder mit reinzuziehen.

Seine Gedanken glitten ab zu seinem anderen Problem. Astrid war ihm wieder sehr nahe gekommen. Wenn er nicht mitten in diesem Fall steckte, wäre es mit seiner Standhaftigkeit nicht mehr so weit her, da war er ganz sicher.

Er ließ sich in seine Träume fallen.

Später legte er sich, nur in seinen Bademantel gewickelt, aufs Sofa, stellte die Weinbrandflasche neben sich auf den Teppich und schaltete die Fernsehkiste ein.

Am Sonntag morgen erwachte er vom Knallen der Haustür und dem Gebrüll der Jungen, die durch den Flur tobten. Sein Kopf dröhnte, und seine Zunge klebte ihm dick und pelzig am Gaumen.

Schwerfällig pellte er sich aus dem Bett und tappte in den Flur ans Treppengeländer.

Gabi hievte gerade den Koffer herein.

„Ihr seid schon zurück?“

„Offensichtlich“, schnappte sie und warf einen Blick hinauf. „Wie siehst du denn aus?“

„Wieso?“ Er sah an sich hinunter.

„Hast du die Nacht durchgesumpft?“

Er lächelte verlegen. „Bißchen viel Schnaps vor dem Fernseher gestern abend.“

Aber sie sah ihn schon gar nicht mehr an. „Hast du die Blumen gegossen?“

„Scheiße! Das hab' ich total vergessen!“

„Schon klar“, winkte sie ab und verschwand in der Küche.

Wütend ging er ins Bad und knallte die Tür hinter sich zu. Schon wieder hatte sie ihm ein schlechtes Gewissen gemacht.

Er duschte, zog sich langsam an und rasierte sich ausgiebig.

Als er in die Küche runterging, hoffte er, daß er ruhig genug für ein Gespräch war.

Gabi stand am Herd und setzte Nudelwasser auf.

„Wo sind die Kinder?“ fragte er.

„Draußen.“

„Gut.“ Er legte ihr die Hände auf die Schultern und drehte sie zu sich herum.

„Wir müssen endlich vernünftig miteinander reden.“

„Ach“, meinte sie zickig. „Und worüber willst du reden?“

Aber sie hielt ihre Rolle nicht durch, schluckte zweimal und fing dann an zu schluchzen.

Er nahm sie in die Arme. „So geht das nicht, Gabi. Was kann ich denn noch sagen, wenn du weinst?“ Er streichelte ihren Rükken. „Warum bist du einfach alleine gefahren?“

Toppe merkte, wie sie sich steifmachte. Dann schob sie ihn von sich, schenkte ihm einen giftigen Blick und in Nullkommanichts war sie wieder bei ihren Vorwürfen: sie sei täglich sechzehn Stunden im Einsatz, was er nicht einmal mitkriegte; für die Kinder sei sie doch ganz allein verantwortlich, oder habe er sich zum Beispiel mal bei irgendeinem Lehrer blicken lassen? Nie sei er zu Hause, und wenn, dann mache er sich einen schönen Lenz. Was das alles denn noch mit einer Ehe zu tun habe?

„Das frage ich mich auch", antwortete er bitter. „Ich kümmere mich also absichtlich nicht um euch? Ihr seid mir also egal? Prima! Kannst du mir sagen, warum du dann mit einem solchen Arschloch überhaupt noch zusammen sein willst, he?"

Sie kniff die Lippen zu einen dünnen Strich und sah ihn nicht an.

„Aus reiner Gewohnheit?"

„Hör doch auf, Helmut."

„Wenn's nur noch Gewohnheit ist, dann sollten wir es doch besser bleiben lassen!"

„Du machst es dir leicht", sagte sie leise. „Einfach alles hinschmeißen! Warum tust du das? Warum sagst du so was?"

„Weil du mir weh tust!" brüllte er.

„Ich dachte, du wolltest mit mir reden", zwang sie sich zur Ruhe.

„Das nennst du reden? Du jammerst, du beschimpfst mich, du schurigelst mich, behandelst mich wie eins von den Kindern, ach was, schlimmer noch. ‚Hast du die Blumen gegossen?' Stets zu Diensten, Mam Sahib!"

„So ein Quatsch! Ich rege mich doch nicht grundlos auf. Ich bin doch nicht die einzige, die mitkriegt, was läuft. Was meinst du denn, was die Kinder dazu sagen? Du bist niemals hier, und wenn, dann bist du kaputt. Meine Mutter sagt auch ..."

„Ach", schrie er, „darauf habe ich bloß noch gewartet! Das mußte ja auch noch kommen. Mensch, wie mich das ankotzt: du und deine Mutter!"

„Das ist doch ungerecht. Ohne Mutter käme ich doch überhaupt nicht klar hier."

„Ja, wahrhaftig", sagte er böse, „der Satz trifft den Nagel auf den Kopf."

„Helmut", bat sie und fing wieder an zu weinen.

„Ja, das willst du nicht hören. Du darfst mir alles an den Kopf knallen, aber wenn ich was sage, fängst du an zu heulen. Meinst du denn, ich vermisse nichts hier? Wann haben wir denn zum Beispiel in letzter Zeit mal gelacht?"

Sie schnaubte nur und schüttelte den Kopf, offenbar über soviel Dummheit.

„Fröhlichkeit", meinte er, mehr zu sich selbst, „Spaß und auch Wärme."

„Au fein", spie sie, „der Herr kümmert sich um gar nichts, aber wenn er dann nach Hause kommt, erwartet er das perfekte Heim. Wir sind doch nicht in einem Hollywoodschinken!"

Er sah sie resigniert an und stand auf.

„Du verstehst überhaupt nichts", sagte er müde, ging in den Flur, zog seinen Mantel an und verließ das Haus.

Die Kinder düsten auf ihren Mountainbikes die Straße runter, und Oliver winkte ihm zu.

Er nickte, stieg ins Auto und fuhr los.

27

Er fuhr gegen seinen ganzen Frust an, rauschte mit 140 am Englischen Friedhof vorbei, und erst als er die Grenze in Groenewald vor sich sah, fand er wieder in die Wirklichkeit zurück, bog rechts ab in Richtung Kranenburg, langsamer jetzt und ruhiger. Auf der Höhe der Alten Bahn fiel ihm plötzlich ein, daß er die sonntägliche Verabredung mit Arend und Sofia vollkommen vergessen hatte.

Irgendwo in Nütterden, es konnte auch Donsbrüggen sein, fand er eine Telefonzelle.

Arend hatte seine heitere Gelassenheit während der letzten zwei Stunden anscheinend verloren.

„Mensch! Gut, daß du anrufst! Was ist denn los bei euch?"

„Wieso?" fragte Toppe lahm und spielte auf Zeit.

„Du bist gut! Wieso? Seit über zwei Stunden warten wir. Gerade eben ruft Sofia bei euch zu Hause an. Und was ist? Gabi weiß von gar nichts, bricht in Tränen aus und legt einfach auf."

„Ja", antwortete Toppe. „Tut mir leid."

Bonhoeffer wartete noch, aber dann wurde es ihm zu bunt. „Mehr sagst du nicht dazu? Nur: Tut mir leid?"

„Wir hatten Krach."

„Schon wieder?"

„Noch immer."

„Hm ... es hört sich an, als wärst du in einer Telefonzelle ..."

„Bin ich auch."

„Was ist? Willst du rüberkommen? Der Tisch ist noch gedeckt."

Toppe zögerte nur kurz. „Nein. Seid mir bitte nicht böse, aber mir ist im Moment nicht danach. Ich mache mich lieber an meine Arbeit."

„Wie du meinst, Helmut, aber du kannst dich auch nicht ewig hinter deiner Arbeit verstecken. Meldest du dich bald?"

„Ganz bestimmt."

Er fuhr ohne weiteren Umweg zum Amphitheater.

Sein Magen knurrte aggressiv – er hatte noch nicht einmal einen Kaffee getrunken. Vielleicht später im Präsidium ...

Nur mit Mühe fand er eine freie Parklücke am Tiergarten. Es war allerhand Betrieb – meist Väter mit Kleinkindern. Mutter kochte zu Hause das Mittagessen, oder vielleicht schlief sie auch aus – auf jeden Fall hatte sie mal für zwei Stunden die Kinder vom Hals. So hatten sie's früher ja auch gemacht.

Schräg auf dem Bürgersteig vor den Teichen parkte ordnungswidrig ein rostiger, hellroter Kadett, den Toppe auch ohne den Aufkleber *Honourable Member of the Rubber Duckies* an der Heckscheibe erkannt hätte.

Ackermann hatte sich augenscheinlich schon eingearbeitet und schien zu denselben Schlußfolgerungen gekommen zu sein.

Toppe entdeckte ihn oben am Ceres-Tempel und winkte ihm zu.

Ackermann winkte mit beiden Armen zurück und machte ihm wilde Zeichen, er solle hochkommen.

„Morgen, Ackermann! Sie haben sich aber schnell an die Arbeit gemacht", klopfte ihm Toppe, vom schnellen Aufstieg außer Atem, auf die Schulter.

Ackermann, die schwere Brille ganz vorn auf der Nasenspitze, grinste von einem Ohr bis zum anderen. „Dat is' doch wohl keine Frage. Is' doch spannend, die Geschichte. Dat Ding mit den Stollen hier – wie bei Karl May! Wissen Se noch, Pierre Brice in Jugoslawien?"

Er schob mit dem Zeigefinger die Brille hoch und sah sich suchend um. „Irgendwo hier in der Kante war der Eingang ..."

Toppe stutzte. „Sagen Sie bloß, Sie kennen diese Stollen."

„Klaro! Ham wer früher öfters drin gespielt, wenn wer bei Tante Mia war'n, auf 'm Rindernschen Deich. War klasse! Von wegen Robinsonspielplatz! So wat hatten wir nich' nötich. Kommen Sie", er packte Toppe am Ellbogen, „et war, glaub' ich, noch 'n Stücksken höher rauf. Aber et sieht alles so anders aus, jetz', so zugewachsen, un' dann all dat Baugerümpels hier."

Er stieß mit dem Fuß gegen einen unordentlichen Stapel Schalbretter, der gleich ins Rutschen geriet.

„Ach, schau ma' einer, kuck", stieß er aufgeregt aus, ging auf Hände und Knie, kroch hinter den Stapel und fing an, Moniereisen, Stahlmatten und anderes Zeug zur Seite zu räumen.

„Ich hab' den Eingang", strahlte er und kam langsam hoch.

Seine Hose war lehmverschmiert, sein Parka vollgespritzt mit Rostwasser.

„Au, au", meinte er, „dat gibt wieder Ärger mit meiner Alten. Aber wat sollet? Die hat se im Moment sowieso nich' alle."

Toppe ging in die Hocke und warf einen Blick in die 1,50 m x 1,00 m große Öffnung, die Ackermann freigeräumt hatte.

„Vorsicht", hielt ihn Ackermann zurück, „sons' sehen Sie nachher au' noch aus wie Sau!"

„Auch schon egal", brummte Toppe.

„Ham Se auch dat Pömpken geschuurt gekrecht?" grinste Ackermann verschwörerisch, aber Toppe wußte nicht, was er meinte.

„Na, den Wurm gesegnet, mein' ich. Zoff mit Mama."

„Kann man sagen", nickte Toppe grimmig.

„Och“, blinzelte Ackermann treuherzig durch die dicken Gläser, „dat gibt sich wieder. Einfach nich’ ignorieren, sach ich immer.“

„Haben Sie vielleicht eine Taschenlampe im Auto?“ fragte Toppe und steckte seinen Kopf in den dunklen Eingang.

„Nö, aber ’n Feuerzeuch hätt’ ich da.“

Auch Toppe kramte sein Feuerzeug aus der Hosentasche.

Beide leuchteten sie hinein, aber es reichte gerade aus, drei, vier Stufen zu erahnen, die hinunter in den Berg führten.

„Ägyptische Finsternis“, flüsterte Ackermann ergriffen. „Möcht’ bloß wissen, wat der alte Geck hier gesucht hat.“

Dann stand er auf und tippte Toppe auf den Rücken. „Et hilft nix, wir brauchen Lampen, wenn wer da reinwollen. Un’ vorsichtich müssen wer auch sein, verdammich! Die Dinger waren schon vor zwanzig Jahren baufällich.“

„Ja, ja“, sagte Toppe und wischte an seinen Hosenbeinen herum, was einzig den Erfolg hatte, daß jetzt auch noch seine Hände dreckverschmiert waren. „Wir müssen bei der Stadt anrufen. Das muß sicher genehmigt werden. Ich frage mich nur, wie wir das begründen sollen. Wir wissen ja noch nicht mal, wonach wir eigentlich suchen.“

„Dat werden wer aber auch nich’ rauskriegen, wenn wer nich’ reinkommen“, gab Ackermann munter zurück. „Ich bin echt gespannt, wie dat jetz’ da unten aussieht. Früher kam man da bloß so ’n Stücksken rein, bis anne Stelle, wo zwei Gänge nach rechts un’ links abgingen. Da war dann so ’n dickes Eisengitter. Vielleicht müssen wer ja sogar noch selber buddeln.“ Seine Augen blitzten unternehmungslustig. „Warten Sie ma’ ebkes.“

Er schob den Bretterstapel wieder vor den Eingang und packte anderes Gerümpel davor, bis man die Öffnung, auch wenn man direkt davor stand, beim besten Willen nicht mehr erkennen konnte.

„Wollen do’ nich’, dat uns einer zuvorkommt“, brummelte er in seinen flusigen Bart.

„Wat also jetz’?“ fragte er, als sie zu ihren Autos zurückgingen.

„Na ja“, meinte Toppe trübe, „ich rufe morgen bei der Stadt an ...“

„Wat anderes fällt mir auch nich' ein im Moment. Et sei denn, die Kollegen in Rotterdam würden den Rosenberg finden. Dat wär wat!"

Kurz vor dem Präsidium bremste Toppe trotzig. Hatte er eigentlich eine Meise, ins Büro zu fahren, um Kaffee zu trinken und ein paar muffige Plätzchen zu essen?

Schließlich hatte er ein Zuhause!

Er schaute kurz ins Wohnzimmer – die Kinder saßen vor dem Fernseher und aßen Chips.

Gabi hörte er in der Waschküche hantieren.

Sie hatten ihm nichts vom Mittagessen aufgehoben.

Er stellte die Kaffeemaschine an und suchte nach Brot. Es war keins da.

Im Kühlschrank fand er zwei angetrocknete Scheiben Rauchfleisch und ein klägliches Ei.

Beides schmiß er in eine Pfanne und schnitt noch eine saure Gurke drauf.

„Ach, du bist ja wieder da!" Gabi kam herein.

„Ja."

„Da hat einer für dich angerufen."

„Ja?" Er drehte sich um. „Wer denn?"

„Weiß nicht", zuckte sie die Achseln. „Die Verbindung war schlecht. Hörte sich an wie Simon Rosenberg, oder so."

Toppe hielt die Luft an. „Salmon Rosenberg?!"

„Kann auch sein."

„Und? Was hat er gesagt?"

„Nichts. Ich hab' gesagt, du bist nicht da. Ich wüßte nicht, wo du wärst und wann du wiederkommst."

Toppe starrte sie entgeistert an. „Das kann doch wohl nicht wahr sein! Bist du verrückt?"

„Wieso?" sagte sie schnippisch. „Ich wußte doch nicht mal, ob du überhaupt wiederkommst."

Toppe ließ sich auf einen Stuhl fallen, stützte die Stirn in die Hände und wollte es nicht glauben.

28

Als Toppe am Montag morgen ins Büro kam, war es noch dunkel, aber er hatte zu Hause keine Ruhe mehr gehabt.

Er schaltete die mit den Jahren funzelig gewordene Neonbeleuchtung ein, nahm sich aber nicht die Zeit, seinen Mantel auszuziehen, sondern ging gleich zu seinem Schreibtisch.

Oben auf dem Stapel mit der Samstagspost lag das, was er erhofft hatte: ein Fax von den Kollegen aus Rotterdam.

Sie hatten Salmon Rosenberg bei der Familie Kersten angetroffen. Er hatte ein einwandfreies Alibi für die Tatzeit, war aber bereit auszusagen. Kerstens Adresse und Telefonnummer standen auf dem Zettel.

Es war erst zwanzig vor acht; noch zu früh, die Leute anzurufen.

Toppe zog seinen Mantel aus und hängte ihn auf. Dann blätterte er den restlichen Stapel durch.

Da waren die Ausschnittvergößerungen von den Gesichtern der beiden Studentinnen, die Astrid bestellt haben mußte, und ein Brief mit dem Absender St. Willibrordus-Spital, Emmerich.

Er stutzte. Hatte Arend doch noch etwas gefunden?

Aber das Schreiben drehte sich um eine ganz andere Geschichte:

Sehr geehrter Herr Toppe,

wir haben heute morgen den Kadaver der von Ihnen unsachgemäß entsorgten Katze exhumiert, da eine derartige Einbringung ins Erdreich unter seuchenhygienischen Gesichtspunkten unter keinen Umständen vertretbar ist (TierkörperbeseitigungsG BGBl I, S. 2312 vom 2.9.75; BseuchG §10; TiersG §26).

Wir fordern Sie auf, den Kadaver am Montag, den 6.11.91, bis spätestens 15.30 Uhr bei Herrn Schäfer (Hol- und Bringedienst) abzuholen und eine ordnungsgemäße Entsorgung vorzunehmen. Andernfalls sehen wir uns leider gezwungen, den Abdeckdienst in Marl mit dieser Aufgabe zu betrauen und Ihnen die dadurch entstehenden Kosten in Rechnung zu stellen.

Hochachtungsvoll

Klothilde Vermeulen
(Hygieneschwester)

Montag, der 6., das war heute.

Toppe köchelte vor sich hin, und Ackermann, der wie immer überpünktlich erschien, kriegte den ganzen Segen ab. Aber der amüsierte sich nur königlich.

„Geben Se mir ma' den Brief. Der Freund von meine Nichte studiert auf Anwalt. Ma' kucken, wat sich da machen läßt. Ich muß gleich sowieso noch ma' ebkes dringend wech. Gibbet sons' noch Neuichkeiten?"

Das Fax aus Rotterdam ließ ihn vor Begeisterung hüpfen, und er konnte überhaupt nicht einsehen, daß Toppe mit dem Anruf noch warten wollte.

„Et geht doch um Mord, Chef!"

„Oder Totschlag ..."

„Als ob dat wohl 'n Unterschied macht!" meinte Ackermann und hibbelte durchs Zimmer.

Van Appeldorn, der gerade hereinkam, stoppte abrupt mitten in seinem „Guten Morgen", starrte erst Ackermann und dann Toppe an.

„Erzähl mir bloß nicht, daß der jetzt ..."

Aber Ackermann ließ ihn gar nicht erst richtig zu Wort kommen. „Darf ich mich vorstellen? Gestatten, Ackermann, Mädchen für alles. Oder sollt' ich vielleicht besser sagen: Jüngsken für alles? Auf alle Fälle, allzeit bereit, wie der Pfadfinder sacht. Un' immer ..."

„Setz dich, Ackermann", quetschte van Appeldorn gequält durch die Zähne, und Ackermann setzte sich.

Er schlug das linke Bein über das rechte und wippte mit dem Fuß. Wenn er gekränkt war, ließ er es sich jedenfalls nicht anmerken.

„Hier, Helmut." Van Appeldorn legte Toppe ein Papier auf den Schreibtisch. „Der Dienstreiseantrag für Garmisch. Oder ist das inzwischen vom Tisch?"

„Nein, nein, wir müssen mit der Nadine Berger sprechen. Bin bloß gespannt, ob Siegelkötter das auch so sieht. Bringst du ihm den Antrag selbst rüber?“

„Klar. Da wäre auch noch ...“

„Ich weiß schon, die Geschichte mit Amsterdam ...“

„Meinst du nicht, wir könnten ...?“

Ackermann fing an, laut vor sich hinzusummen.

„Doch, doch“, antwortete Toppe, „das wäre wohl so am einfachsten.“

Er nahm ein Formular aus der Schublade. „Das war am ...?“

„Am 30. 10.“, sagte van Appeldorn und drehte sich zu Ackermann um. „Ackermann! Wenn du deine große Schnauze nicht hälst ...“

Ackermanns Summen ging in ein fröhliches Pfeifen über; er betrachtete intensiv die Zimmerdecke.

„... dann können die Rubber Duckies schon mal für 'nen Kranz sammeln, das schwör' ich dir.“

Aber Ackermann reagierte nicht, pfiff weiter und porkelte hingebungsvoll an seinen Fingernägeln.

Toppe füllte den rückdatierten Antrag aus, unterschrieb, riß das Original in winzige Fetzen, warf sie in den Papierkorb und legte die Durchschrift in seine Schublade.

„Ackermann!“ Van Appeldorn ließ nicht locker.

„Ja?“ Ackermann sah auf. „Is' wat? Ich war grad total in Gedanken“, grinste er spitzbübisch.

„Ich meine das todernst!“

„Ach“, lachte Ackermann, „mein Name is' doch schon immer Hase gewesen, wissen – weißt du dat nich' – *Norbert*?“

Van Appeldorn zuckte zusammen. Das war also Ackermanns Preis. Er entschied sich fürs Ignorieren, nahm den Antrag für seine Reise nach Garmisch und machte sich auf den Weg zum Stasi.

„Viel Glück – *Norbert*!“ flötete Ackermann ihm hinterher.

Das Telefon schellte.

Es war Breitenegger, der sich abmeldete. Er wollte gleich von zu Hause aus nach Düsseldorf fahren.

„Weißt du, wo Astrid steckt?“ fragte ihn Toppe.

„Die wollte doch an der Akademie die beiden Studentinnen suchen.“

Toppe hatte gerade aufgelegt, als Astrid hereingewirbelt kam. Sie war völlig außer Atem, erhitzt und zerzaust, aber das machte sie eher noch reizvoller.

Schwungvoll knallte sie ihre Tasche auf den Schreibtisch.

„Entschuldigung, ich hab' doch tatsächlich verschlafen.“

„Ist schon in Ordnung“, meinte Toppe und schenkte ihr einen sehnsüchtigen Blick, den sie sofort ausgiebig erwiderte.

„Morgen, Herr Ackermann“, sagte sie dann nett und gab ihm die Hand. „Hat Klaus mir die Fotos gemacht?“

Toppe nickte.

„Ich hör' immer Klaus“, ließ sich Ackermann vernehmen. „Wat denn für 'n Klaus? Is' ja nur dat man't weiß.“

„Van Gemmern“, antwortete Toppe und gab Astrid die Fotos.

„Hat der denn jetz' au' noch dat Fotolabor übernommen?“ porkelte Ackermann.

Aber Astrid lachte ihn an. „Nein. Das macht der nur für mich!“

„Hi, hi“, kicherte Ackermann, „muß Liebe schön sein.“

Und er versuchte, einen verschwörerischen Blick mit Toppe zu tauschen, aber der runzelte nur ungehalten die Stirn.

Nach flüchtigem Klopfen betrat van Appeldorn schlacksig Stasis Büro.

Siegelkötter telefonierte und ließ sich nicht stören. Van Appeldorn wartete nicht lange auf eine Aufforderung, sondern ließ sich in den schwarzen Besuchersessel fallen und streckte seine Beine aus.

Endlich legte Siegelkötter den Hörer auf.

„Nun, Herr van Appeldorn? Was kann ich für Sie tun?“

Kommentarlos schob ihm van Appeldorn den Dienstreiseantrag auf den Tisch.

„Garmisch-Partenkirchen?“ Siegelkötter war entsetzt. „Ja, muß denn das sein?“

„Ja“, meinte van Appeldorn nur und sah Stasi herausfordernd in die Augen.

„Nach Studium der Sachlage sehe ich da absolut keine Dringlichkeit, Herr van Appeldorn."

„Nicht?" fragte van Appeldorn gedehnt und stand auf. „Gut, dann müssen wir wohl die Kollegen von der Sitte in Düsseldorf bitten, diesen Aspekt des Falles zu übernehmen."

„Moment, Herr van Appeldorn, Sie meinen also ...?"

„Ja, das meine ich."

„Wie lange würden Sie denn weg sein?"

„Zwei, drei Tage."

„Nun gut, zwei Tage", sagte Siegelkötter bestimmt und setzte seinen Wilhelm auf das Papier.

Van Appeldorn war schon fast an der Tür, aber Stasi hielt ihn zurück.

„Da wäre noch die andere Sache. Ihre angebliche Dienstreise nach Amsterdam ..."

„Ja", staunte van Appeldorn, „ist das denn immer noch nicht geklärt?"

„Nein."

„Das verstehe ich nicht. Ich habe damals den Antrag, zusammen mit anderen Papieren, Ihrer Sekretärin auf den Schreibtisch gelegt. Fragen Sie Herrn Toppe, der müßte doch noch die Durchschrift haben."

Siegelkötter winkte ab. „Ja, ja. Jetzt entschuldigen Sie mich bitte. Ich muß mich auf die Pressekonferenz vorbereiten."

Toppe versuchte seit fünfzig Minuten, nach Rotterdam durchzukommen, aber schon auf halber Strecke war immer besetzt.

Ackermann war „ma' ebkes auf 'n Sprung wat erledigen; dauert nur 'n knappes Stündken", Norbert hatte sich mit „in Garmisch liegt Schnee, ich glaub', ich nehm' meine Skier mit" verabschiedet und Staatsanwalt Stein hatte kurz hereingeschaut, um sich von den neuesten Entwicklungen berichten zu lassen.

Toppe legte eine Wählpause ein und ging in den Waschraum, um Wasser für die Kaffeemaschine zu holen. Auf dem Rückweg hörte er das Telefon im Büro schrillen, aber er sah keinen Anlaß für besondere Eile, stellte in Ruhe die Kanne mit dem Wasser neben die Kaffeemaschine und ging dann gemächlich zum Telefon.

„Oh, es ist ja doch jemand da. Ich wollte es gerade aufgeben“, sagte eine männliche Stimme mit einem kleinen weichen Akzent, den Toppe nicht einordnen konnte.

„Mein Name ist Salmon Rosenberg.“

Ackermann kam nach etwas mehr als einer Stunde händereibend ins Büro zurück.

„So, dat hätten wir auch. Wat is' los, Chef? Sie sehen aus, als hätten Se beim Spiel Siebensiebzich gewonnen.“

„Rosenberg kommt morgen früh um zehn Uhr zu uns“, antwortete Toppe beinahe feierlich.

„Echt? Stark! Hier“, gab er Toppe den Schrieb von der Hygieneschwester zurück.

„Haben Sie den Freund Ihrer Nichte schon erreicht?“ staunte Toppe.

„Quatsch“, lachte Ackermann und wollte sich gar nicht beruhigen. „Meine Nichte hat doch ga' kein' Freund, die is' ma' grade erst fünf! Aber ich hab die Katt abgeholt.“

„Und jetzt?“

„Dann hab' ich se ordnungsgemäß entsorgt. Ich konnt' doch nich' mit ankucken, dat Sie für so 'n Killefitt au' noch latzen sollen.“

„Und wie haben Sie die Katze entsorgt?“ fragte Toppe mißtrauisch.

„Ganz ordnungsgemäß mit de Schüppe gleich hier unten neben de Tür im Beet.“ Er wieherte. „Ordnungsgemäßer geht et doch nich'. Quasi unter ordnungshüterlicher Aufsicht, wa?“

29

Die Schlagzeilen in der Niederrhein Post am Dienstag morgen hatten Toppe schon beim Frühstück mit grimmiger Freude erfüllt, und auch Ackermann winkte begeistert mit der Zeitung, als er ins Büro kam.

Van Velden – Opfer oder Ehrenmann? – Die Antworten des Polizeichefs werfen viele Fragen auf!

„Haben Sie dat hier schon gelesen?" flüsterte Ackermann feucht. „'n Satz mit x, dat war wohl nix!"

Van Appeldorn drückte sich weniger verhalten aus, als er gegen neun aus Bayern anrief: „Da hat der Alte sich wohl selbst ins Knie gefickt."

„Woher weißt du denn davon?" fragte Toppe verblüfft.

„Sag bloß, ihr habt die Bildzeitung noch nicht gelesen! Dann hör mal zu: *Drogen, Sex und Tod* (drei Ausrufezeichen). *Klever Polizeichef verteidigt Pornokünstler.*"

Toppe notierte die Schlagzeile und schob den Zettel Ackermann rüber. Der hielt sich die Hand vor den Mund.

„Irgendeiner von den Reportern muß Wind von der Sache gekriegt haben. Die sind ja nicht auf den Kopf gefallen", meinte van Appeldorn. „Aber wenn du mich fragst, ich habe gar nichts dagegen. Paß mal auf: Meine schöne Dienstreise ist ein totaler Flop. Das Mädchen hab' ich nicht zu Gesicht gekriegt. Als ich gestern hier ankam, lag die junge Dame im Krankenzimmer, und der Arzt ließ mich nicht zu ihr. Nervenzusammenbruch."

„So, so, Nervenzusammenbruch. Und warum?"

„Entwicklungsbedingte Kreislaufschwäche, sensibel, überarbeitet, dem Leistungsdruck nicht gewachsen – blabla. Heute morgen bin ich sofort wieder hin. Und jetzt rate mal!"

„Keine Ahnung. Ist sie gestorben?"

„Das nun nicht gerade. Ihre Eltern haben sie mit Sack und Pack abgeholt und sind mit ihr in einen Kurzurlaub gefahren, zwecks Genesung. Ziel: unbekannt."

„Hört sich nach Panik an."

„Sicher. Denen geht der Arsch auf Grundeis. Aber ich komme noch heute zurück. Und ab morgen stehe ich regelmäßig bei denen auf der Matte. Irgendwann tauchen die schon wieder auf. Ich melde mich, wenn ich wieder in Kleve bin."

Salmon Rosenberg war ein pünktlicher Mensch. Er selbst empfand das nicht als besondere Tugend, es war einfach ein Teil von ihm. So selbstverständlich wie sein tägliches frisches Hemd, cremefarben oder grau mit englischem Kragen, wie das allabendliche Putzen seiner Brillengläser, bevor er sie auf dem Nachttisch ablegte.

Um Schlag zehn öffnete er die Tür zu Toppes Büro.

Er entsprach dem Bild, das Toppe sich von ihm gemacht hatte, fast zu genau: ein feiner, älterer Herr in Anzug und Weste, dunkelblauem Cashmeremantel und Hut. Seine Stimme war eher leise, seine Gesten klein, aber all das zusammengenommen war von einer verblüffenden Eindringlichkeit.

Toppe begrüßte ihn, nahm ihm Hut und Mantel ab, bot ihm einen Platz an und staunte über Ackermann. Der erhob sich nämlich von seinem Stuhl, stellte sich – hochdeutsch – vor, verzog sich dann ganz hinten an Breiteneggers Schreibtisch und sagte fortan kein Wort mehr.

Toppe stellte den Cassettenrecorder auf den Tisch.

„Ich hoffe, Sie sind einverstanden, wenn ich unser Gespräch auf Band aufnehme. Es erleichtert hinterher das Berichteschreiben."

„Ja, ich bin einverstanden. Warum nicht?"

„Prima. Ich möchte Ihnen erst mal erklären, wie wir überhaupt auf Sie gekommen sind."

Er gab Rosenberg eine Kopie des Lageplans mit der Adresse am Rand. „Dies haben wir in van Veldens Atelier gefunden."

Rosenberg sah sich den Plan gründlich an und nickte dann. „Ich habe diese Zeichnung zwar niemals gesehen, aber ich kann mir vorstellen, was es sein soll."

Toppe schaute ihn nur fragend an.

„Die Katakomben", sagte Rosenberg mit einem kleinen Fragezeichen in der Stimme. „Eine alte Geschichte. Der Vater von Roderik van Velden hat meiner Familie zur Flucht aus Nazideutschland verholfen. Sie wissen davon?" deutete er Toppes Gesichtsausdruck richtig.

„Leider viel zu wenig", antwortete Toppe und sah auf die Zeichnung.

„Die Katakomben", nickte Rosenberg, „ein Wort, das mein Vater dafür gefunden hat, viel später. Es war so: Antonius van Velden hat uns eines Nachts mit seinem Lastwagen abgeholt.

Aber er brachte uns nicht sofort über die Grenze, sondern versteckte uns erst einige Zeit in diesen Gewölben."

„Kannten Sie die Gewölbe?"

„Nein. Ich habe noch immer keine Vorstellung, was oder wo das ist. Es könnte ein feuchter Keller gewesen sein, aber ich erinnere mich, daß wir über Erde und Gras gelaufen sind und daß es Bäume und Büsche gab, aber kein Haus, glaube ich."

„Wir haben eine Vermutung, wo diese Gewölbe sein könnten."

„Oh ja? Werden Sie es mir sagen?"

„Natürlich. Wir glauben, daß es sich um die alten Stollen der Heilquelle am Amphitheater handelt."

Rosenbergs Gesicht blieb ausdruckslos.

„Unten am Forstgarten", sagte Toppe.

„Ja!" antwortete Rosenberg, aber er schien noch immer nach einer Erinnerung zu suchen.

„Woher wußte Roderik van Velden von diesen Stollen?"

„Von mir, denke ich", antwortete Rosenberg. „Ich sollte das erläutern. Man hatte mich 1988 in Ihre Stadt eingeladen, an einer Mahnstunde teilzunehmen für das erste große Pogrom. Ich war nicht sicher, ob ich kommen sollte, aber ich bin doch gekommen." Er sprach langsam, so als suche er nach den richtigen Worten. „Es war eine absurde Situation: da kamen plötzlich meine Erinnerungen und trafen zusammen mit dieser Pseudorealität, verstehen Sie? Und da habe ich die Beherrschung verloren. Es war sehr peinlich für die anderen Menschen und für mich. Roderik van Velden hat die Situation gerettet, so erstaunlich das sein mag. Vielleicht hat er geglaubt, ich hätte über ihn gelacht. Ich weiß es eigentlich nicht."

„Und er hat sie eingeladen."

„Sie wissen auch davon, ja, natürlich."

Toppe fühlte sich unbehaglich bei diesem Satz.

„Er lud mich ein, ja. Und ich sagte mir schließlich: warum nicht? Ich ging zu ihm, und er war sehr – fürsorglich. Und sehr wißbegierig. Er wollte alles erfahren über die Flucht, über die Katakomben, vor allem über seinen Vater. Und ich dachte wieder: warum nicht? Und so klärte ich ihn über seinen Vater auf."

„Sie klärten ihn auf?"

„Das sagt man doch: aufklären? Antonius van Velden hat damals von meiner Familie und von allen anderen jüdischen Familien viel Geld für seine Hilfe bekommen, sehr viel Geld.

Er trug ein hohes Risiko, nicht wahr? Aber das Geld war ihm nicht genug. Er hat uns beraubt. Meine Eltern, auch die anderen Menschen, die mit uns waren, konnten nur wenige kleine Dinge mitnehmen auf die Flucht. Es war lange vorbereitet. Es waren Kostbarkeiten. Anfangskapital für eine neue Existenz in einem anderen Land."

„Was meinen Sie mit Kostbarkeiten?"

Zum ersten Mal lehnte sich Rosenberg zurück. Er machte eine kleine, unbestimmte Handbewegung. „Ich denke, ich kann das nicht schätzen. Ich erinnere mich natürlich an einige Dinge, die ich als Kind um mich hatte, die mein Vater in den Koffer packte, die meine Eltern später manchmal erwähnten, aber der Wert ..."

„Was waren das für Dinge?"

„Ich erinnere mich an eine kleine Landschaft von Watteau, die in der Bibliothek gehangen hatte."

„Ein Watteau?" Toppe konnte es gar nicht glauben. „Aber der ist heute ..."

„... sehr viel Geld wert", lächelte Rosenberg. „Das war er damals schon. Wir waren keine armen Leute. Der Watteau war ein Erbstück meines Großvaters, der sich sehr für Malerei interessierte. Wir hatten andere schöne Dinge: Meißener Porzellan, Silber. Meine Mutter hatte kostbaren Schmuck."

Er stockte.

„Ja?" forderte Toppe ihn auf.

„Sie trug ihn in einem Beutel an ihrem Busen. Van Velden hat sie gezwungen, ihn herauszugeben."

„Hat er sie ...?"

„Physische Gewalt, meinen Sie? Nein, das war nicht notwendig." Er sah Toppe direkt an. „Er ließ uns zwei Nächte und zwei Tage in den Katakomben, vielleicht länger. Dann kam er und nahm einfach. Was konnten wir tun? Es gab keine Wahl."

Toppe fiel es schwer, sich auf die Fakten, auf seine Fragen zu konzentrieren. „Haben Sie niemals versucht, diesen Familienbesitz zurückzubekommen?"

Rosenberg schüttelte befremdet den Kopf.

„Aber er gehört Ihnen doch!“

„Ja?“ fragte Rosenberg. „Gehört er mir? So wie das Haus auf der Großen Straße? Gehört mir das auch?“

Toppe stand abrupt auf, ging zum Fenster und sah hinaus. „Sie meinen, Geschichte kann man nicht zurückdrehen?“

„Das“, sagte Rosenberg, „das ist eine Frage, über die es lohnt nachzudenken. Wie wäre Ihre Antwort?“

Toppe drehte sich zu ihm um und hob die Schultern.

„Und diese ganze Sache haben Sie van Velden erzählt?“ fragte er schließlich.

„Ja. So nach und nach. Als ich merkte, daß er tatsächlich nichts wußte.“

„Was ist mit den Sachen passiert, nachdem Sie im Ausland waren?“

„Wer kann das sagen? Roderik van Velden hat die Dinge niemals gesehen. Sein Vater starb beim Luftangriff auf Kleve.“

„Ja, ich weiß“, antwortete Toppe und rieb sich die Stirn. „Soll ich uns einen Kaffee kochen?“

„Sehr gern, danke.“

Hatte Frau van Velden, Roderiks Mutter, Bescheid gewußt und die Sachen nach dem Krieg verkauft? Und gleichzeitig hatte sie ihren Mann zum Widerstandskämpfer hochstilisiert? Unwahrscheinlich! Wäre er, Toppe, an van Veldens Stelle gewesen, er hätte die Sachen in den Katakomben – das Wort paßte ihm – gelassen, bis Gras über alles gewachsen war. War das auch Roderik van Veldens Gedankengang gewesen?

Während der Kaffee durchlief und Ackermann Tassen zurechtstellte, holte Toppe seinen zweiten Zettel: Menetekel.

„Haben Sie das geschrieben?“

„Ich? Nein, gewiß nicht.“

„Auch diesen Zettel haben wir in van Veldens Atelier gefunden.“

„Ja?“ Salmon Rosenberg lachte. „Das paßt sehr gut, nicht wahr?“

„Wie oft haben Sie Roderik van Velden getroffen?“

„Nur dieses eine Mal 1988. Nicht wegen der alten Geschichte. Ich glaube, ich mochte ihn nicht sehr. Als Menschen, meine ich."

„Aber Sie waren später noch einmal in Kleve."

„Ja, vor etwa zwei Monaten. Ich habe eine alte Dame besucht, die ich früher gekannt habe. Aber ich bin mir immer noch nicht sicher, ob ich ..." Er suchte nach einer Formulierung. „... ob ich meine Wurzeln finden will. Hier."

„Wem haben Sie sonst noch von Antonius van Velden erzählt?"

„Was er wirklich getan hat, meinen Sie?"

„Ja."

„Keinem. Warum auch?"

Toppe holte den Kaffee und goß ein.

Ackermann winkte ab.

„Danke. Darf ich etwas fragen?" sagte Rosenberg. „Wie ist van Velden umgekommen?"

„Er wurde erschlagen."

Rosenbergs Gesicht zeigte keine Bewegung.

„Bleiben Sie noch in Kleve?"

„Muß ich denn?"

„Nein, Sie müssen natürlich nicht. Aber vielleicht habe ich noch Fragen, wenn wir ein Stück weitergekommen sind."

Rosenbergs Augen blitzten verschmitzt. „Ein paar Tage wollte ich noch bleiben. Ich habe festgestellt, es gibt ein paar Menschen, die ich wiedersehen möchte."

„Ich werde die Stollen öffnen lassen", sagte Toppe, als Rosenberg schon in Hut und Mantel war, sie sich schon die Hand gegeben hatten. Er spürte, wie Rosenberg einen Moment innehielt, dann aber zur Tür ging.

„Möchten Sie gern dabei sein, Herr Rosenberg?"

„Ja. Ich denke, das möchte ich."

„Wo kann ich Sie erreichen?"

„Ich wohne im Hotel Schwanenhof."

„Ich werde Sie benachrichtigen, wenn es soweit ist."

„Vielen Dank. Sie sind sehr freundlich."

„Ich bedanke mich bei Ihnen. Sie haben mir sehr geholfen. Auf Wiedersehen, Herr Rosenberg."

Ackermann übertraf sich selbst. Volle zwei Minuten hielt er den Mund, dann aber ging es mit ihm durch: „Ein feiner Mensch!"- wobei er bei „feiner" die Stimme dramatisch senkte – „Mannomann, wat für 'ne Drecksau, der alte van Velden!"

Toppe hätte ihm das gerne bestätigt, aber er wollte noch nichts sagen, erst mal verdauen.

Ackermann ließ ihm keine Chance: „Denken Sie, wat ich auch denk'? Der Alte hat die ganzen Schätze da unten gebunkert für schlechte Zeiten. Oder sag'n wer ma' lieber für bessere Zeiten. Denn damals konnt' er die ja wohl kaum versilbern, wa? Und der Herr Rosenberg hat unsern Pornokünstler auf dieselbe Idee gebracht, die ich jetz' auch hab'. Ich sach Ihnen, der alte Geck wollt' sich ma' ebkes den ganzen unverhofften Segen unter 'n Nagel reißen. Glauben Se mir!"

Toppe war wieder mit dabei. „Und da Rosenberg keine Ahnung hatte, wo die Katakomben gewesen sein mochten, hat Roderik van Velden im Stadtarchiv und in der Bücherei angefangen, nach alten Plänen zu suchen."

„Un' sich dann, als er't wußte, den Auftrach für't Amphitheater an Land gezogen. Hab' ich nich' gleich gesacht, dat mit dem Amphitheater stinkt zum Himmel?!"

„Das paßt alles beinahe schon zu gut zusammen. Meinen Sie, van Velden hatte Mitwisser?"

„Da wär' er aber schön bekloppt gewesen!"

„Gesetzt den Fall, diese ganze phantastische Geschichte hat Hand und Fuß ..."

„... wär' dat nich' schön, Chef? Endlich ma' Karl May live. Wünsch' ich mir schon ewich."

„Ob der die Sachen schon gefunden hat?"

„Nää! Wat hätt' der dann am Montach sons' noch da rumgemurkst?"

„Na dann", sagte Toppe und zog das Telefon heran. „Wo soll ich anrufen?"

„Bauamt", tippte Ackermann, und dann: „Mann! Bin ich gespannt!"

Der Herr vom Bauamt verstand kein Wort. „Stollen? Wo soll denn das sein?"

Toppe erklärte es ihm.

„Davon habe ich in meinem Leben noch nichts gehört. Da gibt es auch gar keine Pläne, das wüßte ich."

„Ich habe aber welche", sagte Toppe spitz.

„So? Am Amphitheater, sagen Sie. Das ist Baudenkmal und Kultur. Das fällt dann nicht in unser Ressort. Wenden Sie sich an das Schul- und Kulturamt."

Die Dame beim Schul- und Kulturamt hatte ebenfalls noch nie von den Stollen gehört, und sie versuchte, die Sache in gängiger Manier abzukürzen. „Dafür sind keinesfalls wir zuständig."

„Sind Sie nicht? Wer ist denn zuständig?"

„Ja, ich weiß auch nicht. Wenn es diese – Stollen überhaupt gibt ..."

„Es gibt sie", unterbrach Toppe hitzig. „Ich habe sie mit meinen eigenen Augen gesehen!"

„Ach so. Dann warten Sie mal. Ich verbinde Sie mit unserem Kulturdezernenten."

„Ganz reizend", zischte Toppe, aber das hörte sie schon nicht mehr.

Es dauerte Ewigkeiten.

Ackermann wollte sich weglachen. „Die haben doch einen an der Mütze! Legen Se bloß auf. Ich ruf' Rudi an. Dat is' 'n Freund beim Ordnungsamt. Mit dem krieg' ich dat schon gekungelt."

Aber jetzt ließ sich der Herr Kulturdezernent doch persönlich herab.

„Stollen? Nie gehört. Am Amphitheater? Nun, dann ist das Sache des Landschaftsverbandes. Denkmalschutz, Sie verstehen? Da gibt es eindeutige Verordnungen."

Bei dem Wort „Verordnung" kam Toppe die Galle hoch, aber bevor er was sagen konnte, schickte der Kulturdezernent noch „Ich muß auf jeden Fall Rücksprache mit dem Verwaltungschef nehmen" hinterher.

„Wissen Sie was?" sagte Toppe eisig. „Bemühen Sie sich nicht. Ich besorge mir eine gerichtliche Verfügung."

„Nein, nein", beeilte sich der Dezernent, „das wird nicht nötig sein. Wenn ich Sie in einer halben Stunde zurückrufen könnte ..."

„Nein", blaffte Toppe, „ich rufe Sie wieder an."

Damit legte er den Hörer auf und atmete ein paarmal tief durch.

„Kommen Sie Ackermann, wir gehen in die Kantine."

Toppe machte den bedauerlichen Fehler, sich das Tagesmenu zu bestellen: Wiener Schnitzel mit Kartoffelpüree und Gurkensalat. Das Fleisch ging noch so gerade, aber der Kartoffelbrei kam aus der Tüte und schmeckte nach nichts, der Gurkensalat war wässrig und schwamm in einer viel zu süßen Sahnesauce. Er stocherte in allem herum und schob schließlich angeekelt den Teller weg.

Ackermann hatte da überhaupt keine Probleme. Blind schaufelte er alles in sich hinein und schaffte es auch noch, dabei ohne Punkt und Komma zu reden. In seinem Bart klebten Kartoffeln und Salattunke.

Toppe hätte gern ein wenig in Ruhe nachgedacht, aber darauf bestand keine Aussicht. Ackermann ließ seiner, ohne Zweifel ausgeprägten, Phantasie die Zügel schießen, spekulierte wild darüber, wie es wohl alles gewesen sein konnte und welchen Schatz sie wohl ausgraben würden.

Nachdem er sich noch zwei Schüsseln Erdbeerquark, „tun Se doch noch en bißken Sahne drauf, Elli", einverleibt hatte, meinte er endlich: „Wirdet nich' Zeit, den Jungs bei de Stadt noch ma' auf die Füße zu treten?"

„Ich habe schon auf Ihren Anruf gewartet, Herr Toppe", meinte der Kulturdezernent. „Es ist alles abgeklärt. Wir können die Stollen morgen öffnen. Sagen wir um zehn Uhr?"

„Sehr gut."

„Ich werde selbst dabei sein, ebenso ein Sachverständiger vom Denkmalschutz. Aber da wären noch ein paar Dinge abzuklären. Wieviele Arbeiter werden benötigt, welches Werkzeug und so weiter? Könnten wir uns nicht kurz zu einem Ortstermin treffen?"

„Ich schicke Ihnen gleich einen Kollegen runter."

„Fein. Übrigens wäre dem Stadtdirektor eine richterliche Verfügung lieber, schon um die Frage der Kostenübernahme zu klären."

„Ich kümmere mich darum."

Ackermann freute sich, daß er endlich was zu tun kriegte. Herumsitzen und Nachdenken lagen ihm nicht so sehr.

„Dafür hab' ich zuviele Hummeln im Hintern", verabschiedete er sich.

Toppe schrieb seine Berichte, sagte dem ED Bescheid, daß er ihn morgen früh um zehn brauchte, und hörte sich geduldig Berns' Gejammer über all die Arbeit an. Er versuchte Rosenberg im Hotel zu erreichen, hatte aber kein Glück und hinterließ ihm eine Nachricht, nahm einen Anruf von Siegelkötter entgegen: „Bloß keine Presse morgen!", trank Kaffee und dachte nach. Er schob gedankliche Puzzleteile hin und her, rauchte und trank noch mehr Kaffee.

Als Ackermann zurückkam, gab er sich beschäftigt, aber es nutzte ihm nichts. Er bekam den ganzen Sermon über „de Knallköppe bei de Stadt" trotzdem serviert und beschloß, für heute Schluß zu machen.

Zum zweiten Mal innerhalb kurzer Zeit war Toppe pünktlich zu Hause.

Schon in der Diele duftete es nach seiner Lieblingssuppe. Er ging dem Geruch nach und fand Gabi in der Küche, die am Tisch stand und Pastetchen füllte.

„Du schon", sagte sie ohne Begeisterung.

Er fühlte sich geohrfeigt. „Paßt dir das nicht?"

„Nicht besonders im Moment."

„Wie bitte?"

„Mein Gott", sagte sie und sah von den Pasteten auf, „so mein' ich das doch nicht. Sei doch nicht immer so empfindlich. Meine Kolleginnen kommen zu Besuch. Wir wollen ab jetzt einmal in der Woche einen Frauentreff machen."

„Frauentreff!"

„Ja."

„Und dafür machst du all diese leckeren Sachen?"

„Hm. Willst du ein bißchen Suppe?"

„Nein. Ich will ja niemandem was wegessen."

„Du spinnst doch", meinte sie nur, legte die Deckel auf die fertigen Pasteten und dekorierte jede mit einem kleinen Dillzweig.

Er ging hinauf ins Schlafzimmer, zog die Schuhe aus und legte sich aufs Bett.

Gerade als er einnickte, schrillte das Telefon neben seinem Ohr. Fluchend nahm er den Hörer ab.

„Toppe!" bellte er.

„Ja, hier ist Astrid", kam es kleinlaut.

„Oh! Hallo!" sagte er friedlicher und setzte sich auf.

„Ich wollte mich nur eben melden. Ich bin erst vor einer knappen Stunde zurückgekommen."

„Und? Wie ist es gelaufen?"

„Erfolglos", sagte sie müde. „Ich habe die beiden Mädchen noch nicht gefunden. Aber können wir nicht morgen darüber sprechen. Ich bin ziemlich kaputt."

„Doch", beeilte er sich, „natürlich. Ruh dich erst mal aus; war ja ein langer Tag für dich. Hast du schon was gegessen?"

„Nein, noch nicht. Warum?" Ihre Stimme veränderte sich.

„Ich dachte, ich könnte dich zum Essen ausführen", hörte er sich sagen.

Sie zögerte nicht. „Ich hab' mir gerade einen Auflauf in den Ofen geschoben. Komm doch zu mir. Das Essen reicht bestimmt für zwei."

Er versuchte nachzudenken.

„Ja, gern. In einer halben Stunde?"

„Das kommt genau hin. Bis gleich dann ... ich freu' mich."

„Ja, bis gleich."

Er brauchte nur Minuten, sich zu duschen und abzutrocknen, aber eine Ewigkeit, sich anzuziehen, zu rasieren, Aftershave aufzulegen, sein Gesicht im Spiegel zu betrachten und sein Körperprofil.

Er strengte sich an, nicht zu denken, aber es fiel ihm schwer.

Von der Haustür aus brüllte er: „Ich muß noch mal weg" in Richtung Küche.

Sie hatte offensichtlich auch geduscht; ihr Haar schimmerte feucht, als sie ihm öffnete.

„Hallo", lächelte sie leise, schloß die Tür und küßte ihn selbstverständlich auf den Mund.

Er blieb ungelenk stehen.

„Was ist?" fragte sie. „Bist du gekommen, um doch noch über Düsseldorf zu sprechen?"

„Nein!" Mitten in ihre Augen.

„Gut!" Sie drehte sich um und ging vor ihm her.

Sie kamen gerade eben noch bis ins Wohnzimmer.

Es war wild und hastig und dauerte nur wenige Minuten.

Da war keine Nähe hinterher, keine Wärme, nur Fremdheit, auch bei ihr.

Aber sie fing sich schneller, war weich und warm, küßte ihn auf den Hals, flüsterte: „So schnell bin ich noch nie gekommen", was ihm schon wieder weiche Knie machte.

Er räusperte sich. „Tut mir leid."

„Was?" Sie sah ihn entgeistert an.

„Es war ein bißchen rüde", lächelte er und fuhr ihr mit dem Finger über die Lippen. Sie schnappte danach, sog ihn in ihren Mund. Ihre Augen funkelten.

„Na ja, für den Anfang ..."

Dann suchte sie auf dem Teppich nach ihrem Höschen.

„Du hast hoffentlich richtigen Hunger."

Sie hatte den Tisch für zwei gedeckt: ein leuchtendblaues Tischtuch, weißes Geschirr, zwei Kerzen in silbernen Leuchtern, Weingläser mit schwarzen Stielen – alles sehr edel, alles sehr Fabrikantentochter.

„Ich hatte ja nicht allzu viel Zeit", entschuldigte sie sich, als sie seinen Blick bemerkte, und meinte das wirklich ernst. „Setz dich und gieß uns Wein ein."

Er setzte sich und goß den Wein ein.

Sie kam mit dem Auflauf aus der Küche: Kartoffeln, Schweinefilet, Schafskäse, Knoblauch und Sahne. Es schmeckte ihm gut.

„Kochst du immer so aufwendig für dich selbst?"

Sie nickte mit vollem Mund. „Meistens. Aber ich hab' auch oft Besuch."

„Ja … klar."

„Nicht, was du jetzt denkst", grinste sie frech.

„Hab' ich überhaupt nicht gedacht", verteidigte er sich.

Sie lachten beide, und sie griff über den Tisch, nahm seine Hand und sah ihn fragend an.

Er nickte.

„Komm."

Das Bett war aufgedeckt.

Diesmal ließ er sich einfach fallen in ihre Weichheit, ihre Nässe, hörte auf zu denken, war ganz mit ihr.

Sie hielt ihn.

„Bleibst du heute nacht bei mir?"

„Nein, ich …"

Sie nickte kindlich.

„Deine Frau", sagte sie tapfer.

Er sah sie nicht an.

„Ja", erwiderte er dann und küßte sie.

30

„Kommst du mit in die Badewanne?" fragte sie viel später.

Er antwortete nicht, lag auf dem Rücken, die Augen geschlossen.

„Hee", stupste sie ihn. „Wo bist du?"

„Hm?" Er sah sie an.

„Geht es dir gut?" fragte sie unsicher.

„Doch, ich glaube schon. Mich holt nur gerade der Alltag wieder ein."

„Also keine Badewanne!"

Sie spielte Zerknirschung, schlug die Decke zurück und setzte sich auf den Bettrand.

Er umfaßte ihre Taille von hinten und fuhr ihr mit der Handfläche leicht über die Brüste. „Wie spät ist es?"

„Halb zehn", murmelte sie und lehnte sich an ihn. „Bist du müde?"

„Ganz im Gegenteil!“ Er schob ihr Haar beiseite und küßte ihren Nacken. „Trotzdem! Ich muß telefonieren.“

„Ach wirklich?“ Sie drehte sich in seinen Armen und glitt langsam mit ihren Fingern an seinem Körper hinunter, aber er packte ihr Handgelenk im letzten Augenblick und grinste.

„Ich muß wirklich telefonieren.“

„Okay“, seufzte sie. „Mit wem?“

Er stand auf, suchte seine Sachen zusammen und zog sich an. „Mit Breitenegger. Es wäre mir lieber, wenn ihr morgen nicht nach Düsseldorf fahrt. Und bei Norbert versuch' ich's auch. Der müßte längst zu Hause sein. Ich hätte euch gern morgen früh dabei.“

Und er erzählte ihr von Rosenberg und den Katakomben.

Sie war begeistert. „Das hört sich an wie ein englischer Krimi. Stell dir vor, wir finden wirklich was!“

„Ja, stell dir das mal vor“, lächelte er über ihre Aufregung.

„Und stell dir mal vor, außer van Velden hätte noch jemand davon gewußt!“

„Eben“, sagte Toppe.

„Mensch, das ist ja vielleicht spannend!“

Sie hüpfte aus dem Bett.

„Sollen wir dann unsere Geschichte doch der Sitte übergeben?“

„Erst mal sehen, was morgen dabei rauskommt.“

„Das Telefon ist da drüben. Ich geh' solange ins Bad.“

Breitenegger hatte eine Menge Arbeit erledigt, mit den Männern gesprochen, die meisten Alibis überprüft. Weitergekommen war er allerdings nicht. Er hatte nichts dagegen, einen Tag Pause einzulegen. Ihm waren seine Akten sowieso lieber als die Arbeit vor Ort.

„Ich bin ja bloß mal gespannt, wie mein Schreibtisch aussieht. Hoffentlich habt ihr mir nicht alles durcheinandergebracht.“

Sie tauschten noch ein paar schadenfrohe Bemerkungen über Siegelkötters Presseschlappe und verabschiedeten sich.

Van Appeldorn war immer noch stinksauer, daß Familie Berger ihn ausgetrickst hatte, und brannte darauf, ihnen die Hölle heißzumachen.

„Wo steckst du überhaupt den ganzen Abend?“ muffelte er. „Ich hab’ schon zweimal bei dir angerufen.“

„Jetzt bin ich wieder zu Hause“, log Toppe und erklärte, was er für den nächsten Tag vorhatte und warum, stieß aber auf wenig Verständnis.

Van Appeldorn mockierte sich lediglich über Toppes „Menetekel-Wahn“ und seinen „historischen Trip“.

Im Grunde hatte Toppe sich längst an diese Töne gewöhnt, aber manchmal ärgerte er sich doch darüber, besonders wenn er so dünnhäutig war wie im Moment. Der Abschied fiel dementsprechend frostig aus.

Salmon Rosenberg hatte Toppes Nachricht erhalten und wartete schon in der Hotelhalle.

„Guten Morgen. Es ist sehr nett von Ihnen, daß Sie mich abholen.“

„Das ist doch selbstverständlich“, antwortete Toppe, ärgerte sich selbst über diese Floskel und suchte nach einem Gesprächsanfang.

Aber Rosenberg wollte offenbar nicht reden. Er bewunderte Toppes „schönen neuen Wagen“, „ist nur ein Dienstfahrzeug“, und sie unterhielten sich den ganzen Weg lang über Autos.

Irgendwo mußte es eine Schwachstelle im System gegeben haben, denn die ersten Leute, die Toppe unten am Amphitheater entdeckte, waren Reporter und Fotografen, und zwar eine ganze Menge.

Sie hatten schon alle auf ihn gewartet: der Stadtdirektor, der Kulturdezernent, der Mann vom Landschaftsverband.

Man schüttelte sich die Hände und begrüßte, ein wenig befremdet, Salmon Rosenberg.

Siegelkötter war nirgends zu sehen, dabei hatte Toppe eigentlich fest mit ihm gerechnet.

Van Appeldorn und Breitenegger standen am Ceres-Tempel und rauchten. Sie nickten nur kurz herüber.

Etwas abseits unterhielten sich Astrid und van Gemmern miteinander. Astrid schickte Toppe einen du-und-ich-Blick und machte ihm Herzklopfen.

In der Mitte der ganzen Szenerie prangte Ackermann als Herrscher über sechs städtische Arbeiter, zwei Dutzend Lampen, etliche Meter Kabel, einen Generator, jede Menge Stützen und Werkzeug und strahlte.

„Morgen, Chef! Soll ich loslegen?"

Toppes Frage: „Wo ist denn Berns?" ging in dem lauten Getöse unter, mit dem das Vampiromobil genau in diesem Augenblick die Straße hinuntergeschossen kam. Berns nahm schwungvoll die Kurve und preschte den ganzen Weg hoch, daß der Dreck aus den Pfützen nur so spritzte. Die Reporter sprangen schimpfend zur Seite.

Langsam quälte sich Berns aus dem Wagen.

„Augenblick", fühlte sich der Kulturdezernent aufgerufen, „das hier ist ausschließlich ein Fußweg. Sie können doch nicht einfach ..."

„Was kann ich nicht?" knurrte Berns und öffnete die quietschende Schiebetür vom Transit. „Erkennungsdienst! Und dies ist, wie Sie vielleicht sehen, unser Labor. Leider brauchen wir das nun mal am Einsatzort." Damit griff er sich seine Taschen, ließ den Dezernenten einfach stehen und fragte Toppe: „Können wir anfangen?"

Van Appeldorn lachte laut im Hintergrund.

„Ja", sagte Toppe, „fangen wir an."

„Okay, Jungs", brüllte Ackermann. „Et geht los!"

Die Arbeiter räumten das Gerümpel vor dem Eingang beiseite, wobei Ackermann kräftig mit anfaßte, und verschwanden mit ihren Lampen in der Finsternis.

Die Reporter drängten sich heran, aber van Appeldorn kam herunter und machte ihnen sehr deutlich, wo sie sich aufzuhalten hätten.

Murrend zogen sie sich zurück.

Die Arbeiter hatten den Generator angeworfen, man sah einen Lichtschein aus der Tiefe. Sie bildeten eine Kette, reichten Bretter und Steine herauf.

Ab und an hörte man Ackermanns durchdringende Stimme, konnte aber nicht verstehen, was er sagte.

Rosenberg hatte die ganze Zeit geschwiegen.

„Können Sie sich erinnern?“ fragte Toppe. „War es hier?“

„Es ist möglich“, antwortete Rosenberg, „aber ich weiß es nicht sicher.“

Der Stadtdirektor kam und verwickelte Rosenberg in ein Gespräch. Der Kulturdezernent und der Mann vom Denkmalschutz standen mit dümmlichem Lächeln dabei.

Toppe spürte, wie ihm die feuchte Kälte langsam die Beine hochkroch.

Unten an der Straße hielt ein Auto und spuckte noch mehr Reporter aus. Toppe entdeckte Rambach unter ihnen.

Auch Rosenberg erkannte ihn offenbar, denn er nickte grüßend.

Rambach kam zielstrebig den Berg hinauf und gab Rosenberg mit einer artigen Verbeugung die Hand, wußte dann aber auch nichts Richtiges zu sagen und schien erleichtert, als einer der Fotografen ihn rief.

„Der junge Mann hat mich 1988 ein paar Tage durch die Stadt geführt“, erklärte Rosenberg.

„Ja, das hat er mir erzählt. Wie sind Sie mit ihm zurechtgekommen?“ fragte Toppe und dachte daran, daß er selbst überhaupt keinen Draht zu Rambach gekriegt hatte.

„Nun ja, nicht so schlecht eigentlich. Er war ein bißchen unreif.“

„Haben Sie mit ihm über Ihre Fluchtgeschichte gesprochen?“

„Ein wenig. Ich glaube, ich habe ihm ein paar romantische Illusionen geraubt, als ich ihm sagte, daß van Velden Geld genommen hat. Das konnte er sich gar nicht vorstellen. Er war empört, aber … ein Reporter eben. Vielleicht hätte ich ihm mehr erzählt, wenn er kein Reporter wäre.“

„Herr Toppe!“ schrie Ackermann vom Katakombeneingang. „Können Sie ma' ebkes kommen?“

Es waren acht Stufen, glitschig, und Toppe stützte sich an der Wand ab, damit er nicht ausrutschte.

Ein schmaler Gang führte zunächst geradeaus und gabelte sich dann nach vier, fünf Metern. Sie hielten sich rechts.

Van Velden hatte sorgfältig gearbeitet; überall waren Eisenstützen und Balken, die die leicht gewölbte Decke trugen.

Das Mauerwerk war bröckelig und naß. Auf dem Boden stand das Wasser mindestens zehn Zentimeter hoch und schwappte ihm in die Schuhe. Gummistiefel hätte er gebraucht.

Ackermann hatte auch keine Gummistiefel an, aber ihm machte das wohl nichts aus. „Vorsicht. Hier jetzt aufpassen! Achtung!" ging er vor Toppe her.

An den Wänden standen die Bauarbeiter und versuchten, die Lampen zu befestigen.

„So. Bis hier is' er gekommen", blieb Ackermann schließlich stehen.

Der Gang wurde durch einen Berg von Schutt und Holz versperrt.

„Ab jetz' müssen wir weiterbuddeln."

„Nur zu", sagte Toppe und machte sich in quatschenden Schuhen auf den Rückweg. Er warf einen Blick in den linken Gang, aber der endete nach wenigen Metern an einer Felswand.

Draußen standen alle und sahen ihm gespannt entgegen, aber er schüttelte den Kopf.

„Noch nichts. Da muß erst noch Schutt weggeräumt werden."

Astrid hatte sich hinter ihn geschmuggelt.

„Wie hast du geschlafen?" fragte sie leise in ihre Handtasche, in der sie angestrengt nach Zigaretten suchte.

„Überhaupt nicht", flüsterte er, ohne sich umzudrehen.

„Das ist nur gerecht. Ich auch nicht."

Inzwischen hatte auch die Bevölkerung offensichtlich mitgekriegt, daß hier was los war. Immer mehr Leute kamen den Berg hoch.

„Möchte bloß wissen, wo der WDR bleibt", schnodderte van Appeldorn. „Hast du Funk in deinem Torpedo, Berns?"

Der grunzte ein ‚Ja'.

„Ich rufe die Kollegen an. Wir müssen absperren."

Sie warteten.

Die Arbeiter reichten weiter Steine und Bretter nach oben.

Toppe spürte seine Füße nicht mehr.

Als die Schutzpolizei die Absperrungen aufstellte, wurde die Menschenmenge noch größer, aber wenigstens blieb sie jetzt unten an der Straße. Die Autos parkten schon in Zweierreihen.

Berns motzte in einer Tour über die Scheißkälte und die Warterei.

Endlich kam Ackermann; zerzaust und dreckverschmiert, aber glücklich. „Chef! Wissen Sie, wat der Howard Carter damals gesacht hat, als er in dat Grab von dem Tut-ench-Amun kuckte? Wissen Se dat? ‚Ich sehe wunderbare Dinge', hat er gesacht. Un' dat werden Sie auch gleich sagen. Los! Kommen Sie!"

Alles stürzte hinter Toppe her, aber da hob Ackermann beide Arme: „Mooment! So nich'! Dat is' viel zu gefährlich, Kinder. Da kann man bloß einzelnt rein. Ers' der Chef un' dann, würd' ich sagen, Herr Rosenberg. Dat geziemt sich doch wohl so."

Toppe stand am Eingang zu einer Art Kammer, einem kleinen Raum, der rechts am Ende des Ganges lag. Der Backsteinboden war hier relativ trocken.

„Ich hab' ja bei mir zu Haus' auch überall Dörpel", sagte Ackermann hinter ihm und zeigte auf die hohe Türschwelle. „Jetz' kann man ma' kucken, wofür dat gut is. Schön trocken geblieben die ganze Chose."

Toppe sah Koffer und Kästen, in Leintücher und Ölpapier eingeschlagene flache Rechtecke, Gemälde wohl, einen Seesack, einen bestickten kleinen Leinenbeutel.

„Mehr Licht", schrie Ackermann, und Toppe mußte unwillkürlich lächeln über die plötzliche humanistische Bildung, aber es war sicher nur Zufall.

„Soll ich Rosenberg holen?" fragte Ackermann.

Toppe nickte. „Aber wirklich nur Rosenberg. Dann muß erst mal der ED hier runter."

Rosenberg kam sehr langsam, sehr vorsichtig, blieb an der Türschwelle stehen und schaute lange, aschfahl.

„Der Beutel dort", sagte er schließlich, „gehörte meiner Mutter. Es sind ihre Initialen."

Dann drehte er sich um. Toppe folgte ihm.

Oben reichte Rosenberg ihm die Hand.

„Ich möchte jetzt gehen", sagte er.

„Ich lasse Sie von einem Kollegen ins Hotel bringen."

„Nein, danke. Ich möchte zu Fuß gehen. Auf Wiedersehen."

Toppe schaute ihm nach und fühlte sich miserabel. Er sah, wie Astrid den Berg hinunterlief, Rosenbergs Arm nahm, neben ihm herging und kam sich auf einmal vor wie in einem Roman.

„Jetzt aber mal alle weg!“ schnauzte Berns. „Ich will hier die nächste Stunde keinen mehr sehen!“

Damit verschwand er, van Gemmern im Schlepptau, mit seinen beiden schwarzen Koffern in der Tiefe.

„Is' dat nich' schön, Chef, dat der Herr Rosenberg jetz' doch noch seine Sachen wiederkricht?“

„Moment mal“, mischte sich sofort der Denkmalschutzmensch ein. „So schnell geht das nicht. Die Sachen, wie Sie sagen, sind zunächst einmal Eigentum des Staates. Da könnte ja jetzt jeder kommen und Ansprüche anmelden.“

„Wohl nicht jeder“, sagte Toppe scharf. „Ich habe übrigens ein Tonbandprotokoll von einem Gespräch mit Herrn Rosenberg, das Ihnen bei der Klärung der Eigentumsverhältnisse behilflich sein wird.“

„Ich denke, meine Herren“, griff der Stadtdirektor beschwichtigend ein, „daß wir in dieser Angelegenheit recht kurzfristig eine Lösung finden werden, die allen Positionen gerecht wird.“

Dann verabschiedete er sich.

Vier Reporter drängten sich an Toppe heran und stellten Fragen, aber er winkte ab.

Die Menschenmenge zerstreute sich langsam. Es passierte ja doch nichts.

Die Reporter harrten trotz der Kälte und des einsetzenden Regens aus; sie waren so etwas gewöhnt.

Breitenegger und van Appeldorn schafften es, sich zu Toppe durchzuschieben.

„Und?“ fragte van Appeldorn.

„Wie ich's mir gedacht hatte“, sagte Toppe und sah die Reporter schreiben.

Breitenegger blickte ihn prüfend an. „Was ist los? Du siehst so unruhig aus.“

Toppe zog ihn weg von den Geiern. „Mir geht da die ganze Zeit was durch den Kopf. Ich muß dringend weg.“

„Na, dann nichts wie los“, klopfte ihm Breitenegger auf den Rücken. „Wir halten hier die Stellung.“

„Team um sechzehn Uhr?“ fragte Toppe, schon halb im Gehen.

„Ja. Ich sag's den anderen.“

31

Das kurze Stück bis zum Stadtarchiv ging er zu Fuß.

Es war geschlossen, aber er klingelte, nahm seinen Dienstausweis aus der Tasche und als sich nichts tat, klopfte er ausdauernd.

Schließlich riß jemand die Tür auf. Dem Mann stand die Empörung ins Gesicht geschrieben.

„Können Sie nicht lesen?“ bollerte er und musterte Toppe vom Kopf bis zu den lehmverschmierten Schuhen. Als Toppe ihm kommentarlos seinen Ausweis unter die Nase hielt, zuckte er zusammen, nickte dann: „Wir haben uns schon gefragt, ob Sie noch mal wiederkommen“ und ließ ihn beflissen hinein.

Er war ein kleines Männlein mit einem spirgeldünnen Hals, auf dem der schwere Kopf wie ein Fremdkörper hockte. Die Augen hinter den zentimeterdicken Brillengläsern waren nur zwei verschwommene Punkte. Sein Alter war nicht zu schätzen; irgendwo zwischen fünfundvierzig und sechzig. Er roch nach Eukalyptus.

„Mein Chef ist nicht da“, sagte er und schob Toppe einen Stuhl hin, aber beide blieben sie stehen. „Er hat mir jedoch gesagt, daß Sie hier gewesen sind und was Sie wollten. Ich könnte Ihnen wohl zeigen, was Herr van Velden bei uns durchgearbeitet hat.“ Er kam zwei Schritte näher. „Hab' mir auch den Plan ganz genau angesehen, den mein Chef fotokopiert hat. Ich hätte Ihnen sagen können, wo das ist, aber“, er zeigte mit dem Kinn in Richtung Amphitheater, „Sie sind ja wohl schon selber draufgekommen.“

Toppe zog die Augenbrauen hoch.

„Na ja, ich war kurz eben drüben, als ich all die Menschen da gesehen hab'.“

„War van Velden eigentlich immer alleine hier?“ fragte Toppe.

„Wie, alleine?“

„Ich meine, wurde er von jemandem begleitet? Hat er mit jemandem zusammen die Unterlagen eingesehen?"

„Nicht, daß ich wüßte."

„Also wußten praktisch nur die Angestellten hier, welche Papiere van Velden rausgesucht hat."

Der Mann nickte. „Und der Reporter natürlich."

„Welcher Reporter?"

„Na, dieser Rambach. Der wollte doch eine dicke Biographie über van Velden schreiben."

„Und woher wußte der, was sich van Velden angeguckt hat?"

„Von uns! Das war ja kein Geheimnis, oder?"

Toppe antwortete nicht.

„Der hat öfter Interviews mit uns gemacht", verteidigte sich der Mann hastig. „Wollte wissen, wie wir van Velden so kennen, was wir von ihm halten, all so was."

„Und er wollte auch wissen, womit sich van Velden hier beschäftigte?"

„Sicher! Wäre ein wichtiger Gesichtspunkt in van Veldens künstlerischen Entwicklung, sagte Rambach."

„Und Sie haben Rambach die Unterlagen gezeigt?"

„Durfte ich das nicht?"

Toppe lachte. „Keine Sorge, Sie haben nichts falsch gemacht."

„Wir haben bei uns keine Schweigepflicht", sagte der Mann hart.

„Eben", meinte Toppe. „Haben Sie Rambach den Lageplan gezeigt?"

„Nein! Es gibt doch gar keinen Lageplan. Da sind bloß die Aufzeichnungen von Doktor Schütte; die hab' ich ihm gezeigt."

„Kann ich die mal sehen?"

„Selbstverständlich."

Der Mann verschwand zwischen den Regalreihen, Toppe hörte ihn murmeln; dann kam er mit einem kleinen Büchlein zurück: *Les Amusements Des Eaux De Clèves*, in dunkelrotes Leder gebunden.

„Wollen Sie es ganz lesen, oder darf ich Ihnen die entsprechende Stelle zeigen?'"

„Ja, zeigen Sie mir die Stelle." Toppe setzte sich an einen der Arbeitstische, die eine aufdringliche Ähnlichkeit mit ausrangierten Schulbänken hatten.

„Hier!"

Der Mann legte ihm das aufgeschlagene Buch hin.

Anfangs hatte Toppe Schwierigkeiten mit der ungewohnten Schrift und der gestelzten Sprache, aber nach zwei Seiten hatte er sich eingelesen.

Der Archivar war nirgends zu sehen.

Dr. Schütte beschrieb akribisch über viele Seiten den Bau der Stollen, die Schwierigkeiten mit den Arbeitern, die Probleme, die sie mit den Felsen gehabt hatten. Und er gab recht genau die Stelle an, wo sich der Eingang befunden hatte.

Toppe klappte das Buch zu, wollte den Archivar rufen, aber er hatte ihn nicht nach seinem Namen gefragt.

Ein Räuspern genügte, und der Mann stand schon wieder hinter ihm. Er bewegte sich lautlos.

Der würde sich wunderbar machen in einem Gruselfilm, dachte Toppe. „Das war's schon", sagte er und gab dem Archivar das Buch zurück. „Ich glaube, Sie haben mir geholfen."

„Na ja", meinte der Mann, und man konnte nicht sagen, ob ihm das recht oder eher unlieb war.

Toppe ging zum Parkplatz zurück, holte den Wagen und fuhr zur Bücherei.

Rambach hatte bei ihrem Gespräch nicht gelogen; er hatte nur geschickt formuliert. Aber warum hatte er nicht mehr über die Amphitheatersache gesagt? Warum hatte er die Geschichte so runtergespielt?

Er wußte von Rosenberg, daß der alte van Velden Geld kassiert hatte. Er wußte auch, daß Roderik van Velden mit Rosenberg gesprochen hatte. Van Veldens Interesse an den historischen Anlagen hatte sich schon 1988 geregt, nicht erst im Vorfeld des Stadtjubiläums. Wie lange hatte Rambach das schon gewußt?

Die Frau bei der Stadtbücherei war genauso hilfsbereit wie neulich. „Doch, ich kenne Siegfried Rambach. Der schreibt doch an einer van Velden-Biographie. Er hat sich schon oft mit mir über van Veldens literarische Vorlieben unterhalten."

„Oft? Hätte einmal nicht gereicht?"

Sie lachte. „Da haben Sie wahrscheinlich recht. Aber der nimmt es wohl ziemlich genau mit seiner Arbeit. Der wollte sich die Bücher, die Herr van Velden zurückgebracht hatte, immer angucken."

„Seit wann hatte Rambach diese Angewohnheit?"

„Och, schon ziemlich lange, sicher schon zwei Jahre."

„Haben Sie sich darüber nicht gewundert?"

„Nein", sagte sie und sah ihn unsicher an, „eigentlich nicht. Habe ich etwas falsch gemacht?"

„Nein, nein", beruhigte Toppe sie. Was hatten die Leute heute bloß alle? Sah er denn so bedrohlich aus?

Er bedankte sich besonders freundlich und ging dann hinunter zum Königsgarten, wo er mit Mühe noch eine Parklücke gefunden hatte.

Bedrohlich! Ziemlich mickrig fühlte er sich nach der letzten Nacht, und er war ganz froh, daß ihm keine Zeit blieb, seinen Gedanken nachzuhängen.

Siegfried Rambach, mein Gott! S. Rambach, S. Ra, nicht S. Ro!

Am Amphitheater war kaum noch was los.

Die Schaulustigen hatten sich verzogen, nur ein paar Fotojournalisten lungerten noch herum und knipsten jeden Gegenstand, den der ED nach oben brachte.

„Wissen Sie, wo Herr Rambach ist?" fragte Toppe in die Runde.

Achselzucken, fragende Gesichter, „Keine Ahnung".

Van Gemmern lud eine braune Kiste in den Transit.

„Wie lange brauchen Sie wohl noch?"

„Wir sind fast durch. Halbe Stunde vielleicht."

„Meinen Sie, Sie können schon was sagen im Team, gleich um vier?"

„Mal gucken", antwortete van Gemmern nicht unfreundlich und verschwand wieder in der Tiefe.

Flintrop freute sich; er hatte offensichtlich Spaß an Festnahmen.

„Nur vorläufig“, rief ihm Toppe hinterher. „Ich will ihn zur erkennungsdienstlichen Behandlung. Sagen Sie ihm das.“

Flintrop drehte sich nicht mehr um, hob aber zackig die Hand – er hatte ihn gehört.

Toppe sah ihm nach und überlegte, an wen ihn der Gang erinnerte.

Im Büro warteten schon alle auf ihn; auch Siegelkötter, der Staatsanwalt und der ED waren da.

„Ich lasse gerade Rambach verhaften!“

Sie fingen alle gleichzeitig an zu reden, am durchdringendsten Siegelkötter: „Den Journalisten? Mein Gott, wenn Sie da einen Fehler machen!“

Keiner ging darauf ein, nur Dr. Stein sah ihn lange an und schüttelte dann ebenso lange ungläubig den Kopf.

„Meine Fresse, Chef, meine Fresse!“ brüllte Ackermann, und Berns kollerte was von ‚Irrenhaus‘.

Es dauerte eine Zeit, bis Toppe mit seinen Erklärungen durchkam.

„Wenn's schlecht läuft, Herr Stein, bräuchte ich dann wohl eine richterliche Verfügung.“

Stein lächelte. „Da sehe ich kein Problem.“

„Hab' ich das richtig mitgekriegt, Toppe?“ fragte Berns. „Sagten Sie eben erkennungsdienstliche Behandlung?“

„Ja.“

„Sie meinen, jetzt sofort?“

„Sobald Rambach hier ist.“

„Ach ja? Wissen Sie, wieviele Sachen noch für heute auf meiner Liste stehen?“

„Ich habe Zeit“, schob sich van Gemmern vor Toppes Wutausbruch. Er hatte schon den Telefonhörer in der Hand. „Ich rufe schon mal den Arzt wegen der Blutprobe.“

Ein kurzes Bollern an der Tür, dann flog sie auf, und Flintrop stieß Rambach ins Zimmer. Mitten im zweiten Schubs entdeckte er Siegelkötter, erstarrte und schaute belämmert auf seine Füße.

Rambach tobte wie einstudiert irgendwas von „Mißbrauch“ und „Nachspiel haben“.

Van Appeldorn wechselte einen raschen Blick mit Toppe, ging dann zu Rambach und packte ihn am Ellbogen.

„Guten Tag, Herr Rambach. Kommen Sie, wir gehen gleich rüber ins Vernehmungszimmer." Damit hatte er ihn schon wieder auf den Flur hinausgeschoben.

Toppe folgte ihnen und war froh, das ganze Gerüsel hinter sich zu lassen.

Das Vernehmungszimmer war ein unfreundlicher Raum am Ende des Ganges, in dem es bis auf einen Schreibtisch und ein paar Holzstühle keine weiteren Möbel gab.

„Nehmen Sie Platz", sagte Toppe.

Rambach hockte sich widerstrebend auf die Stuhlkante. „Ich weiß überhaupt nicht, was ich hier soll."

„Eins nach dem anderen", erwiderte Toppe ruhig und wartete, bis van Appeldorn das Tonband eingestellt und das Mikro gerichtet hatte.

„Montag, 6.11.91, 16.22 Uhr", sagte er. „Vernehmung: Siegfried Rambach. Geboren?"

„22.6.1963."

„In?"

„Kleve."

„Prima, geht doch", lächelte van Appeldorn freundlich.

„Sind Sie mit einer erkennungsdienstlichen Behandlung einverstanden?" fragte Toppe.

„Nein!" fuhr Rambach ihn an. „Warum sollte ich? Ich will endlich wissen, was hier eigentlich gespielt wird."

Van Appeldorn stand auf, öffnete die Tür und brüllte auf den Flur: „Ist der Staatsanwalt noch da?"

„Aber sicher", kam prompt Steins Stimme zurück.

„Welcher Richter hat denn heute Dienst?"

„Knickrehm!"

„Dann geht das ja wohl klar."

„Kein Problem, Herr van Appeldorn!"

„Was soll das?" Rambach war aufgesprungen.

„Setzen Sie sich wieder", meinte Toppe. „Wenn Sie nicht einverstanden sind, dann müssen wir eben auf die richterliche Anweisung warten. Aber machen Sie sich keine Sorgen, wir kriegen die Zeit schon rum."

Rambach ließ sich wieder auf den Stuhl fallen. „In Ordnung, ich bin einverstanden."

Van Appeldorn grinste. „Dr. Stein?" schrie er und ließ Rambach dabei nicht aus den Augen.

„Ja?"

„Es hat sich erledigt!"

Er winkte Rambach. „Na, dann wollen wir mal. Kommen Sie mit ins Labor."

Toppe sah ihnen nach. Rambach war spürbar aus dem Tritt, aber das wollte nicht viel besagen. Die wenigsten Leute verhielten sich in diesem Zimmer normal.

Als die beiden endlich zurückkamen, war Rambach etwas ruhiger, aber ziemlich bleich.

Er zündete sich sofort eine Zigarette an.

„Ich kann kein Blut sehen", erklärte er und zeigte auf seine Armbeuge. „Mein eigenes schon gar nicht. Da wird mir immer ganz mulmig."

Toppe schaltete den Recorder ein.

„Wo waren Sie am letzten Montag zwischen 22 und 24 Uhr?"

„Das weiß ich gar nicht so auf Anhieb", antwortete Rambach.

„Nein?"

„Wüßten Sie das denn sofort?"

„Dann denken Sie nach."

„Montag abend? Ach, jetzt weiß ich's wieder. Wir hatten einen harten Tag in der Redaktion. Da bin ich nachher noch mit ein paar Kollegen im ‚Bären' einen trinken gegangen."

„Wann?"

„Gegen neun, glaube ich."

„Und wie lange blieben Sie dort?"

Rambach hob desinteressiert die Schultern. „Elf, halb zwölf, vielleicht."

„Sind Sie gemeinsam mit Ihren Kollegen gegangen?"

„Nein, die sind noch dageblieben. Ich war ziemlich kaputt."

Das Telefon klingelte.

Van Appeldorn nahm ab und hörte zu.

Toppe notierte sich die Namen von Rambachs Kollegen.

„Danke, van Gemmern. Schnelle Arbeit", sagte van Appeldorn und legte auf.

„Wann haben Sie van Velden zuletzt gesehen?" fragte er dann.

„Weiß nicht", sagte Rambach schnell. „Vor ein paar Wochen."

„Wann waren Sie zuletzt in van Veldens Atelier?" wollte Toppe wissen.

„Ich habe keine Ahnung. Ist ewig her. Das hab' ich Ihnen doch alles letztens schon erzählt."

Er nahm eine neue Zigarette und zündete sie an der Kippe an.

„War es vielleicht am letzten Montag?" fragte van Appeldorn.

„Nein, ganz bestimmt nicht!" lachte Rambach. „Das ist sicher schon Monate her."

„Wie erklären Sie sich dann, daß wir einen wunderschönen Abdruck von Ihrem rechten Daumen an einem Wodkaglas auf van Veldens Schreibtisch gefunden haben?"

Rambach zuckte nur die Schultern.

„Einem sauberen Glas mit einem frischen Wodkarest."

Rambach streifte sorgfältig die Asche von seiner Zigarette. „Erklären Sie mir das doch!" meinte er dann.

„Sie haben mir beim letzten Mal nicht die Wahrheit gesagt, Herr Rambach", sagte Toppe hart. „Sie wußten ganz genau, warum van Velden sich für die Anlage am Amphitheater interessierte."

„Ich weiß überhaupt nicht, worauf Sie hinauswollen!"

„Was ist das?" knallte ihm van Appeldorn den Lageplan auf den Tisch.

Rambach warf einen flüchtigen Blick darauf. „Weiß nicht."

Er hatte sich seit der Blutentnahme nicht wieder erholt; sein Gesicht war wächsern.

„Sie wissen also gar nichts", sagte Toppe und stand auf. „Dann werde ich Ihnen mal was erzählen."

Er fing an, im Zimmer auf und ab zu gehen. Van Appeldorn lehnte sich bequem zurück und betrachtete Rambach.

Der sah zuerst zu Toppe hinüber, dann zu van Appeldorn und fixierte schließlich einen Punkt an der Wand neben der Tür.

„Im November 1988 lernten Sie Salmon Rosenberg kennen und unterhielten sich mit ihm. Auch Roderik van Velden hatte ein Gespräch mit Rosenberg, und Sie fanden heraus, was Rosenberg erzählt hatte: Der alte van Velden hatte für seine Fluchthilfe Geld genommen und darüberhinaus den Menschen auch noch ihr letztes Hab und Gut abgeknöpft; Schmuck, Silber, kostbare Gemälde. Einen Watteau zum Beispiel."

Rambach machte den Mund auf.

„Ja?" fragte Toppe, aber Rambach schüttelte den Kopf.

„Der alte van Velden", fuhr Toppe fort, „versteckte die Juden in diesen Katakomben." Er zeigte auf den Lageplan. „Und später versteckte er dort auch seine ‚Beute'. Das alles wußte Roderik van Velden von Rosenberg. Das einzige, was er nicht wußte, war, wo diese Katakomben sich befanden. Was tat er also? Er wühlte im Stadtarchiv und in der Bücherei. Und Sie, Rambach, hefteten sich an seine Fersen. Sie sahen alle Unterlagen ein, die auch van Velden in der Hand gehabt hatte. Sie wußten, was er suchte, und schließlich wußten Sie auch, wo. Van Velden wollte auf keinen Fall, daß die ganze Geschichte bekannt wurde, vor allem aber wollte er die ‚Beute' haben. Er mußte also unauffällig vorgehen. Da kam ihm die geplante Restaurierung gerade recht. Deshalb hat er sich so um den Auftrag gerissen. Die Arbeit da unten gab ihm die Möglichkeit, unauffällig den Eingang zu suchen und die Gänge freizulegen. Er arbeitete im Morgengrauen, bevor der Bautrupp anrückte; sehr sorgfältig, wie wir heute gesehen haben. Und Sie wußten das alles. So, und jetzt erzählen Sie weiter. Was geschah am letzten Montag abend in van Veldens Atelier?"

Rambach schwieg und starrte weiter die Wand an. Seine Brillengläser waren an der Nasenseite beschlagen.

„Was haben Sie am Montagabend bei van Velden gemacht?"

„Außer Wodka trinken", ergänzte van Appeldorn.

Das Telefon schrillte wieder.

„Ganz sicher?" fragte Toppe in den Hörer.

„Die Blutgruppe stimmt", sagte er dann zu van Appeldorn.

Rambach nahm seinen Blick von der Wand.

„Dann wollen wir doch mal Klartext reden!" Van Appeldorn beugte sich weit über den Schreibtisch. „Van Velden hatte Ihre

Gewebespuren unter seinen Fingernägeln. Sie stehen also unter Mordverdacht."

Rambach nahm seine Brille ab und wischte sich mit der Hand über Stirn und Augen. „Mord?" stammelte er. „Aber das war alles nicht so, wie Sie das sagen!"

„Dann fangen Sie doch mal ganz von vorne an."

„Es ist wahr, Rosenberg hat mir gesagt, daß der alte van Velden Geld genommen hat. Ich konnte das überhaupt nicht glauben. Eine solche Schweinerei! Aber von den anderen Sachen wußte ich nichts. Ich wußte sonst überhaupt nichts." Er drückte fahrig seine Zigarette aus. „Van Velden war ein arrogantes Arschloch! Mir war es ernst mit der Biographie, aber er hat mich wie Luft behandelt. Verstehen Sie? Ich war dem ein paar Nummern zu klein. Trotzdem habe ich's weiter versucht. Aber als mir Rosenberg die Geschichte erzählte, da konnte ich van Velden einfach nicht mehr ertragen, diesen elenden Heuchler. Widerstand, daß ich nicht lache!"

„Und dann hast du ihn erpreßt", stellte van Appeldorn fest.

„Erpreßt? Nein! Wieso? Ich hab' mich an ihn drangehängt, klar, und zwei und zwei zusammengezählt. Ich dachte, der will die Spuren von seinem Alten verwischen."

„Erzähl doch keinen Scheiß, Junge", blaffte van Appeldorn. „Du wußtest doch genau, was van Velden suchte. Und du wolltest gerne ein Stückchen abhaben von dem Kuchen."

„Nein!" Rambach wurde flammrot. „Ich hab' doch davon gar nichts gewußt. Mir hat Rosenberg das nicht erzählt. Ich konnte es einfach nicht ertragen, daß eine solche Geschichte unter den Teppich gekehrt werden sollte, daß Typen wie van Velden sich auch noch Orden an die Brust heften." Er wischte sich die Handflächen an den Oberschenkeln ab.

„Spiel doch hier nicht den Moralapostel", fuhr van Appeldorn ihn an. „Das ist ja zum Kotzen! Was hattest du denn vor mit deinem Wissen, he?"

„Das war eine Chance, endlich aus der Klitsche hier rauszukommen. Wenn ich die Story dem ‚Stern' angeboten hätte ..."

Toppe schob Rambach das Blatt mit dem Davidstern und dem ‚Menetekel' hin.

„Das haben Sie geschrieben."

„Ja! Und da ist er dann völlig ausgeklinkt und auf mich los, und ich ..." haspelte Rambach.

„Augenblick", unterbrach ihn Toppe, „langsam, so weit sind wir noch nicht. Sie waren also den ganzen Tag in der Redaktion. Wie ging's dann weiter?"

„Nach Redaktionsschluß, um acht oder so, bin ich runter zum Amphitheater. Van Velden war da. Er war jeden Abend da. Er hat da nämlich auch nachts gearbeitet. Wenn man's nicht wußte, konnte man nichts entdecken; er hatte immer ein Brett vor dem Eingang. Man konnte das Licht nicht sehen. Aber ich wußte ja Bescheid. Dann bin ich in den ‚Bären' gegangen. In der Kneipe habe ich meine beiden Kollegen getroffen, und wir haben zwei, drei Bier getrunken. Um kurz nach zehn bin ich gegangen. Ich weiß auch nicht, was mit mir los war. Auf einmal konnt' ich's nicht mehr aushalten. Ich bin einfach zu van Velden – sind ja nur ein paar Schritte – und habe geklingelt."

„Sind Sie direkt zur Haustür gegangen?" fragte Toppe.

„Ja, sicher. Van Velden war nicht besonders begeistert, mich zu sehen. Ich hab' ihm dann gesagt, ich wäre in der Biographie jetzt bei seinem Vater angekommen und mir wäre da ein Gespräch mit Herrn Rosenberg wieder eingefallen. Da wurde er auf einmal sehr freundlich, nahm mich mit ins Atelier und bot mir einen Schnaps an."

„Wo holte er den her?"

„Aus dem Nebenraum. Wodka und Gläser."

„Und dann?"

„Dann habe ich ihm gesagt, daß sein Alter dicke Knete gemacht hat damals."

„Und?"

„Er wurde ziemlich pampig. Meinte aber, wer denn so einem wie mir eine solche Geschichte wohl glauben würde."

„Saßen Sie gemeinsam am Schreibtisch während dieses Gesprächs?"

„Nein. Ich stand an dem großen Tisch, und er stand auch. Während er versuchte, mich runterzumachen, habe ich ein Stück Kohle genommen und das da gezeichnet."

„Warum ‚Menetekel'?" fragte Toppe.

Rambach machte eine unbestimmte Kopfbewegung. „Das war meine Überschrift für den Artikel, den ich im Kopf hatte. Gewogen und zu leicht befunden. Das paßte nicht nur gut auf den Vater, sondern auch auf van Velden selbst mit seinen Pipimädchen und dem ganzen Dreck!"

„Sag' ich doch", fiel ihm van Appeldorn ins Wort. „Eine miese, kleine Erpressung. Und was hast du als Gegenleistung für dein Schweigen verlangt? Ein kleines Gemälde vielleicht? Oder wolltest du Fifty-Fifty machen?"

„Nein!" schrie Rambach. „Ich habe ihn nicht erpreßt!"

„Warum bist du dann hingegangen? Du hättest deinen Artikel doch einfach schreiben können?"

„Ich weiß es selbst nicht", antwortete Rambach leise.

„Wie ging es dann weiter?" fragte Toppe.

„Ich hielt ihm meine Zeichnung hin, und da ging er auf mich los. Er rastete total aus. Ich weiß nicht, wie ich das überhaupt überlebt habe. Das war ein Riese, der Kerl. Der hat mich durch die Gegend geschmissen wie nichts und dabei gebrüllt wie ein Tier. Irgendwie habe ich es dann geschafft, ihn wegzustoßen. Er krachte gegen die Wand, sackte zusammen und blieb liegen. Ich konnte das erst gar nicht fassen, aber dann bin ich abgehauen, so schnell ich konnte."

„Hintenrum", nickte Toppe.

„Nein, durch die Haustür. Genauso, wie ich reingekommen war."

„Das war aber eine schöne Geschichte", triefte van Appeldorn. „Nur schade, daß du den ganzen Teil mit der Wodkaflasche ausgelassen hast."

„Welche Wodkaflasche?"

„Du hast van Velden anschließend die Flasche über den Schädel gezogen."

„Nein!" Rambach sah Toppe hilfesuchend an. „Ich habe ihn liegenlassen und bin bloß noch abgehauen. Es war Notwehr, wirklich, es war Notwehr. Der hätte mich kaltgemacht."

„Notwehr!" schnaubte van Appeldorn.

„Ja“, sagte Rambach kläglich, „ich hab' dann ja noch den Notarzt angerufen.“

„Von wo aus?“ fragte Toppe.

„Von der Telefonzelle an der Minoritenstraße.“

„Das ist doch alles gestunken und gelogen“, meinte van Appeldorn. „Fangen wir also noch einmal ganz von vorne an.“

Aber Toppe schüttelte den Kopf. „Wir machen morgen früh eine Rekonstruktion direkt am Tatort.“

Van Appeldorn verdrehte die Augen, hielt aber den Mund.

Toppe legte Rambach die Hand auf die Schulter. „Haben Sie jemanden, der zu Hause für Sie ein paar Sachen packen und hierher bringen kann?“

32

Während van Appeldorn sich noch um Rambach kümmerte, ging Toppe zum Labor hinauf.

Van Gemmern saß an einem Mikroskop, von Berns keine Spur.

„Nanu“, meinte Toppe, „ich dachte, der hätte heute noch so viel zu tun.“

„Ach was, der hat pünktlich Schluß gemacht. Preiskegeln“, antwortete van Gemmern. „Wollen Sie einen Kaffee?“

„Ja, gern.“

Toppe setzte sich auf die Tischkante, während van Gemmern ihnen Kaffee eingoß.

„Ich habe die Blutprobe zum LKA geschickt zur gentechnischen Untersuchung, aber die Blutgruppe stimmt. Und der Fingerabdruck auf dem Wodkaglas ist ohne Zweifel Rambachs“, sagte van Gemmern und drehte sich dabei eine Zigarette. „Bloß …“ Er leckte das Papierchen an. „Die Schuhspuren im Garten können nicht von Rambach sein. Der hat Schuhgröße 46; auch mit dem besten Willen konnte der sich nicht in 42er Schuhe quetschen.“

„Mist!“ meinte Toppe. „Ach, wer weiß, womöglich haben die Spuren mit der Sache gar nichts zu tun. Vielleicht waren die ja schon länger da.“

„Viel länger bestimmt nicht. Bis nachmittags um fünf hat es nämlich noch geregnet."

Beide nippten an ihrem Kaffee. Van Gemmern hatte nur die kleine Lampe am Mikroskop eingeschaltet. Es war schummrig und warm.

„Wie ist es denn gelaufen?" fragte van Gemmern schließlich.

„Hm?" schreckte Toppe aus seinen Gedanken auf. „Na ja, Rambach gibt zu, daß er sich mit van Velden gestritten hat. Er sagt, van Velden habe ihn zuerst angegriffen, und er habe dann van Velden gegen die Wand geschleudert. Die Wodkaflasche allerdings leugnet er."

„Tja", meinte van Gemmern nur.

„Eigentlich bin ich ja gekommen, weil ich Sie um etwas bitten wollte", sagte Toppe vorsichtig. „Ich würde gern morgen früh eine Rekonstruktion am Tatort machen."

„Okay." Van Gemmern sah auf die große Wanduhr. „Dann muß ich aber gleich los. Ich brauche eine Weile, bis der Tatort wieder so aussieht, wie wir ihn vorgefunden haben."

„Danke." Toppe sprang vom Tisch. „Ich hol' Ihnen eben noch das Menetekel und den anderen Zettel."

Van Gemmern drückte seine Zigarette aus. „Ich komm' mit runter."

Im Büro war nur noch Astrid. Sie saß am Schreibtisch, blätterte in einer Akte und grüßte nur knapp, als sie hereinkamen.

Toppe holte van Gemmern die Papiere; dabei sah er sich den S. Ro-Zettel noch einmal an.

„Was meinen Sie", fragte er van Gemmern, „könnte das nicht auch ein S. Ra sein?"

„Schwer zu sagen. Der Stift ist an der entscheidenden Stelle abgerutscht."

Dann nahm er die Zettel und ging.

„Wo sind die anderen?" fragte Toppe.

Astrid sah von ihren Papieren auf. „Die sind nach Hause. Es ist doch schon nach sechs."

„Und was machst du noch hier?" fragte er und ging zu ihr.

„Ich habe auf dich gewartet", sagte sie und zog ihn zu sich herunter.

Er küßte sie.
Sie legte ihre Hände auf seine Hüften.
„Kommst du mit zu mir?" flüsterte sie.
„Ja."

„Sie hatten also Ihr Auto am ‚Bären' stehenlassen", stellte Toppe fest.

Sie waren unterwegs zu van Veldens Haus. Van Appeldorn fuhr, und Toppe saß hinten neben Rambach.

„Wieso sind Sie eigentlich erst jetzt zu van Velden gegangen? Das hätten Sie doch schon vor zwei Jahren machen können."

„Er hätte doch alles abgestritten. Es gab doch keine Beweise. Aber jetzt war er mit seiner Ausgrabung fast fertig, das wußte ich."

„Woher?"

„Ich bin regelmäßig gucken gegangen."

„Gar nicht so blöd", ließ sich van Appeldorn vernehmen. „Du konntest bei der Sache gar nicht verlieren, was? Egal, was van Velden machte. Wenn er dir dein Schweigen nicht bezahlt hätte, dann wärst du eben mit deiner Story ganz groß rausgekommen. Schade, daß du den Fehler gemacht hast, ihn umzubringen."

Rambach stöhnte. Er war nervös und sah unausgeschlafen aus.

Sie bogen in die Kiesauffahrt ein und stiegen aus.

Van Gemmern kam aus dem Atelier und machte ihnen die Haustür auf. Er würde ab jetzt van Veldens Rolle spielen.

Rambach sah sich hastig im Atelier um, dann schaute er zu Boden und schüttelte den Kopf.

„Mir ist schlecht", sagte er.

„Spiel hier jetzt bloß nicht die Mimose", fuhr van Appeldorn ihn an.

„Die Sektflasche", schluckte Rambach, „die Sektflasche war nicht da."

Toppe überging die Bemerkung. „Haben Sie den Rollschrank aufgebrochen, nachdem Sie ihn niedergeschlagen hatten?"

„Aber ich habe ihn nicht niedergeschlagen! Rollschrank?"

Er drehte sich um. „Das war ich nicht."

„Wer war es dann?"

„Warum hätte ich denn den Schrank aufbrechen sollen?“

„Weil da der Lageplan drin war“, antwortete van Appeldorn.

„Aber den brauchte ich doch gar nicht“, sagte Rambach verzweifelt. „Ich wußte doch schon alles.“

„Na gut“, meinte Toppe, „fangen wir an. Sie kamen also hinter van Velden herein. Was passierte dann?“

Über eine Stunde lang spielten sie wieder und wieder die Szene nach, wiederholte Rambach das Gespräch, die Bewegungen, die Rangelei, die mit dem Aufprall gegen die Wand endete.

Es wirkte alles durchaus glaubhaft; so konnte es gewesen sein.

Rambach war schweißnaß, obwohl es hier im Haus höchstens zwölf Grad waren.

„Gut“, sagte van Appeldorn schließlich, „nehmen wir an, du sagst die Wahrheit. Bis zu diesem Punkt geschah alles ohne Vorsatz. Van Velden lag bewußtlos hier am Boden. Aber von da an hast du ganz ruhig und planmäßig gehandelt. Du hast versucht, den Schrank aufzuhebeln, um an den Lageplan heranzukommen. Damit hättest du nämlich deinen Beweis in der Hand gehabt. Leider kam van Velden wieder zu sich, und da hast du ihm mit der Wodkaflasche den Rest gegeben.“

„Nein“, jammerte Rambach. Er war ziemlich am Ende. „Das können Sie mir doch nicht anhängen! Warum hätte ich das tun sollen? Warum habe ich dann den Lageplan nicht mitgenommen? Warum habe ich dann das Wodkaglas nicht abgewischt?“

„Weil du doch noch in Panik geraten bist. Wir kennen das. Schließlich bist du kein Profi“, erwiderte van Appeldorn kalt.

„Aber ich hab' doch den Notarzt gerufen!“

Toppe fing wieder mit den Türen an. „Sie sind also durch die Haustür reingekommen?“

„Ja, ja, ja.“

„Und durch welche Tür haben Sie das Haus verlassen?“

„Durch die Haustür.“

„Du lügst!“ schnauzte van Appeldorn. „Du bist hinten durch die Gärten abgehauen. Wir haben Zeugen dafür.“

Van Gemmern, der sich seit einer Weile schon im Hintergrund hielt, räusperte sich plötzlich laut.

„Aber das kann nicht sein!“ schrie Rambach. „Es kann keine Zeugen geben! Ich bin doch durch die Haustür raus.“

Toppe blieb gelassen. „Die Hintertür hier, war die offen?“

„Nein, sie war zu.“

„Sind Sie sicher?“

„Ganz sicher.“

„Und haben Sie die Haustür hinter sich geschlossen?“

„Ich weiß nicht. Ich bin ja gerannt. Ich glaube nicht. Nein, ich glaube, ich habe sie offen gelassen.“

„Und dann sind Sie Richtung Minoritenstraße gelaufen?“

„Ja.“

„Norbert, kommst du mal?“ Toppe zog van Appeldorn mit in die Küche.

„Der sagt die Wahrheit“, meinte er.

„Ja, leider. Die Schuhspuren passen nicht. Das Geräusch im Garten war erst nach dem Anruf beim Notarzt. Ich weiß. Und jetzt?“

„Es gibt eine winzige Chance. Komm!“

„Herr Rambach“, sagte Toppe ohne große Hoffnung, „als Sie wegliefen, die Straße entlangliefen, ist Ihnen da jemand begegnet?“

„Nein.“ Rambach seufzte. „Ich weiß es nicht mehr. Doch! Es ist mir einer entgegengekommen. So ein Penner von der Torte bei Mac Donald's.“

„Entgegengekommen?“

„Ja, er ging Richtung Forstgarten.“

„Kannst du den Mann beschreiben? Weißt du seinen Namen?“ fiel ihnen van Appeldorn ins Wort.

„Oh mein Gott, ich kenne den, aber … Ich hab' den sogar schon mal interviewt. Ich muß überlegen …“

Van Appeldorn holte seinen Notizblock aus der Tasche und blätterte.

„War es einer von denen hier?“ Er hielt Rambach den Block hin.

„Ja! Hier. Heinz Mülders heißt der.“

Van Appeldorn grinste still.

Toppe staunte ihn an.

„Tja", meinte van Appeldorn lässig, „das hier sind die sechs Leute, die ich mit Größe 42 noch auf meiner Liste hatte."

33

Unten im Präsidium trafen sie auf Ackermann, der mit den beiden Diensthabenden ein Schwätzchen hielt. Er unterbrach sich aber sofort, stürzte auf sie zu und fragte nach „Neuichkeiten".

Während Toppe berichtete, beachtete van Appeldorn ihn gar nicht, sondern wandte sich an den Kollegen: „Wir bräuchten mal eine örtliche Fahndung: Heinz Mülders."

„Mülders?" wuselte Ackermann dazwischen. „Der sitzt doch inner Klapse!"

„Wie, Klapse?" drehte van Appeldorn sich um. „Und woher weißt du das?"

„Lieber Norbert", meinte Ackermann mit Augenaufschlag, „ich hab' meine Spione überall, weißte doch. Der Mülders hat am Samstach im satten Kopp 'ne Fensterscheibe von 'nem Juwelierladen eingeschlagen. War aber wohl nich' haftfähich, oder wat. Jedenfalls ham se'n na' Bedburg gesteckt."

„Dann hab' ich gleich Arbeit für dich", legte ihm van Appeldorn die Hand auf die Schulter. „Ruf doch mal in der Klinik an und erkundige dich, wo der sitzt und ob der vernehmungsfähig ist."

„Null Problemo", meinte Ackermann aufgekratzt und hängte sich ans Telefon.

Van Appeldorn ging unterdessen zum Automaten auf dem Gang und holte zwei Becher Cola für Toppe und sich.

„Der Rambach kann sagen, was er will. Ich bin sicher, daß der van Velden erpreßt hat."

„Klar, hat er", meinte Toppe, „aber wie willst du ihm das beweisen?"

„KiB!" brüllte Ackermann von hinten. „Mülders sitzt im KiB."

„Kipp, klar", tippte sich van Appeldorn an die Stirn.

„Kriseninterventionsbereich", erklärte Toppe, „das ist in der forensischen Sucht."

„Wir können ihn vernehmen", brüllte Ackermann weiter.

„Wir? Ich hör' immer wir. Einer muß doch den Laden hier schmeißen. Wer könnte das besser als du?" sagte van Appeldorn und ging nach oben, um die Reiseschreibmaschine zu holen.

„Aber Breitenegger und Frau Steendijk sind doch da", kam Ackermann zerknirscht zu Toppe.

„Ich glaube, zwei Leute sind bei so einer Vernehmung genug", antwortete der und sah Ackermann nachdenklich an. „Sie sind schon merkwürdig. Ich glaube, Sie sind hier der einzige, der sich um Arbeit reißt."

„Tu ich gar nicht! Bloß bei manchen Sachen. Hauptsache spannend. So wie Mord zum Beispiel."

„Aber das hier sieht eher nach Totschlag aus; vielleicht sogar nur schwere Körperverletzung, wer weiß."

„Is' doch ganz egal. Bis jetzt war et jedenfalls klasse."

Sie erkundigten sich beim Pförtner nach dem Weg und fuhren dann im Schrittempo bis zur forensischen Sucht.

Auf ihr Klingeln kam ein Pfleger herangeschlurft und schloß die Tür auf. Er sagte nichts, sah sie nur abwartend an.

Van Appeldorn zog seinen Dienstausweis. „Tach, van Appeldorn", stellte er sich vor.

„Ou, bent U ok nederlands?" fragte der Pfleger.

„Nein", stöhnte van Appeldorn, „ich heiße bloß so."

„Wir wollen Heinz Mülders vernehmen", sagte Toppe.

„Der sitzt im KiB. Kommen Sie mit auf Station, dann erwischen Sie noch den Doktor. Der macht gerade Visite."

Sie trafen den Arzt auf dem Flur: ein schlanker, durchtrainierter Mann in den Vierzigern. Etwas steif stellte er sich vor: „Jean Nagel", und fragte, zu wem sie wollten und warum. Er sprach korrektes Deutsch, allerdings mit sehr starkem Akzent.

„Sie sind Franzose", stellte van Appeldorn fest.

Nagel zog die Brauen zusammen. „Nein, Belgier! Ja, also, Mülders ist am Samstag schwer intoxikiert hier angekommen. Im Moment hat er noch leichte Entzugserscheinungen, aber Sie können ihn wohl vernehmen. Ich habe ein wenig Zeit, ich werde Sie begleiten."

Sie mußten über die ganze Station, auf der wohl hauptsächlich Junkies untergebracht waren.

„Hier stinkt's auf einmal so", hörten sie die Kommentare, „die starken Jungs sind da."

Aus einem voll aufgedrehten Recorder auf einem Tisch in der Ecke dröhnten die „Böhsen Onkelz". Zwei Männer, der eine ein schlanker Bruder von Qualtinger mit Irokesenschnitt, der andere dürr, bleich und tätowiert, saßen direkt daneben und tranken Kaffee. Qualtinger spuckte auf den Boden, als sie vorbeikamen.

„Die neue Herrenrasse", sagte van Appeldorn laut. „Da kommt Hoffnung auf."

Sie gingen durch eine Tür und standen im KiB. Alles hier war eng und düster. Rechts eine Theke, hinter der zwei Pfleger saßen und guckten. Geradeaus in dem Zimmer sei Mülders, meinte der Arzt.

‚Zimmer' war geschmeichelt; ein karger Raum, zwei Metallbetten mit Fixiergurten, ein Spind, ein Stahlwaschbecken, Gitterfenster mit Milchglas und, als Tribut an die Gemütlichkeit, zwei braune Sitzwürfel.

Heinz Mülders saß auf einem der beiden Betten. Sein grauer Trainingsanzug harmonierte perfekt mit seiner Gesichtsfarbe. Es ging ihm noch nicht allzu gut; er schwitzte und zitterte leicht.

Der Arzt wollte sich verabschieden. „Er kriegt noch Distra", erinnerte er sie.

„Einen Augenblick", hielt ihn van Appeldorn zurück. „Wo bewahrt ihr denn seine Privatklamotten auf?"

„Im Spind. Soll ich den aufschließen lassen?"

Toppe hatte sich inzwischen mit Mülders bekannt gemacht. Van Appeldorn stürzte grußlos ins Zimmer, knallte die Schreibmaschine auf einen der Sitzwürfel und wartete, bis der Pfleger den Spind aufgeschlossen, den Plastiksack mit der Kleidung herausgeholt hatte und gegangen war. Er durchwühlte naserümpfend den Sack und fischte schließlich befriedigt ein Paar ehemals weißer, abgetragener 42er Puma Schuhe heraus.

„Wat habbich mit Mordkommission am Hut?" fragte Mülders verwirrt. „Ich dacht', ihr kommt von Einbruch."

Toppe setzte sich auf das freie Bett. „Es geht um Montag, den 30.10., also Montag vor einer Woche. Was haben Sie an dem Tag gemacht?"

„Herr Kommissar, wie soll ich dat denn wissen? Habbich mit die Kumpels ein' gesoffen, unten anne Torte."

Van Appeldorn ließ sich auf einem der beiden Sitzwürfel nieder und stellte Mülders' Schuhe neben sich.

„Den ganzen Tag gesoffen?" hakte Toppe nach.

„Ja! Wat sons'?"

„Und wo haben Sie gewohnt?"

„Ich hab' Platte gemacht."

„Bei dem Sauwetter haben Sie Platte gemacht?" meinte Toppe zweifelnd. „Wo denn?"

Mülders zitterte jetzt stärker. „Scheiße! Weiß ich do' nich'. Ir'ndwo auf 'm Neubau."

Van Appeldorn sprang auf und pflanzte sich direkt vor Mülders' Füße. „Jetzt paß mal auf, Jung. Ich habe keine Zeit, mir solchen Mist anzuhören. Du bist am Montag abend auf der Tiergartenstraße gesehen worden. Wo kamst du her? Wo gingst du hin?"

Mülders sah langsam an van Appeldorn hoch. „Weiß ich ni' mehr." Er zitterte wie verrückt.

„Erzähl keinen Quatsch", sagte van Appeldorn. „Du bist gesehen worden auf der Tiergartenstraße. Wo kamst du her? Wo wolltest du hin?"

„Ach, Scheiße! Ich war bei dem Popen da unten anne Kavarinerstraße. Da sind wer doch öfters."

„Und wo wolltest du hin?"

„Pennen!"

Van Appeldorn ging langsam zurück zu seinem Sitzplatz. „Und wo wolltest du pennen?"

Mülders stand ächzend auf und schlurfte zur Tür. „Kann ich wohl bitte ein Glas Wasser kriegen?" fragte er nach draußen, „Und eine Zigarette?"

Es dauerte eine Zeit, bis ihm beides gebracht wurde. Er wartete an der Tür.

„Also", meinte van Appeldorn, „wo hast du Platte gemacht?"

„Ich muß ma' ebkes pissen."

Sie warteten über fünf Minuten, dann kam Mülders zurück, schlorrte zu seinem Bett und ließ sich fallen.

„Wo hast du Platte gemacht?" fragte jetzt Toppe. „Da unten gibt es überhaupt keine Neubauten."

„Hinter die Muschel an Forstgarten."

„Bist du direkt da hin?"

„Glaub' wohl ..."

Van Appeldorn stand wieder auf. „Wir können die Geschichte abkürzen. Hör zu, Mülders, wir wissen, daß du bei van Velden im Haus warst."

„Wie? Wat?" Mülders war die personifizierte Verwirrung.

„Tja, wir haben deine Fingerabdrücke am Kühlschrank gefunden, wo du die Salami rausgeholt hast."

„Kann ga' nich'", sagte Mülders empört. „Ich hab' doch Handschuhe angehabt."

Van Appeldorn grinste nett. „Außerdem haben wir Abdrücke von diesen Schuhen hinten im Garten. Du hättest dir besser ein Paar neue besorgt. Also, Mülders, am Kanthaken haben wir dich sowieso."

„Is' ja gut. Ich war im Haus. Hab' Streichhölzer gebraucht."

Toppe lachte. „Und wie bist du reingekommen?"

„Die Haustür stand los."

„Und dann?"

„Dann bin ich inne Küche."

„Küche?"

„Ich hatte Schmacht, Mann! Außerdem hat ich kein Feuer für meine Fluppen."

„Hattest du keine Angst, daß dich einer erwischt?"

„Nö. Ich hab' doch vorher hinten durch et Fenster gekuckt inne Werkstatt. Da war keiner. Un' sons' war alles dunkel. Un' da denk ich: kuckste ma' rein."

„Alles klar", schaltete sich van Appeldorn wieder ein. „Dann bist du in die Werkstatt gegangen. Und was war dann?"

„Wie ich reinkomm', sitzt der Kerl da am Schreibtisch."

„Wie? Ich denke, da war keiner."

„War ja au' nich', wie ich durch et Fenster gekuckt hab'! Ich weiß au' nich', wo der auf ei'ma' herkam. Die Bude war leer gewesen."

„Saß der da einfach nur?"

„Nee, der war wat am schreiben."

„Und dann?"

„Da stand so 'ne Flasche, un' da hab' ich dem die übergezogen. Nich' doll!"

„Nicht doll? Der Mann ist tot!"

„Dat kann nich'! Ich hab' doch extra bloß mit de Seite ... Die Flasche war ja nich' ma' kaputt. Die habbich doch no' wieder auf 'n Tisch getan."

„Tja, der Mann ist tot."

„Tschuldigung! Muß ma' pinkeln."

Damit verschwand Mülders wieder.

Van Appeldorn packte die Schreibmaschine aus und spannte ein Blatt ein. Sie mußten sich die Aussage gleich unterschreiben lassen.

Toppe starrte vor sich hin. Ohne den Aufprall gegen die Wand hätte der Schlag mit der Flasche vielleicht nicht ausgereicht. Und ohne den Schlag mit der Flasche ...?

Mülders kam wieder zurück. Er blieb an der Tür stehen und kratzte sich zwischen den Beinen. „Wat ich ja bis heut' nich' versteh': ich hau' dem eins über die Rübe, un' keine zwei Minuten später sind die Bullen da."

„Die Bullen?" fragte Toppe.

„Ja! Tatütata vor 'm Haus."

„Was hast du gerade gemacht, als die kamen?"

„Ich war am Schrank am fummeln. Der war zu. Aber sons' sah et da vielleich' aus! Wie 'm Saustall! Alles floch da rum, un' Papier auf de Erde un' Zeuch. Wie ich die Bullen hör', bin ich abgehauen."

„Hintenrum", stellte Toppe fest.

„Ja, klar! Vorne ging do' nich'. Aber umgebracht habbich den nich', dat sach ich euch."

„Wo hattest du eigentlich die Sektflasche her?"

„Außem Kühlschrank, aber ging nich' mehr inne Tasche."

Van Appeldorn fing an zu tippen.

„Ich hab' den nich' umgebracht. Kaltgemacht habbich den nich'", wiederholte Mülders von Zeit zu Zeit und zitterte vor sich hin.

Toppe ging zum Fenster. Der obere Teil war durchsichtig. Wenn man sich auf die Zehenspitzen stellte, konnte man hinaussehen. Himmel, ein paar nasse, schwarze Baumkronen.

Er wollte nicht denken.

Ein Ratsch. „So, das hätten wir. Lies das durch und dann unterschreib hier!"

Mülders unterschrieb, ohne vorher zu lesen.

Jean Nagel stand immer noch bei den Pflegern am Tresen und wartete.

„Mülders steht unter Mordverdacht", sagte Toppe.

„Also, paßt mal schön auf ihn auf", setzte van Appeldorn grinsend hinzu.

„Und wieso nehmen Sie ihn dann nicht mit?" rief der Arzt ihnen hinterher.

„Der sitzt doch erst mal gut hier bei euch", rief van Appeldorn zurück.

Dr. Nagel fluchte, laut und ausgiebig – auf Französisch.

„Belgier!" frotzelte van Appeldorn leise. „Haben ja angeblich die Pommes erfunden, aber sonst …!"

Toppe bemühte sich um ein Grinsen.

Im Präsidium herrschte helle Aufregung. Sie kamen kaum durch die Tür. Draußen stand ein orangefarbener Transporter von der Stadt. Ackermanns Stimme schallte bis auf den Parkplatz.

Van Appeldorn schob die Tür auf.

Auf dem Tresen lag der angeweste Kadaver einer Katze. Der Stadtgärtner hielt ihn noch am Hinterbein.

„Dat muß man sich ma' vorstellen", quietschte Ackermann. „Direkt vor unserer Nase. Wer tut denn so wat?"

„Und was mache ich jetzt damit?" fragte der Stadtgärtner.

„Ja, was machen wir jetzt damit?" echote der Diensthabende.

Toppe drängte sich durch die Leute.

„Versucht's doch mal beim Abdeckdienst in Marl", meinte er und ging zur Treppe.

Krimis von Hartwig Liedtke

Tod auf Rezept

ISBN 3-89425-032-1 DM 14,80
Nominiert zum »Glauser« 1993

Der fußballgroße Tumor, den das Chirurgenteam aus der Bauchhöhle des Patienten schneidet, ist eine zuckende Masse aus Blut und Plasma. Bei einem Kollegen, der in die Dienste des Pharma-Konzerns TAMEGI eintrat, hat Dr. Martin Grundmann schon einmal Ähnliches gesehen. Schade, daß der neugierige Arzt Opfer typischer Großstadtkriminalität wird. Einbrecher und Verkehrsrowdies haben es auf ihn abgesehen.

»Liedtke kennt das Milieu: Was er erzählt, klingt zwar haarsträubend, aber wahr.«
(Sächsische Zeitung)
»Autor Hartwig Liedtke verschreibt den 'Tod auf Rezept'. Als Arzt kennt er sich bei den 'Göttern in Weiß' aus und läßt erstmal einen 3000-Liter-Bottich mit stinkender Brühe explodieren.« (BILD)

Klinisch tot

ISBN 3-89425-018-6 DM 14,80
4. Auflage

Dr. Thomas Bremer (35), ehrgeiziger Schwiegersohn des Chefarztes Prof. Eichstätt, stirbt bei einem Autounfall. Kommissarin Ulrike Bohlmann und ihre Kollegen Schmalenberg und Söns vom 1. Kommissariat der Kölner Kripo lernen bei ihren Ermittlungen die intrigenreiche Welt der Krankenhausärzte kennen, wo Streß und Konkurrenzkampf herrschen. Wer bei den "Halbgöttern in Weiß" nicht richtig funktioniert, ist vielleicht schon bald klinisch tot.

»Starker Tobak von einem, der sich nicht anpassen will«
(Kölner Stadt-Anzeiger)
»Ein spannender, gut erzählter Krimi mit witzigen Dialogen, der viele Interna aus dem Ärzte- und Klinikdschungel preisgibt.«
(Radio Leverkusen)

grafit

Krimis von Gabriella Wollenhaupt

Grappas Versuchung
ISBN 3-89425-034-8 DM 14,80
»Ein spannender Stoff, eine köstlich ironische Auseinandersetzung mit der Region. Und wenn es der Autorin gelingt, die Figur der Maria Grappa mit all ihren Brüchen, Schrullen und Vorurteilen als Rolle zu verdichten, dann hat sie eine Kunstfigur geschaffen, mit der sie in weitere Abenteuer kriminalistischer und amouröser Art ziehen kann. Man darf auf den nächsten Roman gespannt sein.« (WDR)

Grappas Treibjagd
ISBN 3-89425-038-0 DM 14,80
Laura Gutweil, Psychologin und Therapeutin von sexuell mißbrauchten Mädchen, wird während einer Party ermordet. Reporterin Maria Grappa macht Jagd auf einen geheimnisvollen »Onkel Herbert«, der seit Jahren in Bierstadt sein Unwesen treibt. In Lauras letzter Akte geht es um ein 10jähriges Mädchen, das Opfer von »Onkel Herbert« geworden ist.

Grappa macht Theater
ISBN 3-89425-042-9 DM 14,80
Nach der Premiere von Kleists »Zerbrochnem Krug« wird der Theaterkritiker Nello von Prätorius entführt und ermordet. Bei ihren Recherchen stößt Maria Grappa auf einen Geheimbund, der die Kulturszene in Bierstadt beherrscht. Ein Möchtegern-Intendant, der lokale Betroffenheitsschriftsteller, der zynische Kulturdezernent und die schöne junge Schauspielerin, die dem Mordopfer die letzten Wochen versüßt haben soll, - sie alle sind verdächtig.

Grappa dreht durch
ISBN 3-89425-046-1 DM 14,80
Sprang Fernsehjournalist John Masul freiwillig vom Dach des City-Center oder half jemand nach? Maria Grappa erhält den Job des Toten beim Sender TELEBOSS. Dort fangen Volontärin Betty und Sekretärin Rosi das schlechte Betriebsklima durch intensiven körperlichen Einsatz - auch nach Feierabend - auf. Bald bemerkt Grappa, daß in dem Sender nicht nur Filme über Schützenfeste und Krötenwanderungen gedreht werden ...

Mordsgeschichten zu jedem Anlaß

Der Mörder ist immer der Gärtner
Gemüse-Krimis ISBN 3-89425-080-1 DM 15,80
Mit Geschichten von A.B.S., Anderle, Ard, Balke, Bauer, Büchner, Diesmann, Eik, Flieger, Illner, Karr & Wehner, Kneifl, -ky, Möckel, Pointner, Weickart, Wolff, Zinth

Der Mörder bläst die Kerzen aus
Geburtstags-Krimis ISBN 3-89425-081-X DM 15,80
Mit Geschichten von A.B.S., Anderle, Ard, Balke, Beetz, Böhm, Büchner, Diesmann, Eik, Ginsberg, Illner, Karr & Wehner, Kneifl, Küsel, -ky, Pointner, Prochazka, Prokop, Schmid, Wolff, Zinth

Der Mörder zieht die Turnschuh an
Sport-Krimis ISBN 3-89425-082-8 DM 15,80
Mit Geschichten von A.B.S., Ard, Bauer, Beetz, Benning, Diesmann, Ginsberg, Illner, Karr & Wehner, Kutak, -ky, Meyer, Neumann, Pfeiffer, Rabisch, Ross, Schmid, Wolff

Der Mörder packt die Rute aus
Weihnachts-Krimis ISBN 3-89425-084-4 DM 15,80
Mit Geschichten von Ard, Diesmann, Eik, Erichsen, Flieger, Ingwersen, Karr & Wehner, Kneifl, Kristan, -ky, Lens, Meyer, Ostberg, Schiefelbusch, Schlüter, Schmid, Weickart, Wolf

Der Mörder schwänzt den Unterricht
Schul-Krimis ISBN 3-89425-083-6 DM 15,80
Mit Geschichten von A.B.S., Anderle, Ard, Ehlers, Flieger, Junge, Koglin, Karr & Wehner, -ky, Meyer, Plonsky, Reyntjes, Schlüter, Schmid, Wolf, Wolff

Der Mörder bricht den Wanderstab
Urlaubs-Krimis ISBN 3-89425-085-2 DM 14,80
Mit Geschichten von Ahrens, Anderle, Ard, Gilles, Karr & Wehner, Kley, Koch, Koglin, -ky, Lens, Liedtke, Meyer, Minz, Neumann, Plonsky, Ross, Schlüter, Schmid, Schuberth, Wolff, Zadrazil

Der Mörder kommt auf Krankenschein
Wartezimmer-Krimis ISBN 3-89425-086-0 DM 15,80
Mit Geschichten von A.B.S., Ard, Diesmann, Ehlers, Gilles, Ginsberg, Karr & Wehner, Koch, Koglin, Kottmann, Kristan, -ky, Lennkh, Lens, Liedtke, Meyer, Ross, Sauer, Schlüter, Schmid, Wolf, Wolff, Zadrazil